祕史之書

The Secret History in Books

何逸琪

獻給

我的爸爸何昇鴻

我的媽媽黃秀龍

推薦序

探尋關係密碼——戲說島嶼身世

吳冠宏（東華大學中國語文學系教授兼人文社會科學學院院長）

早先我就爲逸琪《微塵記》的觸角及筆風所著迷，這一次有機會拜讀《祕史之書》，更見證她以虛實掩映的手法透過古今兩段冒險故事交錯地展開，從而將歷史知識帶入引人入勝的文學情節裡，由是產生了懸而未決的戲劇張力，相信就逸琪的書寫史而言，這樣的嘗試當是另一階段的突破與轉進。

猶記多年前我受評鑑中心之邀擔任中正大學中文系的評鑑委員，從歷屆系友的資料中看到逸琪是中文系的榮譽系友，當時我才驚覺她有比較文學研究所之外的身份，由於擁有雙棲性的學術知識養分，也難怪她在創作與翻譯上都能有超越同儕的表現。我不禁懷疑，該書兩位當代的女主角，一爲中文背景的詠晴，一爲外文背景的心蓉，這一對閨密夥伴，有著互動、延緜又可變的微妙關係，難不成她們分別就是逸琪雙重學科背景的化身？

我從《祕史之書》中看到逸琪中文背景的身影，如在進行古代歷史的傳述時每有章回小說的語調筆力，相較於書寫當代情境所流露的通俗、隨興及自然，若走入歷史老時光的扉頁裡，則不時有文白夾雜之古典語境的況味，頁 325-326 更出現「乾坤為何？」、「在朗朗心田」、「心田為何？」、「於意念之間」的對話，不正是傳統易經與明代心學的傳響！讀來卻另有一種異國情調的詩意。放眼看去，關注不同時代的版本學、使用「皮里陽秋」的詞彙，最能洩露她出身中文系的底細。近來在中文學界頭角崢嶸的新興元素──原住民族群文化、數位地圖檔案學以及對國際漢學與漢字文化的傳播，也都在此共聚一堂了，可見本書不惟有周旋於典雅／通俗之風格的兩層形式架構，更不乏當代新舊交鋒又攜手並行的中文學術風景。

對於私下喜歡閱讀翻譯小說的我，看到這兩層書寫形式架構的對照並滲入愛情元素的經營，總會令我想起約翰．福爾斯（John Fowles）《法國中尉的女人》的巧思；若把書轉換成地圖，就不免感受到卡洛斯．魯依斯．薩豐（Carlos Ruiz Zafon）《風之影》之靈魂在探奇旅程中若隱若現；甚至如同伊莉莎白．柯斯托娃（Elizabeth Kostova）的《歷史學家》以古書跨越多國或多條線索般，只是文學尋根蛻變成以圖謀名利而已。作爲一位中文系的專業學者，閱讀翻譯文學畢竟只是我偶爾的點心，中正大學外文系研究所以比較文學與翻譯研究起家，而足跡如游塵、不時跨域閱讀的翻譯家——逸琪，更有咀嚼吸納世界文學之奇花異蕊的本事，故能將諸多閱讀轉化爲書寫的資糧，在當前學科分類的專業走向下，並不利於比較文學的擴展，不過逸琪一手翻譯、一手創作，在跨域的開拓性上卻有著難能可貴的優勢。

實則逸琪的跨域，何僅在中文與外文兩端，歷史（臺灣史）與地理（地方志）更是一窺本書不可或缺的專業翅膀，如果說《微塵紀》的主軸在跨域地理的界限，那麼《祕史之書》的焦點則更側重在跨域歷史的界限，而所有的歷史都是當代史，本書用古今對照的方式，設計林詠晴（原住民的後代）—鄭心蓉（鄭氏後代）—何勝斌（何斌嫡系裔孫）微妙的三角關係，三者之間既合縱又連橫，彼此的關係或曖昧或衝突，並在文學的虛實與歷史的傳承中展開偶然與巧合的遊戲，所謂：「這場東風盼了三百多年，三人彼此是彼此的東風。」至於古代的何定鼎與當代的何勝斌則都以謎樣的身份現身，他們從核心主流走向邊陲喬裝，又擅長多種語言、扮演多重面具，試圖化顯爲隱，涉身其中的不透明之存在感正如島嶼的身世般成爲全書問題與奧祕之所在。

因爲臺灣的歷史命運歷經了不同政治勢力的介入，而作者切入的關鍵時刻正值明清之際，前有荷蘭後有日本，不惟擺盪於原民文化與外來文化之間，更展演一齣關涉政治角力、海域爭霸、宗教＋語言＋種族的多重奏戲碼；相較起來，現代劇置身在臺灣多處熟悉的空間與地方，議題固然相對單純，然以拼圖找人尋寶的探險故事加入電腦新元素，「八卦始終來自人性，科技增添可看性」，又在人性情義與利益的轉換糾葛下，仍有著令人追劇的魅惑張力，「天底下沒有不透風的牆，鴨蛋再密也有縫」，經由迂迴與旁敲側擊的方式，才逐步交代歷史知識的軌跡，最後重現何定鼎上墨落款的場景，全書就在作者「代代相傳，直到雲破月來之時」的收筆下戛然而止。

如果以這三個關鍵人物及其關係作爲本書的閱讀視野，實有多重指涉的意涵有待挖掘，只是我們一旦佔領了一座理解之島，就會把周圍遼闊的大海給忘了，然而提醒大家作者可能有這個暗示仍是必要的，畢竟惟有如此才能使一路探祕的讀者，增加不斷相互參照、輾轉反思的餘味。既然如是說，與其看我如何導讀或推薦這一本書，或從手機谷歌裡找一張古地圖來按圖索驥，還不如帶著遊戲的心情、冒險的悸動，趕快認眞地閱讀這一本好書吧！你就會豁然發現原來嚴肅與流行也沒有那麼大的衝突。

推薦序

不只是一部小說

Kolas Yotaka

臺灣是多民族國家，在所有外來移民進入臺灣之前，原住民族已經在這裡繁衍後代、形成文明，是臺灣這塊土地原來的主人。但從大航海時代起，臺灣歷史的主述權，就掌握在外來者的手中。帶著經濟目的墾殖手段，說教式的洗腦教育，貶抑「中華民族」以外的族群，是嚴重限縮臺灣人民對臺灣的地貌、景觀、人民與對自己的想像。如何透過生動且戲劇化的方式再現大航海時代以來的臺灣史，是讓我們這一代臺灣人認識臺灣的好方法。即便是虛擬的尋寶小說，都是一扇開啟重新認識臺灣地圖的門，就是有趣的開始。

逸琪的書，不只是一部小說，是一本畫布。她畫出了一張從十六世紀至今，縱貫長達四百年的地圖集，每一頁都是色彩豐富的歷史景觀，而且還加上令人驚奇的戲劇效果，有一種奇幻的趣味。邊閱讀，腦海中自然剪接出十七世紀暗紅陰鬱的明鄭、二十一世紀湛藍清新的花蓮、跨越時空的密碼解鎖、數百年如一日的「番」「漢」衝突……

逸琪具有深度與廣度的分章鋪陳，讓這一本縱貫四百年的歷史小說，一點也不沈重難懂。無法想像，這是她累積了多少閱讀、旅行、經驗與知識的成果！從一六六二年的大明永曆十六年開始，寫到二〇一五年的八月，作者的史觀，已經飛越了臺灣數十個世代。小說是虛擬的，但臺灣是眞實的。「尋寶」，是很多外來者對臺灣的想像，數百年來皆然，到現在還是。但這是外來者對臺灣的期待，臺灣人對自己的期待，一樣嗎？臺灣珍貴之處在哪裡？眞正屬於臺灣人民的「寶藏」在哪裡？臺灣絕不是一個可以任憑外人橫刀奪取寶藏之地，而是有主人的國土，是一個眞實的多民族的存在。

我認爲這是一本不分種族、性別、地域、世代的人都可以輕鬆看完，並且樂在其中的一本小說。一起來讀臺灣吧。

目次

祕史之書

第一章

大明永曆十六年歲次辛丑臘月（一六六二年一月）

轅門外，兵卒匆忙來報，門衛立稟，簾門一掀開，微熱的海風吹來，一陣鹹味。若在平時，故國早已飛雪似霰，不似此地，冬日仍是暑氣騰騰。將軍正坐聽稟金髮碧眼的蕃人所言，通事不敢打馬虎眼，一字一句慢慢吐出。將軍以上下視之姿，仔細打量來人言談神色，其人貌似媽閣外海的佛朗磯人，雖經南方驕陽曝晒滿面紅光，仍可看出原來的象牙白膚色，他一口一則軍情，從烏特列支堡制高之利說到熱蘭遮城內狀況，將軍沉吟一會，不知消息可靠與否，軍營在此圍城半年餘，九個月前趁鹿耳門漲潮、軍艦長驅入內，其後包圍普羅民遮，使之糧水俱盡投降後，僅存熱蘭遮城內的紅毛蕃寧死不降，兩方僵持難下，兵卒們從戎克船運送資具、連排的船艦間行走，顯得駕輕就熟，彷彿眞要四海爲家了。

陸上濕土爲海水淤泥新成，紮營並不牢靠，普羅民遮城雖已攻下，爲戰略控扼，是以行轅設於濕土上，兵卒、將領常赤足行走，而且議事廳以及帳內陳設極爲簡易，不過張掛一張近期泉州所製的海圖，南北狹長。通事一說完，垂手退到一旁，將軍喜怒不形於色，冷冷吩咐：「從我的糧餉上支領，先給一頓飽，好好招待。」通事和衛士得令後行禮離去，此時將軍在他們身後加上一句：「別讓他回去，好生看管！」那名紅毛蕃聽通事轉告，不敢相信只有這點賞賜，不過比城內人疲糧盡，採配給口糧，至少能吃一頓飽飯，於是聽命跟著出帳去了。

將軍審視著北邊倭國、琉球國、西南方的滿剌加、呂宋以及巴達維亞。他思忖季風變向，每年北風起，荷蘭紅毛蕃繞經平戶取得許可證，滿載東方工藝奢品，再負上大員樟腦、水鹿皮，換取白銀，逕下西洋，下一回再來，得至下半年風向轉變，不趁此時彼弱我強，勝券稍握更待何時，這些日子以降軍士饒是驍勇忠心，也捱不得漫長無望的等待。

此刻，大員鎮東面有一汪大水，稱之爲臺江內海，南方的淤泥逐漸累積爲濕地土壤內接內城普羅民遮，當地人以閩南方言稱之爲一鯤身、二鯤身、三鯤身、諸多鯤身直隆起於海面，連接著內陸，退潮時爲陸地漲潮時爲海。金髮碧眼的紅毛蕃名爲漢斯，其實並非荷蘭人，乃出身於後來日耳曼邦聯的司圖加特（Stutgart），他讀了林斯豪登（Linschoten）的東方貿易奇聞，趁著荷蘭東印度公司商船來到此處，如今城中人心惶惶，既擔心原有的少數漢人內神通外鬼，又擔心此地土人趁機聯合外勢力，一舉窩裡反，城內到處傳說前往巴達維亞報信求教的高以理早奔敵營，下等士兵無力回天，假若眞要拼個魚死網破，首當其衝就是他這種低階差吏。

於是這日他謊稱到鳳梨園打野味，爲圍城困頓的同僚療饑，他繞過了臺江內海，前往招討大將軍國姓爺處輸誠。國姓爺設帳於羊廄內，得再經過轅門將軍這一關，此時將軍請來通事細問其中詳情，通事深諳荷語，亦是國姓將軍倚仗的謀士奇才，視之爲漢之張良，大明開國之劉基；適才將軍和他在帳前上下分明，威武肅殺，不過假意做作要唬得漢斯膽怯，要他知無不言，言無不盡，將軍決意上稟，但是僵持九個月餘的明軍以及荷蘭人全沒料到，這一回的帳前稟告，決定了大員居民三百多年後的命運。

第二章

二〇一五年夏日八月初

鬧鐘響了幾聲，詠晴睜開眼，雖然是自己生長的熟悉環境，睜開眼睛彷彿做了一場惡夢，下意識認爲自己應該在宿舍，怎回來了，轉過頭瞥見隔壁床的室友心蓉，確定現實，她抹一抹脖子、額頭汗水，冷氣半夜就停了，窗邊電風扇聊備一格，她將電風扇吹向心蓉，小心翼翼套上地板鞋，走到長廊上。

五月中旬，她的論文提案才交上去，那個星期五收到警局傳來的噩耗，父母遭逢意外身亡。她的室友也是好友鄭心蓉二話不說，陪她回花蓮料理父母後事，再返校辦手續，短短一個多月內，心蓉辭去校園的研究助理職務，她們退掉租屋、打包搬回老家、找工作，所有身外事一氣呵成，心理認知模糊不清，朦朧的薄曦裡驚醒，詠晴張開眼以爲仍在租處，黑夜裡睜著眼，攀在茫然和半醒之間載沉載浮，透過氣來心裡沒著落；堵著一層心思，又希望趕快結束這種不確定。

長廊外的小庭院裡遺了詠晴媽媽手植的一株小芭蕉，在狂炒地皮的年代，在市區裡有一間帶院平房；一切無虞，她不得不更悲從中來。走下長廊拉著水管，夏日裡綠葉鮮嫩，父母不在，暑天缺水，她代勞看顧。

心蓉大概熱醒了，轟的拉開房間門，詠晴正在院子。

林詠晴爸媽留下的房子，位於市中心。她陪詠晴回家處理後事時，第一眼十分詫異，巷子窄，大概一輛2.0家用汽車再加上一輛機車的寬度，巷子就差不多滿了，正是臺灣五〇、六〇年代流行的那種和漢建築，經過這麼多年，有的成爲空屋，老一輩的住民被孩子接到北部居住，久久才回來一次，有的則已拆除，荒湮長草，大概是畸零地，所有權狀麻煩，一時都更不到，空屋多了，鬧中取靜。從巷子推開大門，得經過一片小小的花園，再脫鞋上屋，進入前廳。詠晴說她從小在這裡長大，爺爺奶奶留給了爸爸，爸媽又留給了她。當年屋子用了不錯的木料，才能夠在溽熱的花蓮歷久不衰。

天氣熱，想不清醒也難，心蓉劈頭就問：「要開始大掃除了嗎？」搬回來一陣子，必要的東西隨意擺著，先前她見詠晴沒心情，既然有定居的打算，明日要考鐘點代課教師甄試，她們約定，一鼓作氣，明日考試今日打掃，不給自己退路。

蹲在木質地板上，兩人交錯來來回回擦拭抹地，扭淨的水痕跟著她們在灰塵當中匍匐前進，是日本時代劇的小下女，陽光穿牆入戶反射著水痕木紋，心蓉頓一頓手掌心下的木板，旁邊就是前主臥室，是詠晴的禁區，若無詠晴首肯，她萬萬不能踏入。

「該掃了。」詠晴扭乾抹布，心蓉等她，蹲在門邊對她點點頭。短短的距離，心蓉起身牽她，兩人手牽著手像初上幼兒園的新生，詠晴勉強擠出笑容，溫馨得不自然，但不知哪樣才算合宜。她們要打掃她父母的房間了。

父母大殮之後，詠晴不喜歡踏進這間房，睹物思人是憑悼模糊的追憶，她要的不是追憶，父母的東西依舊像當初一樣，最後那場送別，她選了父母生前喜歡的衣物和東西放進棺木火化，房內陳設自葬禮後便沒再動過了，房內灰塵極厚，詠晴穿著室內鞋，猶能感受到摩娑的痕跡，心蓉在她身後，緊緊握著她的手，瞭解她心情艱難。這時卻忍不住「呵～企～」，趕快別過頭，將頭往肩膀埋，怕傳染詠晴。

「我讀小學的時候，有一天我媽媽對我說，『詠晴呀，妳是爸爸媽媽的心肝寶貝，記得這裡的東西，如果有一天爸爸媽媽怎麼了，記得喔！』我媽媽想得很遠，遠得忘了近的，他們沒遺囑、沒遺言，他們根本忘了跟我說再見。」詠晴將熟悉的衣物從實木五斗櫃拿出來，這件是母親次愛的，小時候三人全家福照，母親正是穿著這件針織毛線衫，她曾猶豫要不要放入棺木，最後還是留下來。

詠晴是唯一的直系後代獨生女，除去陪葬火化的衣物首飾，父母的遺物俱在，東西皆歸她繼承，包括不動產（這棟和漢平房）、儲蓄、保險理賠金，保險員推銷，他們大概圖個心安，壽險和意外險都是最基本的保額，卻買終生無上限的醫療險，想著生病有保障，不會拖累詠晴，沒料到意外車禍當場身亡，父親五十出頭，母親剛滿五十，尚在壯年後期，他們什麼都沒用上，全留給獨生女。

心蓉陪著詠晴去太平間認屍，後續的死亡證明、除戶手續，直系血親面無表情，醫院的志工們特地出來心理輔導，她沒說話，志工拍拍詠晴肩膀「很鎮定從容」，醫院裡長駐許多家葬儀社工作人員，聞聲問著後事承辦，詠晴聽他們各家來人說，接著比價，問靈堂布置樣式、幾場誦經法會、毛巾金額，彷彿這些流程是她與生俱來的知識，其實守夜摺蓮花的時候，詠晴不是突如其來的不說話，就是誇張說著父母親跟她的趣事。不知怎地，詠晴似乎沒什麼親友，父母親那邊的親友極其遠，除了捻香以外，出殯火化當天，其他的人就再也沒見過，據詠晴說，父母親兩邊似乎在某一年發生長輩爭吵後，就極爲疏離，她從小也沒去過幾次外祖父母家。

心蓉不願說什麼人死不能復生的虛話。詠晴喃喃低語，似乎正在覆誦她與父母的對話，詠晴將舊物一件件拿出來，聞著裡頭的氣息，父親的衣櫥是樟腦味；母親的櫃子染了檜木屑香包。她和心蓉提著水桶抹著木板，從房間的一端，半跪著推抹布向另一端跑去，一道清水拭去塵屑，和另外的木板形成強烈的對比色差，她們裡頭已經擦過一遍，除了靠牆的雙人床外，整間房間地板呈現原木該有的色澤。心蓉累得歪坐在一旁。「休息一下。」

詠晴拿著抹布掀開床罩，開始抹父母的雙人床柱。雙人床爲兩張單人床床寬，king size

大小，上面擱著同樣大小的獨立筒彈簧床，她父母的雙人床架有別於外面的四角柱懸空，或是中間可掀式置物櫃，從外觀看來，沿著邊緣敲，是實心的，詠晴幽幽的說著，爸爸說媽媽睡眠情況不好，太軟太硬的床睡不安穩，四柱床板不牢靠，每到夜裡，爸爸翻身、起身去洗手間，媽媽常被驚醒，後來訂製實心床架既可以隔絕透出來的地面濕氣，兼可穩穩地貼在地面、換上極好的竹炭獨立筒。這一連串家庭瑣語，牢牢的擱在詠晴心坎上，沒有法子扼止，詠晴如同和她從不存在的兄姊閒談。

「妳幫我搬彈簧床。」詠晴丟下抹布前，先拉上窗簾，然後站在床角，心蓉依言到另一頭。彈簧床很沉，兩人很費氣力才推到地面，床墊下是灑滿著零散塵屑，實心的床板中央有切割痕跡。心蓉一眼就看出來了，詠晴虎著身往前一掀，中央安著暗格，暗格一掀起來，裡頭居然放了一本薄薄的線裝書，外面包著好幾層塑膠袋，塑膠袋不是環保材料玉米糖漿所製，袋上印著某超市的字樣，可見上一次原主包裹時也有數年了。虧得是心巧，小偷慣習，潛入屋宅偷竊，因怕屋主返家，逗留時間不久，往往翻箱倒篋，拉開抽屜、旁敲側擊聲響差異，快速得手離去，以免失風被捕，像詠晴爸媽這樣設計，除非用力推開床墊，否則小偷最多往邊邊角角一探，要是探著一手灰，留下掌印指紋，哪家笨賊？

詠晴顫著雙手：「我爸媽留給我的。每隔幾年，我爸媽就提醒我一次，國小五年級一次，國一一次，高中一次，我到外地唸大學時又一次。最後一次是我考上研究所時。」

「想必很重要。」心蓉湊上前。

詠晴一手拿著，不發一語，眼淚居然無聲無息的滴落了。她覺得自己太難爲情，這麼大個人，鼓起勇氣，雙手抖著翻開第一頁。

看樣子時日已久，詠晴的父母可能拿出來審視整理過，這本薄薄的藍皮線裝冊子並未受潮，亦不見書蠹，沒有書名，唯一可挑的是書頁泛黃；第一頁寫著繁體中文「凡我子孫必當圖之」。接著就是一幅幅地圖，一圈一圈、蠅頭小楷標著地名，其後幾頁都是一些類似英文的書寫標記，還有一張英文和中文並陳的黃紙，一共四張地圖，心蓉儘管好奇，不敢造次挨著詠晴，虧得眼力好，第二張地圖跨頁，像是中國臺灣海域圖，左邊是中國、右邊是臺灣，以及其他小島，一張很像臺灣的臺灣地圖，最後還有一張看起來跟「類似」世界地圖的地圖，薄薄的冊子很快就翻完。

詠晴整個人洩了氣，就像那種興沖沖等著天空的煙花爆竹，一絲光線拋上天際，最後發現是螢光棒，不足以照亮心情。

「那是什麼？」心蓉不方便動手拿她的東西。

「沒什麼，我想是家裡一本手工自製的書吧。」

「必當圖之，我猜意思是很珍貴，這本書是古版印刷品。妳爸媽怕有不……怕妳有不足之虞，留這個給妳，在拍賣會上可以賣好價錢。」心蓉差點說錯話，硬生生將「怕有不好的時候」從腦海中找了一句話改口。

詠晴一聽到「不足之虞」，指著薄冊：「妳越來越長進了，深受『良莠不齊』的寶物鑑定節目所害，這本書雖然字跡工整，天地邊一頁寬一頁窄，古代印書，中央魚尾為一頁印刷，再摺起裝訂，這本卻是一張一張寫得滿滿的，每一張獨立跨頁，沒有魚尾。」中國宋代畢昇改良印刷術，將唐代耗時費力的雕版印刷進化為活字排版，千年以降，若能擁有一本宋代原書，價值不斐，近一百年前，某文人雅士搜羅了兩百本宋代書，美稱藏書閣為「皕宋樓」，詠晴和同學聽過這段軼事，羨慕得很，而中文系學生選修書法，一學期兩學分，詠晴的筆力不好，字倒也認得好壞。

「一圈一圈的是？」

「古地圖。」詠晴將冊子轉了九十度，由橫變直立。「古代人畫地圖時，不常依照等比例尺概念，山川地貌名物以顏色、名字註記，現在方向儀有東南西北，可是在中國輿圖僅以左右區分南北，上下表示東西。這一圈一圈，妳看這裡寫著一鯤身、安平鎮、鹿耳門北線尾、加荖灣港，臺南地圖，就是以前的大員。」

「上面是妳爸爸的筆跡嗎？」親眼目睹這刻，心蓉問東問西。

「不是，這頁地圖字刻意是練過的鍾王小楷，我爸爸雖然是公務員，他們已經不用寫毛筆字了，全改成橫式電腦打字，我媽媽一輩子只拿過鉛筆和原子筆，嗯，可能還有彩色筆，別說毛筆，鋼筆都不會。」

「妳要拿到『女人要有錢』鑑定嗎？」

詠晴沉浸在父母亡故的心境，揮揮手，覺得說得太遠了，心蓉很白目。

「不能拿到拍賣會，仍是妳的家傳寶物。」心蓉對詠晴說。

「可是我父母從來不曾提過這本書，算是書吧。」詠晴有點意興闌珊，她氣父母不告而別，留下她來，方才翻揀書冊的激動，變成冷淡譏誚：「他們告訴我放哪，一而再再而三，看來慎重其事，到頭來，湊合過去。跟他們走的時候一樣。」

「妳家寶物倒底歷經多久了？」

「不知道，精準一點得靠儀器鑑定。」

「粗估呢？」

詠晴其實也不敢太隨意，畢竟年久，她指著地圖上的角落，書角落款寫著大明永曆三十五年。

「大概是十七世紀的東西。」

換心蓉驚訝了。年代久遠，不用保險箱、不用恆溫設定，僅僅用塑膠袋！

「這種紙不是機器作的，手製紙，摸得出來，打漿、抄紙、壓紙講究得很，所以更不能用以古代活字版印刷，上頭的墨已經氧化了，妳看顏色！」詠晴察覺心蓉異樣，解釋著：

「我爸爸媽媽應該常常拿出來。就是不知道他們會不會像我這樣水漬、手汗沾在上面。」

「凡我後人，必當圖之。妳家祖先有什麼涵義吧？」

「沒頭沒尾。」

「藏寶圖！」心蓉驚覺這本可能藏有祕密。

「若是藏寶圖，我爸媽怎會留到今日，自己不挖，住在這棟老房子。」

「妳難道不想搞清楚他們的遺願？」

「遺願，未免多想了。」詠晴盯著她，覺得她的疑問句變成戲劇化的顫抖。

「剩下的字，我不懂。既不是中文也不是英文，妳有興趣？妳是英文系畢業的，替我看看。」詠晴遞給她。

心蓉謹慎地捧過來，從頭翻到尾，試著拼音，以前大學難免熬夜去玩，課業她算得上用了一點心意，不是那種教授放話要點名才出現的學生，英史、美史、西洋文學史概論、選修德語當第二外國語……，然而自己第一學期口說不行，被當了，再選第二外語就換成了西班牙語，沒人對談，考完試後，西班牙語程度永遠停留在數字和問候語。她讀著讀著，那些字是羅馬拼音沒錯，唸起來竟有點像德語，拼法又不近類似，像是荷蘭語：

「Coxinja……Pinqua……Iquan，Am 1 Februar 1662 wurde dieser Vertrag vollzogen……auf Formosa……」

而且一式雙份，跟著「疑似」荷蘭文旁的，更是奇怪，每個字拼音短促，有的兩個字母爲一字，有的四、五個字母爲一字，母音加子音讀起來跟歐洲文法大相逕庭。「sa anna ka si-kidi-ang sianghowanlkang, Konxiga, 2 pi kamgowal, di Formosa……」

心蓉模模糊糊有個概念，一時之間尚未成形。

詠晴向來仔細，不過說話有點鈍，看著心蓉難得凝重的表情，問她：「既然是古物，怎麼寫滿了英文？」

心蓉急道：「拿社會課本給我！在我的手提包裡，就是明天我要用的那個教具包。」

詠晴拿出心蓉所用的五年級社會科版本，電光火石間，她快手替心蓉翻著最後幾頁：

「我記得課本有，鐘點代課指名要教這個版本社會科，超出我們應試時開出的試教範圍，我們彼此試教演練，我看過……應該是……就在這裡。」

「對了，《新港文書》。」心蓉靈光一現。

兩個人將古冊和五年級社會課本上的圖片湊在一起比對。心蓉唸出拼音，「的確非常像，拼音方法簡直一樣。」

《新港文書》並不是書，十七世紀初期荷蘭傳教士抵達福爾摩沙島上宣道時，爲了宣化當地住民信仰基督教，將新約故事先以當地住民語言和荷蘭文唸誦，再以羅馬拼音將當地番語寫出來，一式兩份，將當時大員左近的西拉雅族之新港社人所用語付諸於文字，除了《聖經》之外，書寫法應用在和其他社原住民的買賣契約當中，以原住民所居新港社集稱爲《新港文書》，如今全臺可識者寥寥可數，侷於歷史的記載以及幾張圖片而已。

心蓉的英文系上大二必修之一就是語言學，上下學期各兩學分，她琢磨著這本古物應是西拉雅文字無疑，然而詠晴不懂、不會，連心蓉也推敲不出來，四學分所學僅是皮毛，小楷中文寫了許多地名，對譯手邊的社會課本並不難懂，臺南在中國明代末年爲東南亞海上貿易樞紐，有的人稱這些以武力據島轉手貨品的人爲海盜流寇，或許在某些人眼中這些人是眞正的海上商旅，以武護衛犯禁。

「怎麼辦？」詠晴問。

「應該是我問妳怎麼辦吧？」心蓉覺得奇怪。

「不能確定是不是祖先故弄玄虛，諾，除了這一張有中文。」詠晴翻到那頁，「妳看，這張『典限十五年，限滿銀到園還。立典當人，雍正五年。』，就算是是張眞正的藏寶圖，我們又不認得這些文字，經過這麼多年，滄海桑田，跟誰要去？何況其他字我們又不懂。」

「沒錢的人才愁錢，有錢的人不愁。因爲錢一直在呀。」心蓉語出驚人。

「妳當眞？」

「可以試試！」

「反正不急於一時，一時三刻，累了半天，全身是灰，髒死了，等我完洗澡，我們出去吃飯。」

「書呢？」心蓉問她。

「拿塑膠袋裝回去。」說著詠晴拿回這本「古物」。「床墊移回原來架上吧！」

心蓉不介意詠晴這樣，她跟詠晴維持大學時代的生活模式，睡同一個房間，房間擺著兩張單人床，詠晴做什麼，她不會不知道。

第三章

詠晴站在小學的布告欄前，居然是一個多月前的事情了。考試一切順利，錄取名單蓋上學校關防大印，公告她們的新身份。各地小學少子化，遇缺不補，薪資按時計酬，因此大學學歷、談吐過得去、無重大犯罪，必然錄取。她們報考前老早打聽過了。記得就她們三人來，她、心蓉，還有一個叫何勝斌的男老師，最後分配她教中年級健康教育（再搭配低年級的生活課程）、心蓉教五年級社會科、何勝斌教中年級鄉土語言，跟她們大學學位毫不相干。幸好市區學童落落大方，大哥哥大姊姊的年輕老師出現，在死氣沉沉的校園是特殊的調味劑，小孩們不吝賣好賣乖，開學兩個星期，初出茅蘆講課倒也適應。

她們的生活差不多沒什麼變化，上課、下課、一起晚飯、回家寫論文，然後她寫論文，心蓉拿著平板追劇，最討厭校園充斥過度熱心的資深教師，時不時打探配對未婚的男女老師，一開學時甚至校園廣播，鼓勵教師參加婚姻聯誼活動。一樣是校園，如果說大學是人生的天堂，每個青春的靈魂飛越自如，小學就是扼殺天使的殺戮戰場，熱心壅塞，尤其某位自然科任老師，幾乎將全校未婚的男老師說了一遍，在她平淡得寡味的人生中，丁點爲人作嫁的緋色就能蘸爲胭脂，喜形於色。

她和心蓉分別被問過，心蓉美而自知，長得好不怕自嘲：「原來行情這麼好，見者有份，簡直成了唐僧肉。」詠晴聽她故意學得老調的文謅謅，充滿譏諷，她自己倒是心無旁騖，按章依節寫論文，每星期 email，每個月跟指導教授視訊。同個問題，四平八穩的回答：「目前不打算經營感情。」她自認不是第一眼美女，鄭心蓉才是目標。

今天下午最後一堂，心蓉有課，詠晴本來得趕回家寫論文，鐘點代課教師的辦公室只剩她和何勝斌，何勝斌輕鬆翻書。詠晴聽過他自我介紹，退伍兩年，教學組長是他的大學學長，因此應邀報考。

或許心情輕鬆，詠晴見他隨時和樂，不僅對待資深同事客氣，跟她們說話熱絡又不帶流痞，當然開玩笑的時候，有時也是很那個的，不過尚在合理範圍，網路時代誰沒聽過，自己不尷尬，尷尬的就是別人。

時間仍早，她好奇是什麼書可以留他在校。

「何老師，看書呀？」

何勝斌立刻抬起頭來，「沒課坐著進修，到了學校可不能讓學生瞧扁了。」他翻到封面，「林老師有興趣嗎，《一四二一》，挑戰學界公認的哥倫布發現新大陸！」

詠晴記得他自我介紹是教育大學歷史系畢業，三句不離本行。她笑著搖手正想謙稱幾句看不懂，話未出口，地圖或許和她手上的家傳古書相關，她順手接了過來。

何勝斌以爲碰到同道中人，興沖沖解釋：「作者是外國人，擔任海員數十年，他富有航行實務，寫出一四二一年鄭和發現新大陸。大家都以爲一四九二年哥倫布發現新大陸，稍後達伽瑪開啟大航海時代，西班牙、葡萄牙的子午本初線瓜分殖民地。這本書卻舉出事例，力陳中國早於西洋發現新大陸。妳看前面彩圖，阿拉伯人的航海地圖、然後這頁的中國坤輿圖、明朝年間的海圖。」

文字密密麻麻，短時間理解有限，彩圖卻清楚，詠晴咀嚼地圖註釋，十七世紀世界地圖上的臺灣居然跟現在差不多。她闔上書本：「何老師，你是歷史專家，請問這一類的書多嗎？」

他怔怔的，歷史見微知著，問題那麼籠統，哪一種書？不著邊際：「呵呵，妳客氣了，近年來關於大航海時代的譯書蠻多的，地圖故事、新航路的論文集都有。」

一說出口，她覺得尷尬，幸好何老師臉上並未表現不屑或不耐煩，她怕問得顯山露水。「請問何老師有沒有關於航海、地圖的書，而且是中文的？」

「千萬別老師來，老師去的，妳直接叫我的名字就好。學生面前是老師，下課人人平等，有呀，我有一些書，妳要哪些呢？」他淡淡的笑著提醒她。

每日上學從沒近距離看，他白皙的臉在花蓮海風豔陽鹽分三重夾殺居然媲美蛋殼，兩旁頭髮往上微剃，刮得清爽俐落又不流於粗獷；馬卡龍色的塑膠框下一雙眼睛含笑，縱然不很俊美，一眼看去眉眼鼻整整齊齊的，比常人勝三分，算是型男吧。

「我可不可以跟你借書？」她很快轉移話題。

「我回去整理，今天週五，下個星期拿給妳。會太晚嗎？」他再次輕聲問一句，哄孩子似的溫和。

說完謝謝再見，詠晴拎著背包，頭不敢回地離開辦公室，以免多想。

第四章

大明永曆三十五年（一六八一年）

揣著包袱，他一路北上，莫說青石板路不好走，離開了王城，木柵竹刺所圍的藩籬越來越少，天興州界北的長草裡倘眞能尋出一條土徑，便是捷徑了。

他的家族隨延平郡王來大員，現在是安平城東都了，人人學了數年荷蘭文和番語，雖然遠離王城區，溝通問道並非難事，平原上鹿群奔跑，偶然經過番社，番人問起來處，疑問衣著怎不類，他才驚覺，再往北去，語言優勢將成憂慮，王府遣人打探，一問便知，唯有混跡其中不會暴露身份。

方圓十里內番男無不圍著短裙打獵，集社之地有的女子從事荷蘭人所教飼牛之法耕種，何家三代下來，家族男丁女眷無不通曉多種語言，如簧巧舌，王城區莫有人不知「何家通事曉喻天下事」，此回他能立即回話且流利無礙，北行無災無難，他才瞭解先祖洞燭機先。

他換下一襲漢服，抖出包袱的番裝，取著火摺就乾草焚毀，切勿留下行蹤。南方連春天都是熱的，據說福建南安不比此地濕熱，一旬野外狂奔，曬得他面目黧黑，將束髮放下，清溪倒映出更衣洗面後的影像，莫說下屬，就連舊故不仔細端詳也難以分辨。其實在此音訊不通，他無須如此，小心為上，萬不有錯。

他仰望著天際，烈日當空，想起北行將穿越大肚王國，舊屬甘仔轄王（Camachat），自大德狗（Tek Kaujong）後，與東寧王國屢有武事，番人解釋乃不同族別，其意為「白晝之王」，他想起連荷蘭人在舊時通商買賣爭土，互有盈虧，尚且禮遇三分，此去吉凶難測，他不免憂心起來王爺苦心孤詣，包袱裡的教旨是他唯一的保命符，至於東都局面且待來日了。

目之所及，突見幾束濃煙自平原竄起，驀地一陣聲響傳來，正是春日草長，萬物滋生之際，番人鳴起鹿哨，在他兒時，祖父常帶他前往番社交涉，這是番人的尋常生計，聽得鈴鈴驟近，他藏身長草，心中一凜：「不好，是薩鼓宜。」番人鳴鈴趨趕鹿，但他在草叢視野不清，但聞鳴鏑破空，自然可想見楛矢參差，頃刻鹿群奔逃，一瞬間幾枝箭矢、兩三尖竹、長矛紛紛在一箭之地落下，他此刻現身不僅驚嚇番人，也會傷及己身，他連忙轉身在草間揉身爬開，然而仍是遲了，自己的外衣也被箭矢擦過。一隻幼鹿逃脫不及，竹矛插身就倒在他身旁，數隻狗聞到血腥氣，群起攻之，他的右腿被咬得鮮血淋漓，若干番人湊上前來，人人長身高傾，大耳垂環，莫怪勇力若斯，削尖的長竹牢牢將幼鹿釘在泥地上，這個月來他趁亂從王城逃出，一路顛沛流離，通事生涯何時經過這些艱辛，當番人七嘴八舌討論，他體力不堪負荷，忽爾失去意識。

* * *

番人七手八腳抬他進入高台時，他尚不很清醒，稍微起身，頭擦撞到門楣，七暈八素，番人放下他，對屋內的女子說上一長串，他竟不明瞭，日夜兼程，他已至達昔未至之地。

他記得祖父在世時帶著他在蕭瓏社交涉，其社番民頗能接受安平漢人習俗，一社一社，氏族嚴明，奉其賢能者爲尊，然而供應簡樸，不尚衣、不尚珍寶，男女有份，按歲時祭祀先祖和天地神靈，所得均於族人共享，因此他從這間屋子擺設分不清自己到底身處何種環境。

遲疑自報家門與否，那名女子約十五、六歲，衣著簡樸，上著類似漢衫，大抵是漢人互市衣物，膚色黝黑。他半癱在地上仰望，女子高瘦，一雙美目黑白分明，黑多白少，大大的瞳仁直勾勾打量他，在漢家習俗，哪有女子不知禮數，他尷尬先撇過頭，那女子口不停語，那些番男子看著他，番女點點頭，朝他上下打量，說了幾句，身旁那群番人竟爾散去，原來是她吩咐她的同族，他不知因果，思忖若是單打獨鬥，自己當不至落了下風。

番女從牆角操起一把番刀，逕往他走來，他撐起身子，若再進一步，他定要出手，管不上男子漢欺凌弱女了。

他不管番女能否解意，勉強站直大喊：「莫過來！再過來，莫怪我不客氣了。」番女盯著他，腳卻不停，他作勢要打，終究不敢出手，四目相對，瞬間女子已在他身後，「人 ah，阮係見濟 -á，未見過你這款，足冒失 ê。」

她竟說得一口南安腔調。他從不曾踏上南安，身旁諸人多來自漳泉，語音之轉、遣詞用字自能分門別類，番女口音不甚純正，但可解意，異地異人，他聲音發顫：「妳哪會曉說……。」

「替你尋些草藥剁爛敷上。」她手上多了一把植物，他誤會在先，訕訕的，一恍神，芋葉包裹著一丸草藥塞到手中，女子指向他腿上被咬爛的葛布褲。

「勞力了。」他謝道。

「你是漢人？」番女看著他。此話一出，他怔忡無以應，是束髮不類露了像相還是衣物？若番女且能辨視，那麼沿途逃亡，豈不是白費功夫。

番女見他失神的狀態，拍手嬌笑：「被我抓到，我猜準了！」

頃刻間冷若冰霜、未幾笑容可掬，東都幾時見過這樣的漢人女子。

「敢問姑娘，既是如此，何必救我？」

「漢人的那套規矩就收起來吧。」她正色回答：「汝以爲，我們會如你們這些外人恩將仇報嗎？」

他一時不知怎麼還嘴，睜著眼望著她。

「漢人也好，荷蘭人也罷，全當我們不曉事，將南方鹿場設限，僅授予有關份子，我們換了地方，你又闖了進來。算了，也不是所有的漢人都壞。總而言之，你受我族人獵捕所累，醫治你也是應當的，說不上救不救。」

「姑娘快人快語，我……」他慣用漢人思維，本想報上姓名以示眞意，然而前途未卜，一時之間，張口結舌。

「眞人面前不說假話，你若不想以眞面示人倒別說了。我族以女爲尊。我是丹戶六的長女，你若行走無礙，但請自便！」

不管語言、行止，丹戶六女處處透露玄機，何以能說閩語、又何以不問原由便縱放他，他這時發現先王教旨不在身邊，包袱不見蹤跡。一時氣悶，眼前一黑，再次暈過去了。

「沒料到你身子那麼弱，剁碎的草藥添了一味解暑，聞其味至多不舒爽，你拎在手中稍些時候便不支倒地。」

原來如此，他想起自己的失物，打疊起十二分精神，問起包袱下落。丹戶六女從他入屋、下地，族中人等手邊均無異族之物，她搖搖頭。

他知這些番人向來說一是一，若要取財害命，決不會救他。想去原處，環顧茫茫，自己身在何處也不知。

「丹戶六姑娘，在下尚有一事請教。」

「說吧！」她根本不回頭。族中男子十三、四歲就得自立，和族中男人一同狩獵，一同居住，家中大小事均由女子作主，婚配之後，居於女家。她與兄長尚無婚姻，兄妹一同用餐後，兄長會到外面和男子談天說地。

她認爲這個漢人並無大礙，加緊手邊的工作。

「請問此處離大肚王區走程幾許？」

番女放下刀：「大肚王？」

「多遠？」

「你去那裡作什麼？」

「在下有難言之隱，請恕我不便奉告。」

「你們漢人的樣子又出來了。問個幾句，故作神祕。我們族人才不小氣，你當我真圖你什麼？哼，告訴你也無妨。」說到這，她瞅了他一眼，他滿懷期待她要洩露的天機。

女子格格嬌笑：「果然被我猜中了？你很想知道？」

他沒想到番家女子如此機靈古怪，在這片浮島上生活了十九年，平日打交道、應對進退皆有常規，淪落到乘屋，多說一句是錯話、少說一句被搶白。他點點頭：「但請丹戶六姑娘教我。」

「別再姑娘姑娘打招呼。聽來彆扭。」

「失禮了。」

「算了。你稱我們爲番，未受教化，雖然各地人口茲繁，世代散居不親近，近百年來漢人渡海來此與我們爭地，坑矇拐騙，人數幾已凌於我族之上，好不得意。但過了溪水，一踏進北邊的大肚王，他的性子可不是好惹的，縱橫數族、山水邊諸社同盟，遇事我們處處禮讓，連我們尚且不敢越過半步，你想獨身前去？你豈不知各社有別，各有勢力，每每捕獵、買賣力求秋毫無犯。」

他聽了搖搖頭，若有所思，不知此女說的是眞是假。「我想回原地尋找包袱。請姑娘示見。」

日影西斜，丹戶六女搖搖頭，似乎覺得地方太遠，她沉思皺眉盤算讓他好生焦急，「在下孤身一人並無罣礙。」

「你不怕長蛇出沒，瘴氣侵身？你不怕夜黑風高，鬼魂出沒？」

他豪邁的點頭，死且無懼，何畏之有。

丹戶六女微微讚許：「路途不遠，夜黑風高，你跟著我，若聽得什麼鬼哭神嚎，不要出聲便是。」

他不覺失笑，不過連日奔波勞頓，被人小看了。

等丹戶六女說完，她分了一些熟芋，他吃完抹淨雙手，她也不怎搭理，將竹簍裝齊物品。

暮靄四合時，她正欲蹲下負起重物，他搶著揹起來。她不爭，在前方引路，他緊跟在後，默默牢記來時路。

所謂番社其實是一些番人離地所築的高腳乘屋聚落，他們並不會如此稱呼自己，反倒是東都為了方便安插的名字。

原來丹戶六所住的番人聚落並不大，沿途不過數十戶，走了幾里後，再見其他聚落，番人扛著鳥銃狩獵歸來，兩人扛著血淋淋的梅花鹿在肩，他靜靜跟在她身邊，番人並不以為怪。

一路走過都是人煙稀少之地，人口不多，他在大員左近見過更為密集的，莫約一個時辰後，眼前多為灌木短叢，離得聚落茅屋相當遠了，長草緊接著一片竹林，一入竹篁幽暗蔽月，她無聲息佇足，四下張望後，「切記！莫要出聲。」

語音方落下，鳥雀於竹梢亂飛，遁入黑夜，聲音來得快，丹戶六女拍他肩膀轉過身，取出竹筒，口中唸唸有詞，一口水飲下，倏忽吐出，水濺之處，一個老媼突然現身，他駭然莫名，怕極反生怖，聲音卡在喉頭，身子慢慢軟下去。丹戶六女跨步向前擋住他，將他保護在身後，他張大雙眼看著一切。

丹戶六女旋及大喝一聲：「妳破壞祖宗的規矩，為漢人作惡法施咒，食人心殺幼孩，縱使法力再高，咒術終有盡時，今日休怪我們。」

下午所有的壯漢同時從黑夜竹林後轉出來，每個人手中拿著漁網、柴刀、長矛之類的武器，他們傍晚匆匆放下傷者，趕來埋伏。

原來老媼是同族中人，年輕時立下家殘貧困之誓，換取修習黑咒術，終身未嫁，流浪大員和各社之間，人至晚年孤單無依，益發貪財，利之所趨，不問是非，有些漢人爲了謀財害命，唯恐罪責，便延請番婆作法，因有別閩南習俗，且番婆深諳地形，藉此移形換位，出沒無影，東寧國轄下官府查緝玄案未果，往往不了了之，懸案得利者不說，番婆再度流浪，各蒙其利，初始各族人也不願生事，依傳統，爲惡多端者死後靈魄走經蘆葦橋，必翻覆不超生，只要不危害自己，番人們遠離漢人，各不干己事。然而邪法畢竟太過陰毒，傷及自身福澤，更須加深法力，此老媼便趁族人外出時，偷抱嬰孩，開腔取心食用，明眼人便知是某族邪術，轉向丹戶六女求助，丹戶六女法術有別邪法，平日念咒禳福避邪袪災，要不是老媼爲惡太過，不得不除去，她並無十足把握。

更由於法術向來傳女不傳子，男子無一人知曉，出力不勞心。這些壯漢將老媼包圍在中央，他們手中各握了一管竹筒，拔開封口，將水全澆在自己身上。

他聽不懂他們對話，事情太過匪夷所思，人多壯膽，他才敢細看，原來老媼並無隱身之法，竹林內不見月光，一身黑衣，腳上麻鞋走路不沾地輕飄飄的，不經意便讓人產生錯覺，一有錯覺，對上陣便先行膽怯示弱了。

老媼格格冷笑：「漢人奪走我們祖傳之地，我殺一個少一個，我所爲和祖靈所爲並不違逆。小娃娃不曉事，說起祖婆的壞話。是以多欺少嗎？」

說著，老媼雙眼轉紅如火炭，咕噥一串，這些壯漢紛紛吼吼的抓緊咽喉，某個舉起刀砍向老媼時，刀刃方才揮出，半道收回砍向頸項，幸是一瞬間神智恢復，頸子一側，刀刃像剁肉一樣陷在肩骨，他看不清這些人的表情，從聲音之中聽出這些人似乎不願，卻不聽使喚的置自己於死，兩個布網的壯漢不受咒術所害，逐步向前，老媼夜梟鬼笑抽出背囊的芭蕉葉，芭蕉葉上的蠕蟲幾乎灑豆成兵，爬滿他們整身，鑽入耳鼻眼口七竅，他們麻癢難耐，老媼兀自得意，枯啞癟厲的狂語夾在夜風之中：「多學幾年再來！」，隨即大步走向前，丹戶六女立刻回過身跪下，竹筒水灑了他一身：「快走！否則保你不住」，塞了一把短刀給他，她尚且來不及拉起他，飛快唸了定咒，期望能將對手凝結一時片刻，可她功力在她之上，眼看短兵相接，老媼已然近身，嘲笑他們一個癱軟坐倒，一個跪下，「好大的口氣，代替祖靈？」他和老媼面龐相距不逾半尺，她張狂大笑：「你們這些娃娃對付我無用。」

他全然不解老媼之語，她一雙如鬼如魅的紅眼忽爾黯淡無光，直勾勾盯著丹戶六女孩，深吸進一口氣，笑聲驟然停歇，抽搐猙獰在最後一刻，身子僵直倒下，他偏過身，老媼直挺挺趴在地上，她至死渾然不知，爲何會死在他刀下，他怎麼不受咒語控制。

丹戶六女確定伸手碰了老媼臉，沒有鼻息進出，確定死透了，朝她唸一段咒語，祖靈對老媼一生善惡自有公斷，雖行義舉除害。她修習的法術多爲祝禱頌吉，但老媼死在她策畫之下，她還是要送她走完最後一程。老媼一死，纏擾諸多壯漢的邪術便已失效，人人各自摸摸自己身上的傷口。

丹戶六女柔聲問道：「你沒事吧？」他緩過一口氣來，「沒事，好得很。」拍拍胸膛，他腿上的咬傷並無大礙，實在是情況凶險，失措無著，膽顫心寒，緊要關頭，他想也不想，直接往老媼身上戳幾個洞。

她責備一聲：「沒本事，別逞強。」別過頭去檢視族人。

傷者們掙扎起身，或攙或扶返回住處包紮療傷。醫卜等事對丹戶六女而言是當行本事，諸人談論致勝關鍵，丹戶六女才娓娓道來，她料想自己法術和一干人等埋伏應可將惡婆手到擒來，或者令她自承其罪，用不著外人。未料老媼食心日久，咒術大進，一入竹林立刻下手，毫無羞怍之意，她的咒水抵受不住，不能為族人護體，而咒術之類攻心為上，這人是外族，不懂語言，自然少了心魔；再者，自小不曾聽聞這些咒術，驚魂未定乃必然，移魂控制卻不能。

經此一役，受傷的番人視他為兄弟，語言隔閡無損肝膽。丹戶六女想起來：「你的包袱。」經過一晚折騰，傷者甚衆，他知深宵尋物難上加難，衆人允諾明早再行前往。

第五章

番人和漢人不同，居所底基疊以黃土夯實，柱子打上、外牆和上泥草，衆人合力抬舉茅草頂架於其上，因此起臥，從屋內看去比外頭的通路高了一些，然而各社人煙稀少，萬不及王城左近熙攘，農商發達。番社男子在野捕鹿，女子去外耕織，各有各的忙。

番人帶他沿原路尋找，一無所獲，他心中自是焦急萬分，番人之中僅有巫女能解其語，而衆人細問何物，他欲言又止，隨便編派一些理由說是自己在南方被奸人陷害，家傳文物等等，萬不能失落。番人和漢人交易，常常討不了好，對此深信不疑。那夜攜手退敵，無分彼此，男子藉妹妹之口提議留下爲客，說不準物品爲獸所叼走、興許爲其他族人拾去，既是文字，對他們並無他用，倘使他再遠行，來日輾轉拾得，不知交予何人。

言之成理，他便和女巫的哥哥，丹戶六家的長男共榻。兄妹倆各是要人，其兄隨族人捕狩，女子則常外出爲族人治病，一開始他只敢在室內走來走去，屋隅陳設簡陋，外室一隅擺著瓦壺，他不便翻動，湊著孔瞧，裡頭有些水，外室不置雜物乾淨清潔，瓦壺似乎是件隆重的禮器。屋子並不大，他裡裡外外走了一遍，番人的灶間橫梁上掛著鹿餔、草葉等物，他仰視量測，必然不能一躍而上以構木爲易事，這些人可能比他生平見的荷蘭人還高大。

仲夏草長，他本是聰明人，蕭壠番語、紅毛語不在話下，此族語言並不難懂，相處日久，熟悉環境、日常言談不勞譯解，他方知此地番人並無姓，丹戶六只是當日便宜順口，是父親之名，平日取名徵合符驗生活，山巒溪川日月星辰花草雲朵皆可爲名，母名、父名緊接在後，由於各社人口不多，很難重名，他眼中那位陰晴不定的女巫方當妙齡，族人所求只要不違良善，有求必應，因此頗有威嚴，名字卻是簡易的阿莠。她的兄長名爲阿沐，高頭大馬勇力過人，上身披著一疋苧麻所織的外衫，裸裎壯碩胸膛，隨時大汗淋漓非臨溪水洗刷一番，果然是人如其名，合襯得很。至於自己既逃亡到此，起了該旦一名，取其諧音，待旦枕戈能成願望。

天晴時他隨勇者們到獵場狩獵，儘管身量不若他人，他從旁設陷阱、指揮狗攻擊動物，也能得到一些收穫，身體益發比舊時結實。數月前他只是形似番人，眼下形神兼俱了。

夜間聽得青年男子吹奏鼻笛，其聲悠揚，過往宴樂詩酒固然有其風流雅致，此地赤忱自然更近樸實眞情，假若不曾背負使命，在這裡生活下來，省得打恭作揖沉腐俗套。

阿荛是社中要人，族人肚疼眼花、收穫欠豐、孩提夜哭、家宅不寧，無不請她出馬，他見得多次，她耗損太過，回屋便躺下，幾次阿沐兄長捕獵回來，餓腸轆轆，她打起精神處理，他呆在一旁顯得太過自利，苦於不懂灶廚等雜役，夙昔皆由府中僮僕司職，他靜靜地到溪邊挑滿水缸，幾次三番下來，阿沐對他大爲讚賞，他搖手代表不敢居功，不過略盡家人之誼。

某天阿荛出門除祟回來，一如往常先將養，他自行升火炊煮，到河邊汲水。兄妹二人臨晚打開竹筒米飯，莫不驚奇，阿沐豪爽萬分，稱讚他略試手初，烹煮竟頗得竹子淸香，日後獵捕時，所有弟兄攜帶得芋葉米飯皆比照辦理，家中得蒙口福不愁。阿荛三番兩次眼神瞪著兄長，兄長哈哈大笑；然則阿荛反倒默默抓著米飯，他們兩魯男子風捲殘雲將鹿餔、蒸芋、米飯吃個精光。

晚間阿沐拿出鼻笛練習，曲子翻來覆去的，分明是同一首曲子，忽快忽慢，彷彿吹奏的人捱不得一點辰光，心急難耐，等回過神來調正，反倒刻意得心焦，曲中情思一覽無遺。音律貴在情眞，他不欲打擾，信步至外，阿莎獨個兒在屋外遙望天星。

兄妹倆不過吃了他作的一餐飯，各自透露著古怪。

他不似阿沐打小揉身跳躍、爬高竄下，布履輕些，阿莎知道是他，她身子並不動，背對著發話問他：「你喜歡在我家作飯？」

他不敢回答，若是無須議論社中大事，他見到她總想說什麼，又總擔心得罪冒犯，數月以來，她笑有笑爲，顰有顰爲，在他而言，自己不是討不了好，而是不知怎才好。他揀不相干的：

「挑水不難。何況是妳……你們的東西。」他語言轉變流利，臨事應對則是溫吞。一說出妳字，硬生生接上你們，他覺得合宜。

她又問：「你以前曾到河邊替旁人擔水回來嗎？」

「你們族人視我如親，但凡力有所及，莫有不從。」

「我要你擔水了嗎？」

「妳不一樣。份所當爲，何需吩咐。」他衝口而出。

她身子微微顫抖。他問：「冷嗎？」

時序仲夏，尙愁清風不來，他覺得自個特蠢了。

這時忽聞來人腳步，阿沐經過他們身邊，拎著一管鼻笛和妹妹使個眼色，矯健地沒入夜色當中。

眞是奇怪，縱使不相識之前，阿沐兄長尙不曾如此神祕，不是神祕，而是喜形於色，咧嘴歡快恐怕得意忘形，勉力維持的模樣。

兩兄妹有事瞞他。

其實若非他才到此番社，在東寧王都左近的番人聚落也曾考察過，時日一久定能察覺，兄妹兩人尙未婚配，父母已逝，番人不及漢人婚禮三媒六聘、問名、納采等，然而男女情投意合，有其章法，男子不得魯莽，以歌、以樂試情，其後，夜間投石於女方居所，女方悅其則納爲婿，爲婿者白日出外，停於女家三年雜役，挑水、劈柴、狩獵、耕種以試男子人品、營生能力。阿沐有了意中人，今晚月色正好，他前去問親，家中剩他們兩個，孤男寡女，女巫乃族人景仰對象，她不可能無名無份容留他在此間。

阿莠不過十五、六歲，軟黏嗓音，徐徐說起兄長前去他處緣由，該日眞心爲他歡喜，慢慢導入正題，月色皎潔，天空無雲，映得她兩腮微紅。

他臉上也是一紅，直點頭：「說得是，是我失察了。」語畢，他欲往前奔去，未料腳下踩空，乘屋高於路面，卽將俯面摔倒，幸而多日野外狩獵，刻不容緩，格起右肘，在地面滾了幾圈，她輕輕躍至地面，連忙扶起他，發現僅是一點皮肉傷，「以爲這幾個月來，你換了脾氣，還是不改冒失。」

他方寸大亂，「我這就走。明日見。」他摸熟左近地形，草叢將就也可。她目送他離去，背影卽將消失，怎知他居然回過身，往屋裡來，「芋塊半點也不剩，明日我再替妳採些回來，那……灶上還有一些竹筒飯，炊得熟了，妳慢點吃。」說完，他踩著土階而下。

反倒她跺腳，「你……」咒術僅可懲惡，不得用於一己之私，她偏恨不得唸定咒將他定住。

＊　＊　＊

翌日清早陽光曬得該旦不得不起身，他湊近溪水洗漱一番後，往阿沐阿莌兄妹家去。

阿莌就坐在門口，他剛開口問好，她一抬起頭，臉上猶自淚痕濕，雙眼紅腫。他深知此姝指揮鬼靈、調兵遣將易如反掌，雖則陰晴不定，何時見她如此失意。他竟爾呆了，垂著手，不知如何是好。

正巧阿沐歸來，喜上眉梢，映入眼簾，妹妹淚痕未乾、一個在旁呆立，他二話不說掄拳往該旦身上招呼。此時一個不知為何被打、一個不知為何要打、一個拼命想打，三人纏鬥在一塊。

一男一女各自拉開阿沐與該旦，朗聲周旋：「問清楚再作打算，打成這樣成何樣子？」該旦得以脫困，撫著嘴角鮮血，聽聞發話者聲音極為生份，他以手背拭血，看清楚來者何人。

說話的是一名番人打扮的男子，其人一說話，他萬分吃驚。對方說得一口流利番語，無論五官或面貌，跟旁邊阿沐阿莎兄妹冏然別異，他自己刻意打扮成番人樣，尚且易被認出，這人就算穿得像，僅是漢人間的尋常身形，魚眼長目，髭鬚未剪亦疏淡，而且他身旁的的女子更爲奇特，比這男子還高了半個頭，過肩的稻金色長髮，五官深邃，就像以前大員裡頭的荷蘭人！

這名男子的手上有一卷軸，正是他遺失數月的先王教旨。在此處，番人絕無可能大費周章造假一模一樣的。

他欲作鎮定，已是不能。沒想到亡北之途，如此多舛，他頹然喪氣。

來者似乎早預料出他會如此反應，竟抱拳向上：「何通事何大人，草民鄭敬明。草民以及牽手聽友人介紹，得知大人在此，故而登門拜訪。」鄭敬明依的是漢人的俗禮，自報家門。東都各級官員坐府，部屬同年拜訪，門下侍僮總會先打個千，一個箭步半跪投帖拜上。

鄭敬明有若傳道解惑：「草民曾於寧靖王府執役，故而略識文字，能通番語。數月前隨商船北上琉球、朝鮮、對馬諸地買賣，長途跋涉，方當歸來，聽聞社中來了貴客，有失遠迎，但請恕罪。」

鄭敬明一說完，兄妹皆詫異這個瘦弱的男子居然是南方漢人的通事，心中暗道：「我說怎能如此巧舌，既是通事，不足爲奇。」不過根據這個通事說的，他爲奸人所害，家破人亡，不得不遠遠逃離漢人之區，鄭敬明怎對他如此敬重？阿蒡不若兄長粗枝大葉，爽俐之外，粗中見細，否則怎能替族人家宅除祟去穢，策畫攘敵，心思兜轉極快。

貌如荷蘭人的女子，低聲問了阿蒡幾句，鄭敬明不便聽女人們談體己話，故意詢問阿沐，再轉而詢問該旦，阿沐一臉愧色，最後三名男子等著女方回答。阿蒡數次搖頭，講到最後，點頭不已，眼睛卻不住瞅著該旦。

荷蘭女子解析出來龍去脈，不覺啞然失笑。分明語言相通，兩下有心，可偏患得患失，有罣礙故有所恐怖，生了這麼多是非，假若所謂的「該旦」——通事大人多問幾句，昨晚別一溜煙逃開，她們的女巫這般人才配了他，不算辱沒，還是他高攀了。

鄭敬明既是漢人，且知文字，必然讀過先王遺旨方知他是通事，對他禮數周全自然，特意給了十足面子。

何定鼎跟著社中諸人相處數月，以爲拋卻做作官腔，怪事接二連三，他大意之間露出本相，既然鄭敬明手中挾有要物，以禮相待，他不可端著架子，亦拱手朗聲：「但請示見。」

鄭敬明像是自說自話，對阿芗和阿沐說道：「這位通事因得罪了王爺的海上商行，被人一狀告到王爺之處，判城役三年。」

「城役？」當其時音訊難通，文化、習俗、典章制度有別，阿芗縱然聽過南邊漢人、荷蘭人、北邊其他金髮綠眼人的一些事跡，饒是聰慧，亦不可深解。

「就是擔任城牆外的苦工，日落卽起上工、日落下工，無任何報酬，不得衣錦，每日挑磚、挖壕、疏濬……」鄭敬明詳釋。

「三年。」阿沐不禁覺得何大人過於孱弱了，他們族人大婚，男方須得於女家三年挑水服役，從事所有營生，三年彈指便過。他替阿芗挑水，煮飯，數月以來在草叢圍捕野獸，怎麼不能城役三年，何必非逃不可。

阿芗淚痕已乾，留心蹊蹺：「判三年，可他一身逃難流亡，藏身草間怕被仇家發現的模樣？」

鄭敬明指著「通關文書」，說道：「被奸人陷害，判了死刑，幸虧這份買來的通行文書才得以在發監前逃離。」

「朝中黨同伐異，家族從事海上商船，股利不均，白銀流失，另一商行奸人為壟斷獨營，從中挑唆，我全家被執，我心有不忿，口出狂言，王爺一怒之下訂了斬監候，留待日後盤查搜證，幸好王爺向來寬厚，僅將我府上僕役遣散並未株連。牢中暗無天日，既擔心仇家一手遮天，且據日久生變，幸有舊屬，干犯大險，讓我星夜逃離。現在想來，斬監候不至送我性命，我一逃獄，反坐實坐罪名。」何通事有人助拳假造經歷，索性自個兒加油添醋。

阿蒡記得該旦初來乍到時，提到的失物為家傳文書，這會兒稱之「通關文書」，應該是害怕為人探知囚徒身份，信口胡謅，因此饒是精明，亦不疑有他。

「來者是客，既無歹意，我看漢人也不是什麼說理的，你既已來此，無損我族人，我們奉為上賓，但你不該折辱我族女巫、我的妹妹。」說著掄拳再上，被鄭敬明擋下。

番人素來與外人交涉各種交易，飽嘗欺瞞，因此聽聞何通事得罪商行，深信不疑。何通事聽阿沐言色稍緩，話一講起妹妹，口氣轉為嚴峻，濃眉大眼怒叱，比之深夜鬥巫術凶險上三分。

「你們這些男人家越幫越忙，一下賣弄一下裝傻。」荷蘭女子笑問阿莈：「要妳自個兒說，還是我替妳問個明白？」

「你爲什麼對我好，卻不願作我家婿？」她既芳心已許，直接問開了。

他恍然大悟，其社住民向來不藏話不工心機，原來昨日阿沐出門時，阿莈問他，他一時慌張，「我不知道……不知道……」當著鄭敬明、荷蘭女、阿沐面前，嚅囁著：「我以爲我以爲……」竟爾期期艾艾，哪像個通事。

阿莈起初會錯意，一宵無眠，以爲誤託心意，臉薄情急，如今瞧見意中人神色，瞭解七八分，「我知影了。你暗暝轉來。」她對他說道，是南安口音。

阿沐不懂妹妹說的，看她臉紅，通事，不對，就是該旦，他的臉比妹妹漲得更紅，失卻穩重神形，再不懂，他就是瞎了。

「有朋自遠方來不亦樂乎。」鄭敬明掉了書袋：「小人乃邊鄙野民，得見故國來人，豈不快哉。牽手乃荷蘭人與社人通婚之苗裔，自小耳熟目染之下，語言與本族並無兩樣，雖不識我漢文，能聽得三成閩語。」

「來日定當請嫂夫人有以教我。」他要訂下來日之約，取回教旨。鄭敬明可能知曉他的事情。他和鄭敬明相談，覺得此人絕非普通王府雜役，措辭亦隨之謹慎。

「通事大人位尊，折煞小人了。」

「既是待罪之身，亡命天涯，何來尊卑？」聽鄭敬明和通事敍舊的荷蘭女子突然提醒他們。

「嫂夫人說得甚是，鄭兄磊落，在下再不明稟，便是失禮。小弟姓何名定鼎，原大員人士。」

「那麼請恕小的僭越，直稱大人爲鼎官了。」

閩南習俗，稱成年男子爲某官某官，何定鼎的祖父，任職於荷蘭的熱蘭遮城時，荷蘭人稱他爲「斌官」。

誤會冰釋，鄭敬明和妻子到屋內作客，何定鼎才知道這位荷蘭女子全名叫卡查里娜·哈帕爾德（Catharina Happart），他們以番語溝通，阿沐方懂得內容，幾次何定鼎提起教旨，要他歸還失物，談笑間均受鄭敬明詞鋒迂迴，阿蒡和阿沐不知其物貴重，扯遠不在心上；何定鼎流落異鄉，雖知人心險惡，在番社偶遇同鄉，得其力助又力阻，福兮禍所倚，禍兮福所恃，良有以矣。鼎官之稱，似曾相似，又恍如隔世。

何鼎官忽爾提及一旬後，月圓爲中元時節，海上多難，要替亡者祈福，生者消災，向鄭敬明請教此地如何祭祀。諒他不知教旨內情。既然拾得，數月沒聲息，不差這十日。

第六章

詠晴洗澡出來，打開桌上電腦，據慣例教授最快星期一才會給意見，自己可沒膽敢在周五寄出論文草稿，讓教授加班，學生周休二日，教授也要周休二日。她隨意攤開一堆參考書籍，對比自己的進度，一邊寫下筆記。

心蓉躺在床上敷臉在平板上追小說，順手將面膜遞過去讓她保養肌膚，詠晴根本沒聽見。

「妳剛才是不是跟我說什麼？」

「沒什麼？不就妳的面膜，妳那天問我用什麼牌子，我跟著辦公室團購，買了一些，妳用用看。」

「謝謝喔。妳怎麼會跟她們團購？」

「我們倆個不是正職，只要備課、上課，不用晨會，雖然免去了客套，至少要跟同事打好關係，妳知道主揪是誰嗎？」

「？」詠晴沒加入 line 群，根本不知道。

「校長呀！敢不加？得罪方丈別想走。」

心蓉接著自顧自的發表高見，「人家來揪團，XO醬、橄欖油、松阪肉那種東西，我們很少開伙，用不到，可是面膜一定用得到，邀我們三、四次，買個一次，意思意思，人家記得我們存在，而且團購便宜多了，上次妳就沒看到，學校大門居然停了一臺冷凍物流車一箱一箱下貨！下次最好來團購生活用品，我會提醒妳的。」

詠情想起下午的事情：「我今天跟何勝斌老師借了一些書，或許對藏寶圖有所幫助。」

「妳跟他講地圖？妳怎麼藏不住話？」心蓉沒想到她這麼大意，越多人知道，越危險。

「我沒說。下午妳在上課的時候，他在辦公室讀書，我想他畢竟受過專業訓練，所以旁敲側擊，比我們大海撈針容易些。」

「是囉，人家是歷史系資優生，比我這種半路出家，臨時惡補，在國小教社會科的鐘點代理教師強。」

語氣酸溜溜的，詠晴知道她對何勝斌印象不大好。她七月份一口氣將頭髮剪到耳下，髮質本就輕軟，脖頸後理得薄綃綃的，服貼著頸項曲線，又穿著寬鬆的襯衫，衣服色澤水藍、淺藍、大地色系、米白、棉白，下著牛仔褲、球鞋，一七五的修長身高令人羨慕，正面秀麗、背影遠看被誤會爲男性的機率不小，連何勝斌在考試那天短短五分鐘內也認錯性別，等她離開應考準備室，他私下跟詠晴說：「妳男友眞斯文。」，詠晴回答：「你是不是想說她陰柔？她本來就是女孩子。」因曾轉告那次誤會，心蓉反譏：「我沒說他娘，他敢嫌我太斯文。」

近一個月上班相處，心蓉不只一次提及，一個男子到處賠小心不是不夠眞誠，就是虛情假意，借書一事勾起濃濃煙硝火藥味，不見得她作不到。

「網路時代，只要夠細心，哪有做不到的。」心蓉打開筆電推到詠晴面前，文件打開是心蓉整理的大明末年故事、鄭氏統治臺灣資料：

「十七世紀的臺灣漢人居住地大致在今日南部地區，臺灣人都說鄭成功、鄭成功，其實他攻臺未久便染上時疫去世了，據症狀描寫是登革熱。開闢臺南府城、安平地區都是他的繼承人鄭經，也就是他的長子，加上幕僚陳永華等人共同引進，像是開科舉、興水利、屯軍所，鄭經執政末期，將政權交給延平郡王世子鄭克臧，那時紛紛謠傳鄭克臧不是鄭家人，是抱來的養子冒充，鄭經的東寧王國內鬨，大臣們分為擁戴鄭克臧和鄭克塽兩派，武俠小說《鹿鼎記》裡的天地會總舵主陳近南就是拿陳永華當藍本。」心蓉喝一口水，才繼續說下去。

「妳家的藏寶圖時間標出時代在十七世紀，大明永曆三十五年，一六八一年，那年鄭經死去，臺南開始權力爭霸戰，在中國是清康熙二十年，中國曾想招降臺灣，再過兩年，東寧王國的潮王鄭克塽投降，結束在臺政權。」

詠晴認識心蓉時，是在圖書館夜讀，她每天晚上到圖書館念書準備考研究所，九點半快到十點，圖書館響起音樂閉館，心蓉就在她的讀書桌附近出現，她們不時搭同一架電梯下樓，眼熟了，心蓉點頭、她也點頭；她笑、心蓉報之微笑，她後來得知心蓉不準備繼續升學，晚上到圖書館晃，說是投履歷等畢業，那陣子手上拿著許多臺南市地名考、金庸小說，記憶心蓉手中拿著《鹿鼎記》。兩年多了呀！

可是跟地圖打不著關係。

詠晴不置可否，反而激起心蓉好強心。

「記得那天妳拿的地圖集上，是不是有 Iquan……，依照既有的線索推論，鄭家的開家祖鄭芝龍接受明朝招降時，商船勢力遍及東南亞，精通外語做通譯，十七世紀中期商界無人不知、無人不曉中國的尼古拉·一官（Nicolas Iquan）。明末時期他在福建安平老家，開府豪奢氣派，接見客行富可敵國。鄭經繼承祖父的血統、家族經商傳統，利用山海五商行，轉手日本、琉求、臺灣，英國還曾經想借他之勢外交通商，所以他想必存了很多資本，然後留下一張藏寶圖。」

詠晴覺得哪裡不對勁，「等等……藏寶圖有說是鄭經的財產嗎？」

心蓉說得口沫橫飛，「欸，是，是沒說過，文字上從沒說過是鄭家寶藏，我照著邏輯推論。妳拿出來的古書和妳爸媽口傳的遺訓，妳別不信，Google 翻譯便知推論眞假，不過最有錢的當然是鄭家人。」她不安地看著詠晴。

「那麼妳說說，寶藏總額多少？數目肯定不小。」

「終歸一句，不管華文英文，我們問故事的開始五個 W，在哪裡（Where），誰（Who）、什麼時候（When）、什麼（What）、爲何（Why），地點臺南、人物鄭家東寧王朝，大明永曆三十五年，有事情造成寶藏外流。我們假設藏寶圖是眞的，十七世紀的臺灣最有權勢財富的人是鄭成功家族，他們三代經營，尤其是鄭經統治時期控扼東亞海上貿易，商艦隊、軍艦傲視時代，我們從鄭氏家族查起最容易，成功的可能性最高。」

「然後可能發生什麼事情，才將寶藏圖外傳下來。」詠晴附和。然而下一秒，她覺得，「就算理論成立，我家的地圖不見得是藏寶圖，而且文獻汗牛充棟，毫無頭緒。除非妳是鄭成功的後嗣，妳知道地圖祕密。」

心蓉瞪大眼睛，「如果我眞是鄭成功的後代，我還跟妳推敲啊？」她胸有成竹，「我們以地圖爲主，臺灣史爲輔，不要懷疑地圖的眞實性，直接解譯地圖文字，之後再輔以文獻，事情就簡單多了。」

家傳手工書留下的文字資料過於單薄，詠晴猜想前人怕有閃失，故作撲朔迷離，以防不測，未料到西拉雅語失傳，地圖密碼之上添了文字密碼，雙重挑戰，她疑問：「有沒有可能是一些房地契買賣契約？像新港文書那樣？我們一廂情願當作藏寶圖了。」

「牛頭不對馬嘴，後面的西拉雅文我們不知道，可是妳懂漢字吧？誰會莫名其妙附一張地契，交代子孫一定要取得這塊地呀，而且第二張地圖是中國、臺灣相對圖，北邊尚有日本、韓國，鄭成功家族全成了野心家。」

「可以呀。」詠晴不是不瞭解，被心蓉一陣激昂搶白，不服氣耍賴：「妳剛剛才說鄭家舳艫千里，創立東寧王朝，他的『貨櫃』船航遍日本、韓國，韓文漢字的野心家，就是有企圖心的成功人士，合理呢！」

「妳乾脆耍賴說是通行證還是聖旨好了，反正藏寶圖不假，妳家的東西，妳這麼不屑一顧，讓我窮操心。」

說著說著，突然隔壁房間傳來一陣聲音。格—格—格—，心蓉趕緊拍拍詠晴。

「有聲音，妳聽到了沒有？」

隔壁是空房間，再過去是廚房、雜物間，詠晴側著耳朵聽，拍拍心蓉，「風吹，妳聽窗口的風鈴聲。」

聽人說風鈴招財，心蓉要還助學貸款，所以在窗邊掛了一串，每到起風，聲聲入耳。

「不是，妳聽又來了。」果然一陣陣格～格～格～

詠晴也聽見了，本能抓住心蓉的手，「沒事，不怕，老房子熱脹冷縮。」她們才搬回來三個多月，當時百般無奈回到舊地，草草打掃兩間房，一間當成臥室，浴室在全屋的後頭，全屋像個倒L型，她的隔壁正是父母親以前的房間，說眞的，她不似心蓉這麼害怕，希望父母親能夠在她面前出現一回，可是別說看見，連傳說的頭七回魂，沒夢無影，她不敢怪心蓉膽小，現在已經是十月初，轉爲東北季風，哪來的屋子熱脹冷縮。

晚上格格格聲，心蓉不敢說鬧鬼，豈不是罵了詠晴父母，火氣大歸大，膽子和身高不成正比，過了晚上十點洗澡，要人在浴室門外陪聊天。

「我還是去隔壁看一下好了，萬一老鼠亂竄，我們的東西被亂咬，小心鼠疫。」詠晴決定快刀斬亂麻，萬一有事至少反應快些。

「明天再看。」

「我從小在這裡長大。」彷彿這麼一說，她就有了勇氣。

「我跟妳去。」

心蓉抄起電蚊拍，她倒不認爲有那麼感人，父母眷戀子女，回魂照看。老鼠還好，如果是壞人進來，她們兩個不可能空手打退。她太害怕了，讓詠晴一手牽著她，走在在前面，心蓉在後跟著。

詠晴深呼吸，「豁」的一聲推開門，快手打開牆上的電燈開關，兩管二十瓦的燈管壞了一管，她環看了左右，光線不清楚，向外的木窗略微開了一點縫隙，風穿窗難免格格震響，那天打掃後，她沒再踏進來，虧得花蓮治安好。

自己嚇自己，心蓉不好意思，等詠晴關緊木窗，她拜託她陪坐。

「請妳先陪我去洗澡。很晚了，說好了，妳要在門口一直跟我說話。廚房那裡的地板一踩下去喀踏，好像要塌了，我怕我被夾住。」

「大小姐，妳想我陪就說嘛。」

動畫電影才有這種洞穴式的幻想歷險。

「拜託妳！」心蓉拱手哀求。

「好的，眞是個大小姐呢……」詠晴拉著心蓉，順手關了電燈，心蓉回頭看一眼她父母的臥室。

兩人經過後面通道，詠晴一時興起，向心蓉證明老屋子構造好。用力蹦跳在廚房過道上，木板喀登～喀登隨詠晴跳躍歸律起伏，心蓉讓開，站在四步外，看她玩心大起，多久沒見到她笑逐顏開，再跳幾下，再跳幾下，腳底微微有陷落之感，心蓉什麼恐懼疑慮全拋到雲外，詠晴敞開笑語：「妳看看！沒什麼可擔心的，老房子常有的聲音，我說過很正常的啊！」

言猶在耳，一瞬間廚房邊的牆板、天花板還有地板骨牌效應連環倒，幸好反應得快也夠幸運，一聲巨響，詠晴腳陷下去，灰土、碎泥、木板，幸好身上並無大礙，心蓉抄起菜刀，妥善地砍破陷落的碎木，深怕刺傷或割傷她，慢慢拉她上來，不知鄰居會不會報警。

兩人確認沒事，心蓉趴在窟窿邊緣，手電筒照地基，水泥地基上的殘柱仍在，廚房範圍的地基短柱被白蟻咬得只剩空心，勉強支撐，經不起跳。夜晚的怪響，廚房應有一份。

詠晴回過神來，尷尬的笑，「我當妳要找借物少女艾麗緹。」

借物少女艾麗緹是是英國兒童故事中的小人，心蓉跟詠晴都唸文學系，一個英文、一個中文，她們認為比起故作高深的電影，兒童動畫和卡通簡樸恆遠。小小人偶艾莉緹每當夜深人靜時，在水管、在壁間夾層、在地板下來去自如，搬運小人所需的生活用品，得打敗蟑螂、螞蟻大軍，經過重重磨難、九九八十一劫，滿載而歸。

心蓉一聽比方，跟她的生活很像，許多磨難呀，嘴上不改刻薄本事：「借物少女可能會很失望的，她只能搬垃圾、白蟻卵和大量灰塵。妳家如果是中古英國的羅曼史，最好有古堡祕道通往海邊！」

「隨口說說。」詠晴拍拍身上灰塵，她倒是不擔心，舊市區老巷人口凋零，雖然在住宅區，得隔了數間房舍後，才有「活生生」的鄰居在白日出沒。巨響過了這麼久，警察沒上門，代表鄰居不受打擾，今晚過關，明日周六，花蓮工商服務業並不實施周休二日，上網Google，一通電話可以找到屋宅整修工。

「對了！就是通往海邊。」心蓉大喊一聲。隨即拉住詠晴。

「妳的家傳古書可以借我嗎？我有線索。」

不等詠晴回答，她連珠炮：「Why，我們並不知道。What 也沒眉目，可是 Where 有可能。快點快點，我想再看一次。」

不知心蓉葫蘆裡賣什麼膏藥，詠晴依言拉上窗簾，兩人費勁挪開床墊，書冊擺在暗格裡。

詠晴打開地圖，心蓉指著她翻開的第一張地圖。「廣義的說，這張不是古臺南地圖，範圍大約涵蓋了十七世紀時荷蘭人和鄭家開創的東寧王朝所知的部份臺灣。七鯤身在右邊、大員鎮在圖的正下方，然後紅毛樓接近地圖中央，地圖的最上方是我們不知的山區地名，應該屬於哪些原住民部落，左邊是臺南北方或者彰化、雲林、臺中吧。照我先前推論，鄭家集臺灣權力和財力於一身，那麼大員的安平古堡就是寶藏的中心。我以前聽老人家說過，赤崁樓有一條地道通往安平古堡，古堡面對大海，所以藏寶圖一定是眞的。寶藏不在安平古堡，就在赤崁樓。」

詠晴聽得一愣一愣，未免太簡單了；心蓉吹著不成聲的口哨，得來全不費功夫。

「這麼簡單的話，國家重修古蹟，難道不會被發現。地道之類的，是不是要穿過臺江內海？我知道古代有許多建築科技是未解之謎，像金字塔、人面獅身、巨石陣，可是穿過臺江內海的海底隧道，實在讓人難以置信。」

詠晴再次潑冷水，心蓉聳肩，「我只是說說，猜錯不犯法。」

時間很晚，折騰好一陣子，她們在殘存的地板上步步爲營，詠晴想起搬回家後，沒拜過廚房地基主，父母身前發落的祭祀事宜要盡如舊時不大可能，她們未向地基主稟告她們回來住了，難怪這麼那麼多問題麻煩。其他的事情明天再說。

＊　＊　＊

花蓮工商服務業並不實施周休二日，一通電話找到屋宅整修工，師傅當著她們的面，橇開破裂的地板，指著底下構造告訴她們，廚房部份應該是後來增建的，廚房上的大樑當初施工就偏了，天花板蓋住了，廚房下方的水泥底基本來一般施作使用實木，三座控骨力（水泥）底基上堆疊著零星的厚木，外觀初時看似整平，多年過去濕氣水氣白蟻木頭腐爛傾斜，說著拿出水平儀一拉，證明歪了幾度，詠晴和心蓉同時閃過一個念頭，這樣整修要多少錢？

師傅和她們商量恢復的樣子、材質、丈量之後，回去算好報價，也推薦她們再找幾家，他的價錢公道，網路時代，人人可以算是半個專家，他不必也不願意亂開價。宅修公司的報價讓她們倆意外，工錢高漲，詠晴 Google 以及比價之後，知道並非隨意喊價。既無安全之虞，她們兩個人不擅長廚藝，決定將廚房暫時以六分板封起來，原先廚房裡的水電是明管，崩塌以後並不費事，老虎鉗剪斷，電氣膠帶絕緣，住起來沒什麼不方便，唯一差別就是擺在廚房邊的洗衣機水管不夠長，排水接到水桶，快滿了再倒入院子草坪。

連續兩日，詠晴壓根沒想到地圖的事情，星期一還要上課呢！

第七章

詠晴每個星期一第一堂要上課。心蓉則是第三節課，跟學生生涯比起來，七早八早起床工作，所謂星期一症候群，她們感同「深」受。

一進教學大樓，何勝斌從教務處門廊外迎面而來，他轉告教學組長通知，教育學院的大四學生要來上實習課程。從十月十二日起爲期兩週。她們是普通國立大學學生，未曾經歷學期中密集實習大陣仗，僅記起上個月某日有大批大學生入班觀看她們上課。十月十二日就是今天！

「我替妳查過課表。我的直屬學妹剛好跟著我們教三年級學年，今天妳們會碰到，拜託妳照顧指教。」鐘響，他腳不沾地，一步兩階走樓梯去班級。

詠晴跟在他身後，一層樓分道，她覺得好笑，她不過是個鐘點教師，教書一個多月，哪說得到指教，今日六堂課，每間教室都有兩到三個，倒底哪位是他學妹。一整天下來，她沒時間碰到他，直至下午第六堂結束，她走回辦公室，何勝斌已經坐著，見到她，一臉笑容，將他辦公桌上的一疊書推到她面前，各個時代的臺灣文獻、地圖、研討論文集。

她搖搖頭，難道他要她再拿一個學位，從零開始，太困難了。

他拿起從上數來第二本，翻著幾頁告訴她：「按年代在中國明代天順年間，臺灣名稱與今日沖繩的古王國重名，十五世紀中期的流求，六十多年後在嘉靖年間的《大明一統輿圖》改作琉求。諾，就是這張。」他將書中所附地圖推到她眼前：「兩個同音不同字，形狀不一樣。」

詠晴一看就知道，書中所附是典型的山水畫法，與家中的系出同款，書中的是官修地圖，所以畫法更爲精緻，她家中的藏寶圖顏色雖然多，紅、藍、黑、綠，僅僅能稱上彩圖，不到斑斕豐富。她問：「何老師，我可以跟你借這本書嗎？可以借多久時間？」

「當然好，我特地帶來給妳的。就怕妳不借！只要妳喜歡，借越久我越高興，如果妳還有其他的需要，我那邊還有很多參考書籍。」

她目光掃一遍書背，從福爾摩沙、美麗島、東亞海域、東方冒險、大航海時代、海語、巴達維亞日記、水手日記等關鍵字，可想見非常浩瀚，借一本，他可能會追問爲什麼，索性謝謝他，反正離家不遠，帶回去並不費事。

他知道她和鄭心蓉今天到此可以放學了，趕緊找話題寒暄：「今天我學妹上課還好吧？」

「請問她在哪班？」詠晴是科任老師，一天要跑好幾個班。

這時心蓉和一個女孩子談天的聲音傳來，兩個人一前一後不過一步，陌生女孩是人未到聲先至，心蓉難得對陌生人言笑晏晏。這排教室坐西面東，辦公室西晒，光線透過窗戶進來，心蓉等於從暗處緩緩的明亮開朗，飄逸長身，白膚紅顏，若不是削短了髮長，彷彿仙人，就是眉毛太濃、有點煞氣，有賞善罰惡的威脅在。

「學長！」女孩子大喊。「我們整個家族的大長老，剛剛我們開檢討會正說要找到你，拗你請客。我們到你的學校實習，三年不見，你連杯好喝到咩噗都不請，小氣呀！」

心蓉對詠晴挑眉，心中不以爲然，妳瞧瞧，這是他學妹，珍珠奶茶就珍珠奶茶，在學長面前裝可愛，學長也欣然接受，沒有分寸感的男人。

不用解釋身份了，昭然若示，詠晴跟她點個頭，怎知她溜溜的眼睛在她身上轉了一遍，明顯得，縱然再遲鈍必知另有他意。何況她在校內實習，分數不歸她打，也沒必要找敵人顯威風。可她又笑咪咪的，從詠晴身上又跳到何勝斌身上。

心蓉和詠晴相識兩年多，察覺到好友眼神有變。

她主動介紹，「這位是林詠晴老師，擔任中年級的健康科老師。」

再跟詠晴說著：「許老師找何老師，剛跟我說著何老師在大學時的事情，據說是個萬人迷，玉樹臨風，慷慨大方將筆記、收集的考古題供學弟妹線上下載，教授點名，立刻傳簡訊提醒同學趕過來，但是畢業後臉書、line 群組音訊全無，學弟妹們以爲他人間蒸發了，八月中聽說他回花蓮考代課……」

心蓉尚未完成剛才接收的資料，那位許老師接過話頭：「學長，整個家族炸開了！我今天早上在走廊看到你，遠遠『偷拍』，一傳到群組，已讀的紛紛留言，有道是：『不改當年』。」

「『不改當年』、『風韻猶存』是吧？妳們這群一樣耍寶，短短兩、三年，難道我變成中年油膩男？」

心蓉歪著頭想，學妹是親友舊交，他不用謙虛幾句，可在她們這兩個外人面前，他依舊泰然自若收下讚美之詞。她看詠晴反應，詠晴似乎不在意。

「學長，這些書是你的嗎？還是這位老師的？我可以看嗎？」不等回應，她看到最上面是一本《被遺誤的臺灣》。頭兩本先前挪開了，也就是第三本書。

「學長不僅外形沒變，念書一樣勤勞。」許老師一來話就不停，蹦蹦跳跳的好不熱鬧，其他人全來不及反應，何勝斌倒像習慣了，居然對詠晴搖頭苦笑。詠晴也會意，微微含笑，許老師翻書，目光不及，可是心蓉看在眼裡，實習的許老師還不當何勝斌和林詠晴是一對。等會要是拍張照，圖文並茂，教育圈環境小，一傳開，她林詠晴還要不要混下去。她太迷糊了，鄭心蓉覺得自己有必要解救她。

「許老師，妳們家族都在找何老師，怎麼不現在讓他去見見學弟妹。」

「今天第一天實習，指導教授說讓我們緩解壓力，我們中午午修時開會討論教案，第六節以後沒事。明天才是第七節後放學。而且，我替其他學姐好奇學長為什麼會回來代課。」

「不就想念老地方，花蓮的土地會黏人。」

「你信不信我在 line 說一遍，幾個人相信。」她轉頭又問：「林老師妳說是不是？」

心蓉對何勝斌沒怎好耐心，卻瞭解許老師講的好奇留了話尾，幾分鐘前許老師也打量她，再度打量詠晴，不言可喻。何勝斌不安好心，從她口中一定可以問出個所以然，不信兜轉拼湊不出他的過去。

詠晴尷尬的笑笑。

許老師翻著那堆書，《被遺誤的臺灣》，「名字好特別。一六六一年？」

詠晴發現何勝斌似乎喜歡以年份爲名的書籍，上週是《一四二一》，這本是一六六一。她家的古書是一六八一年。三個一，快買樂透彩。

何勝斌立刻解釋：「一六六一年底，荷蘭人在大員受困兵敗在即，隔年東印度公司的在臺長官揆一雖然生還回荷蘭，依律必須負起失城責任，並且接受審判，他力主東印度公司輕忽他的求救訊息，因此誤判局勢，導致鄭成功兵臨臺江內海、烏特列支堡之下。這本翻譯自他的日記，書中細數當時大員、巴達維亞往返情況。」

「喔，那麼謝謝囉，學長。」許老師踩中地雷，直接放棄。

詠晴順著接話，「聽起來蠻有趣，謝謝你，我要借上好一陣子，學期末歸還！」將書放進原先紙袋。「心蓉幫幫我。」

「我跟許老師有約，我等一下回來拿。」

許老師約學長和林詠晴老師一起去喝咖啡，講講課堂情況。詠晴必須寫論文，以有其他的事情婉拒了，何勝斌也說教學組長要他一起去整理校園網路線管。由於學校的教學組長大何勝斌兩屆，何勝斌又大了許老師三屆，五年對於許老師而言，是系上遠古不可考的名字，校友是籠統稱呼。

大家互道明天見。

詠晴正要提起書袋，何勝斌一手攬過來，男人力氣大，又是冷不防的。「謝謝。」但他說過，要去整理校園網路線。

「我幫妳帶回去。不遠就別謝來謝去推辭了，否則學校的學弟妹會說我畢業就變了樣。我的紳士風度蕩然無存，請妳替我留點面子吧！」以退為進。她一人的確抱不回去。「你不是要去……」

「喔，這裡不就是電腦網路主機嗎？」

這間教室是鐘點教師和某些科任老師的辦公室兼休息室，正式老師們多在另一間辦公室，因此學校善用空間，將電腦主機、已屆臨淘汰年限的桌椅擱在這，她沒留意那些像保險箱鎖住的鐵櫃。他將紙袋放下，掏出鑰匙，抽開裡面的 RJ45 接頭。他說：「大家 4G 上網吃到飽，據說將來要招標 5G 工程，替老舊教園重新布線，這臺舊主機網乾脆不修，線路纏著太亂，順手清理。」

原來是這樣的整理，並非他信口雌黃，是她誤會，有很多種整理方式。

他替她抱書回去，其他班級在上課，不打擾，她們繞開主要走廊，從校園側門出去。

第八章

有點晚了，她和許老師聊得久，許老師中間還拉了一個同校的學妹出來，姓陳，心蓉從中更新不少何勝斌資訊，她拎著雙肩包，直往家裡去。

詠晴坐在床上攤開那本「家傳古書」，她立刻湊上前。

「妳看出什麼了？」

「這本古書裡一共畫了四頁地圖，一幅大員為主的明末臺灣地圖，一幅中國和臺灣跨頁合圖，包涵今日的日本本島、沖繩縣，換算年代，當時應該是琉求國還是中山國的，以及一幅臺灣全島地圖，還有一張跟現代世界地圖很像的，嚴格來三張畫法卻截然不同，妳說的西拉雅文，我們卻不識得，『凡我子孫必當圖之』，到底我該作什麼？搞不好我的某代祖先在跳蚤市場，聽人天花亂墜，買下贗品一代傳一代，我爸媽死前渾然不知，我們是不是太傻了呢？。」

「妳怎麼不相信妳爸媽！」心蓉瞭解她仍生她父母的氣，因此極力否認地圖寶藏。

「借我看看。」

心蓉不是第一次觸手，這次比起前兩次，她有充份的時間，不急不徐，此刻眞實的紙本文物在她雙手間，電流穿越指尖，將近四百年的古物，她確定自己不會冒手汗，一頁頁翻過去，荷蘭文、西拉雅文雙文寫在薄薄的紙上，第一張地圖是山水畫法，藍色代表水紋、黑色點染爲山脈、圈狀的是浮島。少數圈形如城寨倒是中文標示。

她沉吟半晌：「國小五年級的學生都知道，大員是臺南安平最早的名字。」她咽了一口水，等著詠晴回神，「當時周邊住著原住民西拉雅人，荷蘭人跟他們打交道、做生意，以頭目和公推制度制衡集社。因此傳教士是第一批將西拉雅語以羅馬拼音書寫下來的人，西拉雅人最後搬遷到臺灣東部，而且漢化甚深，被臺南明定爲原住民，此時會說西拉雅語的人少之又少，除非我們拿妳的家傳寶物拿給人家看。不過，絕對不可以！」

「說得是。」

她們仍在原地打轉。

「冊子地圖上標記中文。後面的描述可能是古西拉雅文和古荷蘭文，不見得要懂得古西拉雅文，如果我們用翻譯軟體，怎麼樣？」心蓉指出盲點。

「妳自己說西拉雅文寫就，怎麼不需要懂得原住民文字？用翻譯軟體？科技未免過於先進了！」

「妳聽我說，妳家的古物是十七世紀物品，繁體中文部份在地圖落款。」

「嗯，沒錯呀。」詠晴再次打量古冊。

心蓉卻凝望著她不語，前兩次詠晴抵死不信，這回講到重點，卻覺得她在逗她，詠晴不得不追問：「別賣關子了。然後呢？」

「線上軟體可以翻譯各國語文，古荷蘭文和荷蘭文自然有區別，語言流傳演化『有跡可循』，」心蓉頓了一下，「妳不稱讚我成語引用得好嗎？」有了上次被嘲笑經驗，心蓉口頭上不肯吃虧。

「妳引例得當，拜託妳有以教我。」

「好，再多說一點。」

詠晴假裝瞪她，心蓉馬上接口，「就像中古英文像一點點諾曼第法語，文藝復興後的英國英語和現代倫敦英語有雷同之處，也有不一樣的地方，所以莎士比亞的戲劇原文和現在英文不大一樣，看多了，受過訓練的人可以整理出來。如 your 是 thy, you 是 thou, thee 則是 you 的受詞。」

「妳懂得真多！我的英文都還給我的高中老師了。」

「妳念中文系，碩士學位快到手了，有相當程度的功底，看古文不用翻譯成白話文。同理而論，我唸英文系，成績中等，並不代表沒有基礎呀。影印會毀損古籍，我們可以翻拍到數位相機。我先 key in 到線上軟體，找點線索，如果有歷史相關背景，我們動作會更快一點。妳要忙論文，這件事我替妳想。妳專心寫論文，我們一起去尋寶！」

心蓉正說得口沫橫飛，詠晴突然靜下來：「我們可不可以向何勝斌老師請教？我知道妳不放心，我會很小心的。」

「多個人知道？難道妳不怕消息走漏？」

詠晴微微看了心蓉一眼，心蓉低著頭翻閱那幾頁荷蘭文與西拉雅文並書的頁次，言爲心聲，她爲她擔心文字外漏？「什麼都不確定，用不著大驚小怪。就幾張地圖而已呀。」但覺得太衝，說出口卻是，「八字還沒一撇，妳信是藏寶圖就是藏寶圖好了，沒頭頭尾幾張圖片他哪有妳厲害，他大學唸歷史，而且今天他慷慨借我們好多書，問他比Google大海撈針簡單。事情有輕重緩急，我先寫論文，至於這本古冊就麻煩妳了喔！」她隨即對心蓉眨眼。

「撒嬌對我沒用。」心蓉推推詠情肩膀。話峰一轉，「無事獻殷勤，非奸即盜。」心蓉不屑地點評，說到何勝斌，她從鼻孔哼了一聲。

「妳覺得他不可靠？」詠晴反問。

「妳自己小心點，我怕妳忙著被追求，忘了論文時間，反而將家傳藏寶圖白白送給外人。」

「話別亂說，同事之誼，被旁人聽了，會笑我往自己臉上貼金，何況我也不是那樣見色忘義的人呢！」

「難說喔！」

說時遲那時快，詠晴忍不住大咳。活該愛說話，果然喉嚨乾癢，她乖乖地拿保溫瓶：「趕快去翻拍啦！」扔手機給她。

這次心蓉不再捉弄她，手機、類單眼相機各自拍了一份。「手機解析度不高，好就好在網路雲端備份，妳又不是什麼名媛網紅，沒人會盜用帳號；類單眼可以調到高相素，跟掃描效果同樣好，我們可別一再翻閱古書，年代久遠，紙質脆，以免弄壞了。有什麼疑問，圖片可以代勞。」

她正在拍圖片，詠晴想起事來，「多謝妳提醒我，論文要多存幾份，以免電腦中毒、硬碟壞軌、隨身碟遺失、記憶卡讀取失敗。」一瞬間想到這麼多意外，可見詠晴多怕。

心蓉瞭解論文一失手，後悔莫及，讚她狡兔三窟，將古書圖片分別存硬碟和記憶卡還有雲端硬碟，小心保管不外流。

第九章

實習老師來校實習，心蓉多了談天的對象，不能交淺言深，就喝飲料、談著小玩笑消磨時間，尤其詠晴這學期就要提出口試申請，去上課教學、圖書館找資料、整理論文，回到家時，她簡直倒頭就睡了，她們雖然共用一房間，眞正說話的時間反而比之前少。

許老師甚至把自己的學妹也帶來聊天，學妹姓陳，是來自印尼的交換學生，三人在一起，大學生活彷彿是昨日重現。

等到心蓉發現那日在辦公室出現的紙袋在床邊，驚呼怎麼扛回來，詠晴頭也沒回：「何老師幫我的。」她都忘了這回事，急著和許老師喝咖啡、探消息，書擺著一星期多了。

「他對妳可眞好。前幾日問我們哪個學校畢業。又問我們幾年次。怎麼認識的？」非常不識相，問女孩的年紀。「實習的許老師還說他是大學的風雲人物，對所有女生一派紳士風度。」

「紳士風度。」詠晴心中默唸一遍，背對著心蓉，心蓉沒瞧見。那天何勝斌借書兼馱書到她們家，順道借洗手間，發現洗衣機接著水桶，自告奮勇改日替她換接長管，她沒跟心蓉說。

只聽她問：「妳怎麼回答？」

「小學生們一到下課時間亂無章法的橫衝直撞，我本來在三樓看他們打球有趣，被他打斷問東問西。」鄭心蓉記得報到那天下午，她們繳交最高學歷證書，簽名的地方寫著個人報名時的畢業學校，區區三人鐘點代課教師，他何勝斌的名字在第一個，依序是詠晴和她。明知故問。

「我照實說，我們是鳳梨田大學畢業的。」大學生喜歡將校名起些別稱，開起學校地理生態的玩笑，何勝斌一聽就知道。詠晴和心蓉都喜歡鳳梨田土裡帶來的親切感，自己常拿來開玩笑。

「我跟許老師、她學妹聊天，聽講何勝斌在Line上面群組說的版本是，教學組長是系上學長，學校第四次公告仍然沒人報考，教學組長在網路問有沒有學弟妹要來考，他就過來了。」

詠晴知道在早期的小學體系裡，全臺灣的老師們視爲師範體系，就算不是同一所學校，北中南東，依照畢業年份，互稱學長姊妹。改制爲大學教育學院以後，稱呼沒改。

詠晴轉過身來，沒法一心二用。「他跟我們同年齡？」

「他比我們大兩歲。看起來跟我們差不多。男生就是這點吃香，生物法則。」心蓉撇嘴。

她下意識的動作，不自覺，詠晴看得多了，代表不以爲然。

「妳不斷追問何老師的事情，許老師不會覺得奇怪嗎？」

「許老師蠻健談，有問必答。但我不笨呀，她問我她那家族的學長如何如何，我就反問他以前如何如何。一來一往，誰也不佔上風。」

「小女孩，總是活蹦亂跳擱不住話。」詠晴說。

「她學妹才是小女孩，大二呀，大二呀……多麼美好的年齡。」心蓉，「對了，下個星期四是妳的生日，我請妳吃飯慶生。找她們出來？」

「不要了，我跟她們不熟，嘰嘰呱呱，小孩子家家酒一樣的，何況要寫論文」。其實另一方面，詠晴父母五月往生，才半年時間，她沒有這些心思。

心蓉取笑她不過比許老師多個兩歲，居然說人家是小女孩，出了校門倚老賣老。詠晴無心爲不相干人多說，指著床邊那一袋書：「妳有空替我作一下功課。我的論文就靠妳了！」兩手合掌拜託，意思是她得在年底前交稿，趕在大學寒假前口試，至於藏寶圖什麼密碼、古文的，全交給心蓉發落。

面對著自己的好友，再度忍不住笑了：「我對妳有信心，妳拿到學位要大宴賓客，地點由我指定，不准賴皮。」心蓉喜歡被人依賴，何況是自己好姐妹，她趁機逗她，說好，洗過澡後再替她一本一本研究。

＊　＊　＊

心蓉坐在床邊研究地圖以及那十三本參考書，不知從何著手，專挑有圖片的比對，希望能在其中找到蛛絲馬跡。輕輕掀開家傳古書，紙質泛黃且薄，有點受潮，幸未沾黏。詠晴說過這本是手工書，一張張穿線，全單頁書畫，否則墨色早透過去了，那張跨頁地圖較爲特別。電視劇常見橋段，古人爲避人耳目，將重要線索藏在夾頁，或者用明礬寫字，火烤、灑水就現出原形，這本古書完全不適用。西拉雅文、荷蘭文並書，一大段文字之後，才夾著一頁大員爲主的古地圖，一鯤身、二鯤身、三鯤身、……她知道臺南有間南鯤身代天府啦，以前大學跟著同學到處玩，騎機車環島，曾經長征去各地宮廟拜拜，累了就住香客大樓，那時她還不認識詠晴。

她隨手翻開一本《臺灣地圖總覽》，雪銅印刷，按著年代出現的臺灣樣貌，哪怕地圖上僅搆上臺灣一點邊，地理幾乎錯置，大魚張嘴的神話也在其中。臺灣島粗具今日衛星空拍樣，至遲中國明代中後期海防概念興起，福建閩南向外討生活的人民很多，官方才對海上資訊不躲躲藏藏，每幅地圖邊註解原圖成於何年何代，哪種畫法，收藏在世界的哪間博物館、私人珍寶之類的。心蓉終於瞭解上窮碧落下黃泉的意境，或許有些地圖流散多年，在學者、收藏家眼中必是極品，東西方古今皆然。

她自言自語：「大員是漢人在臺最早開始的地方。地圖畫的也是臺灣府城圖。問題是，範圍那麼大，詠晴妳父母留下其他的口訊嗎……」她望著詠晴的背影，趕寫論文進度沒反應，心蓉走到詠晴身後，詠晴誤會：「妳別鬧我啦！我今天一定要寫到第三章第三節。」難得文思泉湧，攤開的古書原文沒句讀，她將直書的連續文字斷句引文摘章，然後電腦的藍光反射在詠晴眼鏡上，電腦螢幕一個個字從左到右，很快變成一行字，自動換到下一行，詠晴打字極快。

心蓉略顯失落，頹然拿起書，仍在方才那頁，一塊圈狀島寫著「萬崖瓊儋」，看位置大概是海南島，安南是越南，地圖上每個中文地名全作橫書，密密麻麻的地名小字竟擠在地圖上，發行商印書前不顧慮讀者眼力，眞是的。

幸好詠晴祖先的那本書字體大多了，依賴現代高科技，翻拍的地圖從平板電腦閱讀，兩指一點，古書的字體要多大有多大，高清畫素不怕看不清楚，字體似乎……，不對，詠晴說過中國古代書法是由右至左直書，以前的匾額、橫批也是從右到左，這本《臺灣地圖總覽》原圖縮印，文字地標無論橫書與直書全是由右至左，然而詠晴的家傳古書，第一頁「凡我子孫必當圖之」沒有句讀，兩橫排字隔得極遠，而且和現代書寫一樣，當時她才能一眼讀懂。

過於習慣，起初未發現這點不同，家傳古書的字跡雖然娟秀，上排文字貼近線裝邊緣，後排字從書中央寫起，居然由左到右，現代人的寫字順序。永曆三十五年的人，不可能未卜先知！她拿起古冊，將第一頁的祖先遺訓看個仔細，第二張是文字頁，第三張就是大員和部份的臺灣西部地圖了，不敢摺書，平板電腦的十吋螢幕恰好和古書內頁差不多大小，虛比了一下，第一行字壓在地圖的上方，尖尖山巒都是番社名，她一時不能知曉緣由；第二行，一筆一畫「必當圖之」，不多不少竟落在地圖上的紅毛樓的建築上，連讀起來就是必當圖之，此後紅毛樓爲直式文字。兩者垂直。

「妳快來看！」心蓉喜不自勝，聲線高揚。

可是詠晴偏偏直視螢幕：「拜託妳。」打字非常焦慮地，不認爲有什麼特別。

心蓉並非小氣，卻無法充耳不聞，研究古書還不是爲了她的因素。詠晴鍵盤打字連續不斷，敲著她的心境起伏上下，她擱下平板電腦還有家傳古冊，將那些參考書放回紙袋。

第十章

這天心蓉課程比詠晴多，詠晴要到圖書館借書。她的生活形成一種規律，老闆批示論文進度，她到小學教健康教育，晚間吃過飯開始寫論文，周而復始，當地的大學不在市區，圖書館藏書恰可供作學術之用，離居所約半小時車程，她搭著長程公車到大學圖書館後，再搭著由圖書館發車的公車往市區來，其中一站站牌就在學校旁，離家也近，她算準每刻流程。以前心蓉、詠晴互約放學走回家，自從許老師到校開始實習，喜歡找人聊天，詠晴急著趕論完進度，逐漸淡出她們的新圈子。

她在書架間尋找所需的古文，複印其中幾張，再一本本堆著放在還書車裡，一瞥見書車上的小說，差點錯過圖書館周末借書時間，她急忙提著這些借閱圖書和影印資料下樓，櫃臺前多得是比她年輕的大學生，一本本奇幻小說、學科參考書、電影 DVD，不由得感慨，怎麼大學日子回不去了。

壁面上的時鐘指向六點五十分，再過十分鐘，定點發車，她慢步走出圖書館，一出館，秋季晝短夜長，早秋風起夜色下得早，圖書館內燈火通明，館外淡墨整片潑下來，她正嘆了一口氣。身旁有人輕喊：

「詠晴。」

正是何勝斌，似笑非笑地望著她，隨及遞上東西：「生日快樂。一點點心意。」

今日她生日，不是忙到忘了，而是無暇她想，心蓉早提議去慶祝，她心情不好，推託了幾次，心蓉只好作罷。沒想到何勝斌在這裡出現。她驚訝，不願問他怎知道，顯得太蠢，對於他遠遠地跑來，等到她出圖書館，她還是有點感動。

他的紙袋子裡裝著生日禮物，很像怕她拒絕，他自己抽出一份，「我想妳應該會喜歡地圖集，借書總不如自己收藏，這本《十七世紀地圖集》妳看看！」

詠晴眼睛一亮，硬皮書面仿藺草壓紋，全本雪銅，紙張磅數重豆油墨不反光，一映入眼簾，手感、觸感絕對比平常書籍好，一幀幀是歐洲人對於東亞一團熱，尋找傳說的富饒帝國的想像與實踐，某些畫卷下方還有舊日原住民圖像。她家傳古書的四幅地圖畫風大相逕庭，最後一張似乎跟這些畫有異曲同工之妙，揉雜投影、緯度，她太過愛不釋手，抬起頭來時，何勝斌的半框眼鏡下一閃而過毫不遮瞞的雀躍，兩人那麼近。雙眸灼灼縱然透過鏡片，都能盯著她全身發燙。

「書重不重？我替妳拿回去。」不等她回答，他將地圖集放回大紙袋，「我知道妳注重環保，不敢過度包裝。」她發現紙袋裡另有一樣東西。

應該不是名貴東西，在圖書館門口推來推去不好看，於是她故作鎮定說聲謝謝。再客套下去，她便不懂得說話了，恰好這時公車到站，她得上車回市區住屋，否則在這所大學校園流浪，要不然，打電話教心蓉騎機車來接，她一定肯。

「何老師，謝謝你，車來了。」

「出了校門，別稱呼學校職稱。聽起來很怪。」何勝斌笑著提醒他：「你叫我的名字就好。快上車，晚上風大。」說著，直接替她拉起帽T，遮住前額，動作很快，她來不及反應。

「頭保暖，手腳就不怕冷。」說著，隨手撕開一個暖暖包，塞到她手裡，一瞬間大袋的書被他拎在手臂上。

詠晴訥訥地，心想「人帥暖暖包，人醜性騷擾」，不對，要怎麼形容呢？

「你要怎麼回去？」詠晴讓其他學生先上車，不急著搶座位，半小時車程而已，站著一會無妨。

「我是這所大學的老鳥，當然搭這班公車回去。」

他沒開車，也沒騎機車。

詠晴前腳踏上，何勝斌跟著，公車後座正剩下兩張空位，兩人一起坐著。她手上拿著手機，起初打算聽著歌回去的，歌單正在跑，他在身旁，她覺得不禮貌，沒戴上耳機。

車上大學生紛紛聊著自己的事情，社團、電影、3C產品、美食樂遊，青春的喧囂恣意，司機無須播放任何音樂輔佐，滿車張狂怒放的調性，他們兩人陷入半熟不生的尷尬之間，深怕誰開口，破壞了極致的寧靜張力。

「妳覺得我們學校圖書館的藏書怎麼樣？以前唸書時同學們都嫌藏書不夠。以前歷史系在另一個校區，爲了借書，我和同學必須先騎機車到火車站，再搭著學校的專車從火車站抵校。尤其是北部學生，常常待不到一年就休學，嫌地方遠娛樂少。」

詠晴終究克制不了好奇心：「我如果早點走……」

「妳若不是那麼用功，我就碰不到妳了。」

他看著她：「拿到妳家，就怕妳不收。我看到妳從學校站牌上公車，知道妳爲了論文到圖書館，所以我搭下一班車過來。」

原來一舉一動被看在眼底，他不進圖書館打擾她。

「謝謝你。」她說來說去，彷彿跳針了。

「妳要不要拆開另一樣禮物呢？」

「嗯，當面拆不禮貌。」她記得有這話，隨口說了出來。

「我希望妳拆，不滿意，我可以再送。」

「不是叫我嫌東嫌西，多騙禮物嗎？」她以進爲退。

「如果妳願意收，我就願意送到妳家去。」

她覺得自己應當警戒，正色說著：「開玩笑的。我不敢當眞。」

「爲什麼不能當眞？」何勝斌問她。

公車已經開到市區某站，詠晴急忙起身：「借過，」何勝斌沒料到她會提前下站，看著她起身，將紙袋交給她：「別忘了妳的禮物還有重要的論文參考書，生日快樂。」

她大可以在後兩站下車，離她家更近一些。他透過車窗目送她在路邊等著紅綠燈，她低著頭滑手機，他失望得很，她家的水管還沒修！

她感受到一路走下來，他如影隨形的炯炯目光，包括下車以後，壓根不敢抬頭，怕對上他的眼神。等到公車開得遠了，十字路口的紅綠燈也過了兩次循迴。

＊　＊　＊

許老師嘰嘰喳喳的，心蓉已經覺得自己很活潑了，比起她來，略遜一籌。小小的個子，麻雀似的。幸而如此，不藏機心，易於交談，她們交換著上課種種情報，心蓉小心試探，在那麼一丁點界限邊緣透露一些好奇，由許老師說出來，包括他消失的兩年，大學有無女友，學經歷，得到的永遠是那一連串讚美的形容詞。場面話不須要說上三、四回，他可能眞的博得好名，這樣的人怎會到小學？

許老師幾次聽他打探，以爲她喜歡何勝斌：「妳長得很好看。應該是全校最美的老師了，妳留起長髮的話，適合臉型。」

全校近一百名老師，女老師有七十多個。她不願喬張作致的「哪有、哪裡」，索性回答「妳看的美女不夠多，我太高了。」

許老師不無羨慕，如果可以移植身高，心蓉分個十公分給她，她從一五〇公分長高到一六〇，心蓉就是一六五公分。兩全其美。

「唉，其實我第一眼看到妳和林老師，覺得妳們蠻像的。」

心蓉和詠晴當了兩年多室友，每日相見相問，動作口吻相仿並不意外，卻從沒聽過這樣的評語。「是嗎？」饒有意興反問。

「給人的第一眼感覺。妳們臉型是同一型，而且兩個人都瘦瘦高高的，眼睛都在比大贏一樣。妳的五官比她立體，妳蠻像混血兒的。」許老師突然盯著她看，她被看得莫名其妙。

「妳是棕色眼珠，要是戴上藍色、綠色的瞳孔放大片，就更像了。唉，身高由父母，很氣人，除非洗基因。我想男生都喜歡個子小一點的女生。學長對林老師很熱心吶。」

「何以見得呀？」心蓉明知故問。

果然，許老師全盤託出：「我兩次看到學長在她桌面上研究她的課表，還有呀，LINE上面有人問學長是不是要追女朋友，故意留在學校。」

這間辦公室大門、窗戶全開，坐西面東，下午時陽光充足，從外面看進來，一清二楚。第二件憑證，時間點不對，她們考試後才認得何勝斌。她裝得一臉疑惑。

許老師深怕她不信，加碼放送：「他在LINE上傳了笑臉圖，如果是假的，早就否認。我們問是誰？家族裡只有我在這裡實習，連帶受拷問，經我多日觀察，正是大家想的那樣。」

八卦始終來自人性，科技增添可看性。她皺了眉頭。

「妳不相信？我下午親眼看見學長目送林老師上車，他招手，林老師沒看見，他在站牌下研究時刻表。我在二樓教室往下看到。不會有錯的。」

眼力這麼好。她強抑心裡不安。

「不扯遠了。他既然這麼好，妳們系上沒人嗎？」

許老師覺得她語帶酸意，以爲人之常情，美女萬衆矚目，再怎麼謙和親切，多少會認爲男生必是垂青自己。

「學長以前的女友在他服替代役時分手了。誰提分手的，不清楚，我們不敢問。退伍後他出國遊玩，第一星期仍在臉書打卡，其後兩年完全不見蹤影。我們幾乎沒人知道他在哪，只有帳號，沒有登錄記錄。以爲他自爆。」

難怪許老師之前提到看到他重回花蓮，家族多激動。療情傷，心蓉嘴角微揚，笑著問：「妳們歷史系要讀很多古書吧？」

許老師解釋歷史系分門細膩，大學前兩年通論，後面依據個人喜好選擇時代，以及研究方向。心蓉追問：「荷蘭時期的臺灣史，容易嗎？」

「不知道，我不會，現在很熱門，可是我就是沒興趣。以前……」她想起來某教授開課荷蘭時代的臺灣史，差點不滿五人不能開課，她才大一，學長想聽，問學弟妹要不要一起選修。她才大一，當然是不。她告訴心蓉，添了一句：「學長成績頂好的，他連續三年拿系上的第一名獎學金。」

第一名，如同詠晴說過的，問他比大海撈針快一點。何勝斌有的是專業知識，唯一要憂慮不夠小心，怕他轉到這念頭上頭去。

她也怕許老師誤會下去，於是草草的將話題帶過。她們約好這個年底若是天晴，一起去逛花蓮市河畔的跳蚤市集。

第十一章

這天下午，何定鼎按奈不住，離中元約期尚有幾日，摸索著路徑，走了一段路才到鄭家，所謂的鄭家僅是一間高頂茅屋，壁面就地取材，用曬乾的土磚塊堆疊爲塗墼厝，簷下懸掛著海鹽漬過的豬肉，大門未閉，鄭敬明大聲誦讀陽瑪諾所譯的《天主降生聖經直解》其間故事，南安鄉音琅琅，想來阿蕚曾向他請教，陰錯陽差他闖入社中，社中巧人之巧慧，冥冥之中自有定數。

等鄭敬明誦讀完畢一篇，何定鼎快步向前唱喏作揖，其妻微微頷首屈身行禮。

鄭家布置外觀和番人不同，內室不示外人，入門後隔出正堂，正堂兩翼分出左右室，則像閩南建築形式，粗木刨製的矮桌案擺在正堂牆下，鄭敬明將《天主降生聖經直解》置於案上，金屬十字架在旁。鄭敬明引他入坐，人在異地爲客，他不願冒然問起，顧左右言他，鄭敬明道：「內人和我無分彼此。」

卡查里娜立刻從內室取出卷軸。三人主客分坐。

何定鼎審度局面，縱然不與言，夫妻倆人夜半私語依舊得知。由於並無他人，兩人說起熟悉的閩語，是何定鼎先起頭的，隔牆有耳，難保沒有曉知的番人聽懂，小心駛得萬年船。

「小弟先謝過那日解圍之恩。」

「小事一樁。」

何定鼎要尋個事由起頭，無奈這輩子多是課窗苦讀或隨同父執輩習曉譯語，缺乏獨當一面的實際經驗，因此鄭敬明截斷了話頭，他就呆著了。

彷若看破他的來意，鄭敬明忽爾說道：「明人不說暗話，鼎官可是想確定我是何居心？」

「心照了。」

何定鼎覺得敵暗我明，不知來人用意，不能料敵機先，索性隨機應變，雙目直視鄭敬明。

果然情勢逆轉，一室無語。

鄭敬明乃小廝、書僮出身，察言觀色方有生路，深諳語術，改說自己：

「我祖籍福建南安，至於是南安何地，家父爲同安伯所買時節，尚在稚齡，所識有限，家母爲南安侯府上小婢，成年之後由南安侯指派給我父，因此我姓鄭，蒙賜名鄭安，南安侯投降清人之後，國姓爺承繼海上艦隊，四處招兵買馬，我父隨之家眷渡海，黑水溝浪大不少船楫吃水撞礁石沉入海底，我尚在襁褓遂隨母親在另一艘船上，安然抵臺，我父子永生分離未得相見。及長，我跟在嗣王爺身邊，寧靖王府世子需書僮伴讀，承延平王府舉薦至寧靖王府，寧靖王王爺又將我改名爲鄭敬明。」

這時何定鼎才恍然大悟，鄭敬明是鄭府的家生子，也就是俗稱的家養奴才，其父母應爲買斷，必得終生老死於王府。

南安侯是鄭芝龍擁立唐王於福建即位時，所賜爵位，大明王朝覆亡，鄭氏父子決裂，鄭安一家隨主子來大員，後到寧靖王府任書僮，正是擔任延平王府的耳目。先王鄭經在位時節，事事雖以永曆記年，對外國各商行則自稱東寧王國國主，英人遠派使者和艦長 Ellis Crisp 來此，亦尊稱爲鄭經爲王。永曆十七年，鄭經迎接朱術桂來安平，用以籠絡南方各勢力，在東寧王國其實以鄭氏爲主，朱爲客，兩人平禮相待，並無宗室親王與外姓藩王之別，表面上鄭經特意開窯燒瓦替朱術桂建了一棟輝煌的閩式王府，就在承天府衙旁，實則派出心腹就近看管，朱術桂不是不知情，因仰仗鄭經海陸兩方商隊的歲俸，替鄭安改名，也是故意昭示盼鄭經能敬奉大明，永無貳心。

鄭敬明未聞反駁，見何定鼎神色，於是往下說：「兩位王爺待小人不薄，試想山野賤民於亂世苟活已屬萬幸，今爾在海外新天地，留得性命且能識字謀生，如何賣主求榮？既不能忠於國主，又不願背義新主，唯有逃離東都，到半線之北了。」

何定鼎想起來，先王幾度跨海西征，聯合吳三桂企圖與荷蘭、西班牙兵力反清不果，幾經清國利誘，諸多軍士思鄉，部將舊旅倒戈者上千，連王府也有不少下人連夜失蹤，鄭敬明必是那時改裝離去。這人讀過先王遺詔，不知做何打算。

「鄭兄如此交心坦承，足見君子磊落，請閣下歸還此物。」何定鼎捨卻客套，直接伸手去拿。

鄭敬明反手一扣，沒料到手勁一搭一甩，何定鼎吃受不住，卷軸拿不穩。他設想鄭敬明謙和助己，沒承想狼子野心，先王遺詔在對方手上，萬一事機不密，洩露出去怎好。

「先王壯年崩殂，實乃我國不幸。君亡於北，必有深意。」

「想來鄭兄必已知悉遺詔王命？」何定鼎問道。

「那卷上寫了，東寧王國如何草創，鄭氏自南安侯（後改封平虜侯）、延平王、東寧王等事，將來嗣王爺必當聽從汝言，廣開海路、墾荒闢地，建立白銀帝國，切不可短視近利。」

鄭敬明一口氣說出來，何定鼎雖知他早已看過，吐露眞事之前，他還是有點心驚肉跳，王爺刻意隱晦閃爍，怕的就是萬一王璽詔命失落，被賊人竊得祕密。這祕密託付予識見不豐的何定鼎，也是看在何家三代男丁不豐，內外無期功強近之親，一人無所顧慮。

彼時，諸人皆早婚，何斌積欠東印度公司金錢，輾轉得知鄭成功有意攻取大員，以父親舊地徐圖再起，何斌因獻策功成，家財優渥如金山銀山，妻妾誕育多名子嗣，然而島上時疫從不間斷，颱風水澇蚊蠅肆虐，何定鼎兄姊多夭於襁褓，因此何家三代單傳。然則，事無全好，遠處近憂皆不敵意外，鄭經所託是人，豈知東寧之北，山水之間有舊部故人。

「若我拿著這封遺詔到其他社，找海外水手，又或者偶遇其他生理人（Sangley），試想怎樣？」鄭敬明反詰。

他幾乎要喊叫出：「亂臣賊子。」幾乎要拂袖而去，番人衣物短葛見肘，沒有這作派，再者形勢比人強，他強抑怒氣還坐矮凳。

卡查里娜見狀輕笑出聲。

「你這話足以矇了別人，騙不了我，其中的東都局部圖做何解釋？」鄭敬明將教旨捲開攤於桌案，卷軸中央糊著宣紙書寫文字。

鄭經雖對外宣稱東寧國主、對內仍沿用永曆年號，世襲郡王爵位，其喻令稱之爲教旨，而非聖旨。這份教旨用璽、年號一如既往，上下卷軸木工精細，陽刻卷頭花紋旋鈕，以竹榫相扣，其木幾近實心，僅餘一籛紙管細捲堪堪塞進其中。倘使卷軸完全中空，無論何人拾掇掂量必定查覺有異，因此當日鄭敬明野外拾得，意外驚喜兼有之，不知另有奇珍。只因野外土墩起伏，腳下踉蹌，卷軸脫手，卷軸下方雕花方經碰撞，毀損缺角，洩露地圖。

鄭敬明打小生活在東寧王城與府城之間，寧靖王府一牆之外的大道旁卽是昔時荷蘭人堡壘改建而成的火藥庫，王府宅邸內院外男不得擅入，身爲心腹密探，達官貴人宅邸布局略知一二，他從建立白銀帝國、王爺商行、言聽計從忖測，何定鼎在王權改朝換代時既不留守觀望，亦不結黨取得擁立之功，東都必然生變，此圖大有來歷。

「事已至此，廢話休說，文比抑或武鬥？」何定鼎料定來者不善，自己太過托大了，若咬定不吐實情，得以逃生，凡事需得留神多心計。

「文是如何？武又當如何？」卡查里娜挑眉咯咯笑，俗語人在矮簷下不得不低頭，何況事態哪由得他。鄭敬明細眉之下的一雙長目精光一閃而逝，乍見貌不驚人，實是再聰明不過。那日言談好聽，鼎官長鼎官短親暱，實情是兩人翻臉不認，劃下道來，何定鼎尙且不敵鄭敬明，再加上他的荷蘭牽手，荒郊野外屍首塡壑耳。

何定鼎收懾心神，鄭敬明要是知情知底，大可不必長談，留下轉寰餘地，必是萬事俱備只欠東風，要套他話來著。

他意欲奪回地圖與教旨，動之以情，說之以理，過於天眞，不妨將計就計。

「文比武鬥我並無必勝把握，然則食君之祿忠君之事。何家世受王恩，豈能臨難脫逃，鄭兄若是強逼，我堅不吐實，唯有一死以報王恩，君亦不曉其祕；反之，我等比試，勝負已定，何定鼎縱是失卻此物，乃技不如人，並非志意不堅，辦事無著的小人。」

「鼎官偏好文比？」卡查里娜學著口音稱呼他，自信自在，彷彿勝負已定。

鄭敬明夫妻好整以暇，何定鼎唯恐自曝其短，一時半刻又想不出好方法。

「比試由鼎官挑選。我夫妻捨命陪君子，君已知我來歷，謊話欺我不得，我知鄭家有一祕藏，王城之內必有其蹤，要君指點一二。」

何定鼎佯裝爲難，既然對方有疑他之心，他需多些時辰拖延，於是道：「地圖、遺詔本是我物，比試乃受迫，我不得不爲，需多件采物，我們才比劃。」

不等他說完，鄭敬明信了八成，從竹藤編架上取下一卷羊皮地圖：「這是荷蘭人所繪島圖，乃內人向祖國商船購進。此島霞蒸海籠，越往北行，硫磺、瘴氣、水文處處行險，北邊鼎官有此物指引，勝於一人獨行。」

「多謝了！」何定鼎抱拳行禮。

「稍等，還沒比呢！」卡查里娜笑他，非矯情賣嬌，一對藍眼流風四射，精明大氣，令男子沉醉不已，何定鼎不解兩人男才女貌又曉辨數語，怎能在番社之間買賣飄浪，不論東都、海外各國跑船，都是一等一人才。

何定鼎尋思，武鬥毫無勝算，夫妻二人荷蘭文、番語、漢文皆通，鄭敬明曾爲書僮絕非胸無點墨，腹笥之廣難以度量。

「得罪了，我和鄭兄武鬥。」

兩夫妻瞠目結舌，何定鼎身手如何，一試便知，竟要比試武藝。

「在下不才，文不成武不就。王恩浩蕩，恕難從命，只得勉力一試。君子一言，快馬一鞭，若在下不幸失手，絕不食言；反之，在下僥倖得勝，鄭兄亦不負所言。」

他將話說滿，讓鄭敬明無所抵賴，直接拿起桌旁的《天主降生聖經直解》將手押在經書上，「天主見證，並無虛言」。鄭敬明依約亦將手撫於其上，「絕不食言，若有食言，甘受天主怒火，接受末日審判。」

「按怎比試？」鄭敬明問道。他覺得何定鼎不如意料中穎慧。

「在下，要請鄭兄跟我作一回陶匠。素聞荷蘭國人雅好我國瓷器。東印度公司每年運載上萬瓷器回國，王公貴冑莫不以蒐羅中華瓷器誇耀。此去數里內，有一地土質適宜燒製陶瓦，請鄭兄移步製器，其色彩唯君意是從，何人所製精良則為勝者。一來社中族人不知內情，二來外者評鑑公正無阿。」

何定鼎這番心機，尚有推延時間，引用公衆輿情之意，燒製陶器費時數日，先離開凶險之境方為上策。

先發制人、後制於人，鄭敬明和妻子漫遊商岸，眼界寬廣，怎也料不到何定鼎三代譯官，周旋商船，時時目睹外國所訂製的瓷器，審度品鑑眼力非同小可。

何家既然不循開科取士、光宗耀祖的傳統文人出身，何定鼎閒時蒔花養草，書畫捏陶，同時代的日本有田燒（伊萬里瓷）、安南瓷、阿拉伯瓷、蒙古瓷、暹羅瓷都不在眼內。當時荷屬東印度商船航線遍及歐亞美非，本國燒瓷技術不純，鍋爐壓力爆炸，學徒工匠屢屢非死即殘，燒製出的瓷器成色遠遠不如大明青花瓷，而且水手識字不多，往往隨意塗寫訂單，成品構圖與文字兩不稱宜。荷蘭東印度公司趁貿易大洋之便，替歐洲各國遠赴外海，客製瓷器，賺取暴利，當其時富貴人家祖傳的肖像畫，其畫中人的手邊、桌上、窗臺正是大明瓷。

然而瓷器逸品得來不易，所謂「青如天、明如鏡、薄如紙、聲如罄」，顏料、溫度、高嶺土，缺一不可，若無相當經驗功力，作坊燒裂爆炸所在多有，此時東都草創，作坊匠人自不及大明江南技藝高超，不過能燒製王府琉璃瓦自具火候，何定鼎看得多了，番社又不比荷蘭東印度公司的工匠，社中有的是粗甕簡器，要作瓦器容易，要繪圖定色添料則難上加難。他跟著社人籌畫陷阱、採拾果實時，極為熟悉鄉野花草、礦石岩質之天然顏料。瓷器不易，燒作陶器等日常用品倒是不難。

鄭敬明曾為王府書僮，世子就學，他站侍伴讀，熟悉典文，筆力泛泛，遑論執筆書畫，他不願不戰而降，要一決勝負。

約期已定，今日周告社中諸人，阿芬和阿沐以為兩人比拚作戲，然則兩方分頭尋找可用之物，何定鼎一身冷汗，物質缺乏，心中所思未必如願，一切留待比試便見分曉。

第十二章

社，是漢人稱呼番人集住之地，其實各區以己語互稱直譯。燒製陶瓦的熱窯除了各國行商必到的東寧都城以外，其他番社尚無可控制高溫的作坊窯。何定鼎來此數月，周遭地形、風土、植物花草知曉十有七八。他料他做不來，鄭敬明亦是做不來，方有製器之賽。

是日，社人團團圍觀兩人競技，鄭敬明夫妻二人由鄭敬明出戰，夫妻藉以往生活事物構思圖樣；何定鼎因陋就簡，捨卻繁瑣華美，以簡約凝重爲主。兩人捏土、揉合、塑形，削竹編出形制，將陶泥放入竹編之中，頗費時日，兩方可隨意休憩，等待陰乾之時，社人自願輪流監審，以爲公平。

數日一過，粗胚逐漸有了雛形，茅草遮陽，以便陰乾泥胚，雖在茅廬草間之家，四敞通風，兩人長時勞心勞力，依舊發了一身汗，社中諸人見兩方聚精會神，一個一個陶罐、水壺、皮囊、礦石、色料、小刀、利器、漢人互市來的筆墨全派上用場。

這時，鄭敬明拿出一小罐，有意做作緩過手望向何定鼎。阿荽推推何定鼎，他正仔細籌畫著，方才回神，隨著阿荽目光之處，鄭敬明手上的竟是一小罐回回青！

回回青取自西方殊域，是燒製青花瓷器定色的主要原料。往昔武宗皇帝愛之成色，且雅好回文，大內宮禁流水似的引進西域人士供職，更特意頒發御旨官製之瓷器，暢言既得天青之色、亦需彰顯異邦文字之風流。以致後來民間匠坊無不挖空心思自遠方購入回回青，替作坊加彩，荷蘭國人來到東方，亦是大量採購。何定鼎本以爲鄭敬明書畫雜藝有所不如，卻有這麼一手。

鄭敬明正等著何定鼎收手，何定鼎打定主意，非盡一己之力拚搏不可。鄭敬明似乎更胸有成竹，已事先採集乾柴、乾草、編器的殘枝層層疊架起來，此間番人們向來如此，只要將陶胚置於其上，再覆小米殼、乾草，即可點火燒陶。一時之間，濃煙竄出委實嗆人，諸番人紛紛掩鼻，或者直接跨步遠離火堆。

當日影西斜，燒製成物推陳出新，番人嘖嘖稱奇，成物與族人的簡樸的太陽光芒，陽刻鏤上的蛇蚊全然不同。鄭敬明的是一寬口圓罐，厚底中寬，上身再收，因仗著回回青露成色，故意用荷蘭人偏好的圖樣：長鬚廣額的福祿壽三仙，豈知溫度不足，本擬出奇制勝，此時，僅隱約見其粗墨筆致卻混合不成形，僅見流雲朶朶飄渺，密合卻層疊，模糊隱約透露出漢人們膜拜信奉的神祇輪廓；相較之下，何定鼎的色料不比鄭敬明珍貴，而重彩等一概不取，以打碎的赭石、淺玄爲主，唯恐燒製時弄巧成拙。

他拿出一個微凹的圓形大湯盤，雖不甚圓，中間凹陷。右方高處以陶揑立體幼鹿三兩隻，細細地陰刻花草蔓延點綴於其間，揑製的一名番人正從左邊落半露身形，手執薩鼓宜出現。

大家紛紛好奇叫好，阿沐和新婚的牽手對何定鼎的圖樣十分感興趣，互市時從未有此，族人們見到鄭敬明的作品，有了既定印象，圖樣不如南方陶匠之精，因爲和漢人所售之物相類，點頭附和罷了，對於何定鼎的成品，覺得新奇、身在其中，甚至有人詢問可否多製，以家中的罕物互換。原來卡查里娜怕筆法不佳，旁人識不得，鄭敬明提議雲山霧籠，且堆柴溫度不高，因此圖像成色雜亂，萬不及何定鼎的生活畫了。

至此勝負已定，卡查里娜將卷軸和海圖將予何定鼎。

「承讓了。」何定鼎謙退一步。見好就收，窮寇莫追。

「鼎官，今日勝負已定，此乃天數，不知君可願聽我一言，請君萬勿辭卻。」

何定鼎尚在失而復得的喜悅之中，不解其意，阿芬聽他們對話，將何定鼎一推，「我想要五個盤子，還在這婆婆媽媽什麼。快去。」

卡查里娜豈能不知阿芬的小心思，刻意替意中人屏擋。她和丈夫相視，攜手返家。

* * *

阿沐兄妹二人待他不薄，若無差錯，他在此盤桓，一邊打探東都消息、一邊學曉語言，來日或許能和引此社爲己用，協助世子成就大業。鄭敬明精明異常，他決意收拾行李北上。

阿芬見他昨晚在前室踱步，兩人情投意合，雖無婚姻之約，萌生婚姻之意，依族中習俗，情緣若盡，自去不留，競技賽時，意中人一派通事器宇，返回家中，欲語還休，他三年贅婿未滿，眞要離去，她豈是癡纏之人。

阿沐有了牽手，和族人野狩時間之外，便到牽手家裡。家中今僅阿芛一人，幾次三番何定鼎張嘴欲言，恐孟浪委屈阿芛，更是擔心她一知情，將事情攬在身上，因此速行遠走，以免殃及她和族人。

阿芛則不欲強求，既然他有不欲人知之祕，出言挽留，顯得自家不爭氣。

奈何事已至此，何定鼎道：「妳好生保重。來日山水相逢，他鄉偶遇，我……，我走了。」

他拎上包袱，大步流星。

阿芛道聲珍重，別過頭打理家務，說是午後要爲族人除祟辟鬼，何定鼎踏下土階，憶及誤解定情夜，錯過重逢便在一念之間，上回尚有冰人，此次離亡甚近乎甘仔轄地，一走便是一生一世，他回過頭來再瞧一眼便好，恰得此刻阿芛奔到窗臺，兩人目光相對，何定鼎躍上前簷，「請妳與我同往甘仔轄，我割捨不下妳。」

自從鄭敬明夫妻出現之後，他瞻前顧後，心事重重，她心知他必有不得已苦衷，垂首苦笑，兩行淚下，「我是族中女巫，不能棄我族人於不顧。法術未得傳人，責任未了。」她的心聲則盼他留下說個明白，縱然刀山火海、虎穴龍潭，兩人攜手禦敵，勝於一人智窮。

兩人均佇在門邊，檻內檻外彷若隔出了生離死別。

「盼妳知情，我非寡情之人。鄭敬明要奪我家之物，不擇手段，請妳和兄長好生提防此人。」

何定鼎方才語畢，卡查里娜遠遠在路口呼喊，「阿芗，我們過家來訪。」

「來得好快。」何定鼎苦嘆。

阿芗一個箭步拉他入內，卡查里娜卻是笑語盈盈，一改昨日競技勢在必得的張揚模樣。

「妳一無暇，就忘了待客之道。」卡查里娜連聲化解彼此劍拔弩張。

族人爽朗磊落，來者是客，量她在祖靈和她面前，不敢造次，草草張羅。

阿芗是主，他們是客，何定鼎則爲賓，四人八眼，何定鼎一而再再而三被攔阻，對阿芗致歉，「連累妳了。」才轉而向鄭敬明道：「出爾反爾，小人之行。」

何定鼎本爲一介文弱書生，東都家僕簇擁，祖父、父母愛憐獨出，凡有請求，莫有不從，及長，商船三教九流之輩，瞧在他父親面子上，更是一呼百諾，何定鼎文弱儒雅，鬥口確實不及。

「鼎官，請聽我一言。」鄭敬明竟然不怒。

這番做作涵養，何定鼎自嘆弗如。他哼了一聲。阿莎輕觸其手，表示兩人福禍與共。

但聽鄭敬明道：「一諾千金，四海行船，無誠不信，我豈是反覆無常的小人。鼎官如此看我不起！」

利字當前，幾次試探，鄭敬明非但置之不理，且戰且謀圖祕藏，何定鼎哪能掉以輕心。於是回道：「鄭兄侃侃而談，海涵大度，來日待東都局面穩定，兄弟保薦你一官職，共扶明主。」揚人抑己，要看他是何反應。再者，商人心性，盈利至上，能賺不賠是上上大吉，鄭敬明全盤皆輸之下，他讓利允其扳回一城，給足面子，回歸故土。

「何謂明主？是大明國明主，抑是東寧國明主？」鄭敬明反將他一軍。

何斌曾任荷蘭人通事、鄭成功通事，從他祖父帶著普羅民遮、大員鎮地圖奔往廈門告知國姓將軍起，和他家族打交道的都是些海上商旅，官民兩方皆有，來自西洋、博多、巴達維亞、呂宋不免有人眼紅妒恨，譏為騎牆派。何定鼎出生時，家族已在安平取得高位，因此他一心一意唯王命是從。

嗣王爺自稱東寧國國主，轉手貨物交流買賣，勢力遍及海上，用白銀換取島上不足之食用器具，屯田之舉，意謂自給自足糧食，將此地做為自由港。去年王爺意欲聯合多方軍力，跨海西征，欲將廈門、海澄納入版圖，不幸敗北，今初病重，世子鄭克臧年方弱冠，有經天緯地之才，頗有乃祖之風，朝中反覆上演前朝黨爭，王爺指婚諮議參軍之女為世子妃，即意在為世子鋪路建立勢力，奈何天不假年世子的岳丈陳永華，而且王爺在病中亦無力制衡朝中各黨勢力，遂將祕密傳給他，便是要他等待局面大定，再由何定鼎傳遺命給世子徐圖大業。世人皆以為王師北伐中原，不過是鄭經用來羈縻腐儒迂人之說，羽翼未豐切勿露才揚己，東寧國主勢比此間帝皇，有了祕藏做為東寧軍餉，以為再起資本。

眼前鄭敬明看透人情，不易唬弄，更何況讀過遺詔。何定鼎默然不得語。

鄭敬明察言觀色，進一步說：

「鼎官可知東都正為嫡庶之立爭執不休，連先王嗣位也非全然名正言順。不過二十載光陰，東寧政爭彷若大明王朝傾頽之勢。再者，王爺審度局面，曾有臣服他人之心，北京派姚啟盛多次招降議和，寸寸退讓，曾說過鄭氏可於東寧稱王，無需薙髮，亦可比照朝鮮爲大清外藩，奈何王爺欲兼得海澄與廈門，招降遂止，彼時王爺估算情勢，以爲可進取大明舊土，戰局乍變，錯失機會，否則今時今日你何須帶著遺命北亡。既然國已不國，何不……」

何定鼎聽鄭敬明語，句句大逆不道，爲臣者怎可私謗君王。但句句是實，無從辯駁。

鄭敬明借機話語頓上一頓，意味深遠，「鼎官何不自取祕藏，在此山清水秀之間，開拓墾植，結盟海岸諸社、援引外人振興經濟，再同荷蘭東印度公司、葡萄牙商人交好，取得日本朱印許可，此間等事無人能及通事大人更爲嫻熟了。」

何定鼎以爲鄭敬明要故技重施誆取地圖祕密，誰知要他自立爲主，錯愕不已。阿莎聽他們說著南安腔調閩語，一知半解，講得錢財、生意、結盟等等，憶及社人和漢人、紅毛人往來，往往受騙上當，她問：「先說，給誰作主？」

鄭敬明與妻子相視，卡查里娜娓娓道來：「汝有所不知，在荷蘭人來大員之前，社人間少有尊卑之分，一切公意之從。爲管轄、爲制約、爲買賣，才授予頭目位階，允諾重利，逐一瓦解舊習，以尊者之意爲意，以旣得利者之利爲利。我們不過恢復『祖業』，人人皆可作主，隨俗從衆。」

阿苪不過年方十五、六，過去多有不知，不過卡查里娜要騙人，一問便知，無謂謊言，但寶藏是該旦的，他才是主人。

誰人不逐利，但社人跟漢人的利益比起來，社中人等飽食暖衣歌詠舞蹈卽心滿意足，不作他想。

何定鼎不是沒想過這些政治、經世濟民，他主學夷語、番語，在外國教士筆札和口傳當中，宣德、成化年間的文物頗受外國夷人青睞，然而國家從未善待海上商旅，海禁一出，福建、廣東男兒四海爲家漂浪，時遇不濟爲海上無主孤魂藏身魚腹；時來運轉至多蒙恩招降爲低階武官，幾時得盼買賣生理受人敬重？

鄭經的手段非凡，好不容易有此局面，然則黨爭之勢莫可止抑，文臣武將互相掣肘，自己僅憑一卷遺命、一張不能宣之於口的地圖和口喻，要如何進入東都權力核心。

鄭敬明看他沉思，打蛇隨棍上：

「王爺在漢人口中是幸，可是所行在族人間是爲不幸。爭地砍殺、屍橫遍野，想必鼎官聽聞劉國軒將軍克敵大捷。」

大明永曆十八年，鄭經屯兵拓墾至半線，和巴布番社原屬地居民激戰，鄭經親臨戰場，當時番民勇猛，實不比漢人軍團組織嚴明、攻守有序，連戰連敗，某社番民得以活口僅六人，東寧王國諸人稱賀大捷，何定鼎年僅兩歲，自不記得家中聽聞捷報，但王府懸掛祖父寫著詩文慶賀，他過去常得見。

何定鼎一時語結，這些都是不爭的事實。

「我們夫妻倆決非假意做作，北去南行東闖，不，東闖山區必死無疑，推估汝要去甘仔轄王地方怕也得不了好。你去哪兒都不甘我們事，勝負已決，不再多言，我夫妻實在不忍你大難臨頭，盼君自愛勿自誤，有此才具何不爲族人興利。」

說完，兩人一揖到底而去，竟是不眷戀了。想來強盜亦有道，奪取未果，不損信義，以其人花招百出、詭計多端，東都何愁不能安生立命，鄭敬明不願屈於人下，爲人犬馬，聽聞社人議論舊事、外國商船口中的法制，逐漸萌生建立諸人平等的政治關係。

他起初意欲強取地圖，要是何定鼎不敵，他可引才俊爲己用，再以爲資本底基自在籌畫；然而何定鼎通過試驗，證明其人才具，鄭敬明益發期盼他能一同偕行，擘建宏圖大業。若他們眞要強取豪奪，貪圖權利名位，便不會離開東都到此地了。

阿芬奇道爲何有此寶藏，其實鄭敬明僅知一鱗半爪，荷蘭女子風聞國人軼事，而何定鼎僅知其一不知其二，並不知來龍去脈。

第十三章

校園裡有點風吹草動，教職員們捕風捉影，然後抓緊空檔，空穴來風繪聲繪影。走了一個實習老師，接著是資深老師。

下一節課的班級離這間辦公室頗近，詠晴依舊坐在椅子上，旁邊的資深女老師不斷地拍著她的肩膀花枝亂顫，彷彿所言甚是一樣，她制式的嘴角略略上揚，不露齒，心蓉知道這是她尷尬而不失禮貌的恍神反應。一敲鐘，詠晴簡直有點失魂落魄，筆電和人體內臟模型紛紛從中間一一掉落下來，心蓉幫手，「謝謝」兩人交換目光，心蓉會意，「一定又是那個自然老師拿她說八卦了。」詠晴臉皮薄，她鄭心蓉可不會。

她們兩人座位旁是一位屆臨退休的自然女老師，年輕時就讀師專，畢業累積分數，一路轉進到這所學校，從小學到就業以此校為主，多年未調動，資格硬牌子老，據她說學校某些三十出頭的正式教師，小時候是她的學生，近幾年她的兒女在外地求學，在平淡的小學校園內，籌畫新進老師的姻緣，講講男婚女嫁，同事小事皆是她生命裡激蕩的一絲漣漪。

老師們在校園裡來去，永遠有第四者、第五者、第六者存在，難得的是她永遠找得出空檔打趣心蓉、詠晴、或者何勝斌。多年來臺灣出生率下降，少子化成了慣性，連年減班，達成教育當局的師生比例，因此學校遇缺不補，改以約聘方法，找大學畢業生充當科任老師，按鐘點計費，教園新血不入，舊血瘀塞（心蓉挖苦正職，羨慕正職薪水。），那位資深教師自然沒有機會一展長才，無課時在各處室溜達、串門子，說說校園閒雜人事。

詠晴眞怕見到她。相反地心蓉的身高優勢，自然老師個子矮，心蓉不坐著，她就得仰著頭，她曾經暗示、明示何勝斌人長得好，做事盡責，內容烏魯木齊的，心蓉實問虛答，自然女老師得不到一車子實樣話，要是說到時事太陽花學運等等，心蓉聽不得，往往哼哼哼哼，不怎麼應話，久而久之兩人互動僅剩團購，說聲請、謝謝、天氣好不好。

這個月來，自然老師每次看到她和詠晴一併出現，曖昧神態，一付欲言又止的模樣，心蓉當作沒瞧見，拉著詠晴討論晚餐怎麼吃、網購衣服怎樣，詠晴怕她嘴巴說些五四三，自己應對不得體，詠晴常在家和心蓉抱怨：「或許這就是社會化的代價」。心蓉教詠晴別擔心，有她在，管教那女老師討不了好去，心蓉絕不會給她難堪，想八婆就隨之八婆。

詠晴去上課了，心蓉等會兒一個人回去。詠晴昨晚告訴她，放學後到書局採買製作教具的文具材料，不一起吃飯。心蓉翻著報紙，坐在辦公室有些無聊，回家又太早，滑手機吧，眼睛疲累，乾脆她閉目養神。耳邊聽見這位女老師的聲音：

「鄭老師，妳幾年次呀？」那名自然老師拉開座椅，一屁股坐在她隔壁，以示親暱。

「唉呦，問這個就傷感情了，我們差不多。」她立刻恢復戰鬥力。

「講這樣，我一畢業就來這所學校了，雖然明年我就可以退休了，其實學校好多老師都比我年紀大，我只是資深。」

她碎嘴了三十年來歷，又來了，心蓉想，「妳不過要我讚一聲，眞是看不出來。」但她嘴上回答：「那就是『熟齡美少女』囉。」

「我師範專科畢業才二十歲。那時這所學校旁邊全是稻田，學生課堂下課十分鐘，六年級的會翻牆去田裡抓青蛙，訓導處天天廣播，小心安全，我曾經去抓學生回來，哪像現在學生下課就是合作社，程度有夠差。」

接下來連串憶苦思甜，心蓉看似專心聆聽，不時「嗯。哼」吹捧個幾句，自然女老師聽得心花怒放，有這麼合拍的觀衆，才短短的一堂課四十分鐘恐怕來不及唱作俱佳這三十年豐功偉業。她說得正在精采處（她以爲的精采，不管旁人是否哈欠連連），圓胖的臉上泛著少女般的紅光霞彩，心蓉心想「過去的青春時光，讓她擁有蘋果肌」，一瞬間出戲地「笑」了出來。那名女老師以爲心蓉和她意見相同。竟爾推心置腹：「鄭老師，不，我就喊妳心蓉，心蓉，妳條件不錯，有沒有男朋友？」

心蓉淡定自若：「最近沒時間。」

在花蓮一年而已，別替自己找家累。

自然女老師搖搖頭：「學校男老師們不好意思開口，妳和那個林詠晴剛報到時，我覺得何勝斌很適合妳，原來是我看走眼了，他和林詠晴交往，妳和林詠晴是好朋友，妳要趕進度呀！」

聽這個八婆說起，心裡空空蕩蕩，好像遺落了什麼，怎麼自己天天和詠晴同室不知道，她不是在趕論文嗎？她每天盯著電腦螢幕，打字打著就出現微笑，晚間手機登登登響，她問過是 line，她都答：「可能是廣告。等下再看。」原來如此，心蓉臉上不自主的冷笑，語氣有點生硬：

「也不是我想趕進度，就有辦法的。」

「何勝斌一開學就問妳們兩個，我以爲他喜歡妳，後來他告訴我他喜歡林詠晴，要我幫忙打聽。那個林詠晴又一直在妳旁邊，我沒辦法。結果是教學組長那邊幫上忙，她生病請假，讓何勝斌代課表現了。妳呀，眼光不要放在頭頂上。」

「放在地板上，結果比較好嗎？」心蓉不服，酸了一句。

自然女老師沒料到她突然變臉，自己有點下不了臺。

「我是說，『寧缺勿濫』。」心蓉馬上堆著笑臉，加重最後那四字表示自己方才辭不達意

「只能等待有緣人出現。」

「放心，我會替妳留意的。」

＊　＊　＊

心蓉看著電視機裡的節目，節目多是重播，轉了一個晚上。

詠晴九點多返家，腳步極為輕快。她笑問心蓉用過晚餐了嗎，心蓉冷眼看著電視裡的畫面，詠晴約略感受到那股山雨欲來之勢，但她不覺得哪裡有問題，自顧往寢室走去，洗手洗臉，換下一身外出服。

心蓉經過走廊，詠晴關著房門，聽到她和人報平安，不想聽壁腳，儘管又氣又憤，遂走到半塌的廚房，洗衣機水管已經接上去了。詠晴說過，某日何勝斌和許老師來訪，何勝斌向校工借工具，切斷原來短管，矽力康（silicon）膠黏買來的長管，拉長到外院溝道，所以她們不必再苦巴巴地抬水桶。她未注意到因果，今日兜在一起就是了。她盯著水管，苦澀攪在一塊兒，好像被搶走心上的一塊肉。

詠晴講完電話，手上拿著衣服去洗澡，心蓉傻站在那兒，問她：「妳在看什麼？」

心蓉沒頭沒腦一句：「反正不是我的屋子，妳想怎麼處理就怎麼處理！」

詠晴刻意輕聲問她，語氣那麼嬌，伸手不打笑臉人，何況是自己的好姐妹，她聽著有點氣消，偏不服那一口氣，索性不吭聲。

「第一波冷鋒來襲，我冷得受不了，宅修公司價格可以，就是施工很吵，而且我們上課，沒人監工，有點麻煩。」

「妳幾時去的？」心蓉驚覺這個月好多時間詠晴比她晚回家，她們向來形影不離，但那是在剛開學，詠晴寫論文越來越忙，有時她帶筆電去市區圖書館寫論文。

「我一個人不大懂這些木工、水電管線的，我請何勝斌陪我去宅修公司問個清楚。」時序入冬，溫差大，花蓮冬日常常下雨。詠晴打定主意，論文已經近入完稿階段，經教授首肯最快下個月底，可以提口試，趕在大學第一個學期末前取得學位，宅修公司說了只要兩個星期工作日，她想趁寒假或農曆年前完工，那時她應該比較多空閒，學校和家裡相去不遠，她有空檔就回來看一看、望一望。

「原來妳已經約好了。」

「我還沒給訂金，先排出工程期。人家萬一不接小工程也白饒，多說也沒用，所以想先確定了再跟妳說。」

「妳既然決定了又何必跟我講。妳不用事事都跟我說。」

「妳怎麼陰陽怪氣的。」詠晴扔下這句話，逕自拿著衣物去洗澡，心蓉愣愣地望著洗手間門關上，剩她孤自一人，被隔絕在外。

她不知道自己站在浴室門外有什麼意義，不知所措，走道上來來回回踱步，庭院的草已經除過了，冬日連蚊蠅都藏起來了。好會藏，知人知面不知心，但自己又有什麼立場可以怪罪他人。

詠晴洗完澡一拉開門，發現心蓉還站在廚房邊上。

「小心，底基不知道爛成什麼樣子了，萬一妳掉下去，可沒有借物少女艾麗緹，何勝斌前幾天還說呢，早點修繕安全點，要不然別人要進來偷寶藏啦。」

她們之前說過的笑話，竟然跟那人的名字聯在一塊，心蓉陰惻惻的。

「妳心情不錯？」那個人說這樣，那個人說那樣。

詠晴不是笨人，不會聽不出來，難道心蓉開不起玩笑？

她說聲借過，逕走向兩人共用的臥室，反正她說的不用事事向她報告，心蓉也來氣了，詠晴沒將她當一回事，她站在她身後冷冷的問，「論文寫得怎樣？有時間，倒不如多想想論文。」

「大概下個月可以提口試。」詠晴回過頭瞪著她。

「妳是越活越順心了，容光煥發。」心蓉譏笑她。

詠晴再怎麼好脾氣，挾槍挾棒的嘲諷，憑誰也受不了，一想起父母去世，她不顧一切陪著處理，就氣消了。她問道：「現在說有點早，不過口試要排日期，我得請事假回去，我們要不要順道去臺南玩？」

「妳想去找寶藏了？」突如其來的驚喜，心蓉老是一個人一頭熱，詠晴從沒提起寶藏。

「才沒有，這些日子謝謝妳，我想趁機去玩玩。我查過了，一月初元旦有連假，我若能趕在之前考試，周三周四請事假，加上周五六日，形成五日連假。當然我希望能在周四口試，那麼周五六日玩得開心，寶藏姑且信之。其實何勝斌那些書或多或少提到荷蘭人在臺生意、經營，地圖也跟我們手邊的極爲相似，但是不瞭解地圖前言的西拉雅文、或是古荷蘭文，文圖湊不到一處，倒底怎一回事？」

她記得心蓉自告奮勇要查。

「有呀，我拼湊出大意，打在一張Ａ４紙上了。怕妳分心，一直不敢告訴妳。」心蓉恢復常態，她盤算日期，將課調開，先上課或後補課，放個兩日假，沒問題。

「謝謝了，妳總是爲我設想周全。那麼我們三個人一起去，那個，何勝斌送我一本地圖書當生日禮物，妳看看用得到嗎？」

心蓉沉下臉，一閃而過的陰鬱，像雨夜黯淡的路燈燈泡。沉醉在愛情的人，何須再找掩人耳目，她不當白目鬼，更不願看他們耍花槍。「沒想到妳喜歡這型的。」

「我知道妳對他有成見，其實他很體貼。我說寫論文很忙，他不會緊迫盯人，好幾次都是他先下課，回來洗衣晾衣服，而且換水管不居功。」說完，詠晴雙頰飛紅了，她突然意識到自己替阿斌說好話，可能心蓉有意無意間語氣尖刻，女孩最是心細，讓她得在第一時間替他辯白。

「我也做了很多，妳怎麼不說呢？」

「妳不一樣。」

「哪裡不一樣？」話才一說出口，這不是丑表功嗎？心蓉改口，「之前沒聽妳提過。」仍不死心。

「因爲妳似乎不怎麼喜歡講這些事，而且我哪裡好意思主動開口。」她嘆一口氣：「妳是我最好的朋友，有妳認證，我會很開心的。我希望三人一起去臺南玩，或許相處後，妳對他的印象會改觀。」

她本來要衝口說出：「口蜜腹劍、笑裡藏奸」當評語，硬生生嚥下來：「說得像我暗戀何勝斌不成。」三人同行，她還是介意她的想法，當她是家人，她就好好考察何勝斌老師。人人都誇他誇上天了！

第十四章

鐘聲一敲準備上課，上一堂課高年級學生整理的鄭成功攻臺路線和地圖沒寫完，連帶著她鄭心蓉陪著坐在教室，下課時間就這樣過去了，這一節的科任教師已經在門口，她抱著筆電和教具打聲招呼趕緊離開，她剛走出教室，一個高年級學生怕遲到，抱著一顆籃球，快跑衝進來，兩個人當場相撞，心蓉根本來不及反應，筆電就這樣摔到地面，學生喊著，心蓉撿起筆電既心疼，又不好責罵學生，擔心學生，「你怎麼樣？」，他們一起到健康中心找校護上藥。

快靠近健康中心時，隱約聽到喧譁聲，哄堂大笑，「跟你們說，何勝斌才低級咧，要聽笑話嗎？我們就來講呀，昨日他跟我說食物有性別的話，妳們猜水餃是公的母的？」

幾個沒課的老師圍坐閒話，何勝斌和教學組長也在那裡，男女皆有，一看到心蓉進來，他們立刻住嘴，校護查看學生的傷勢，學生穿著運動短褲，膝蓋、手肘都擦破了，用生理食鹽水沖洗髒污和血漬。心蓉分辨聲音，剛才講話的是教學組長，何勝斌在旁邊叉著手臂問教學組長，「不知道代課老師可以請婚假嗎？」一時話題就被炸開了

「有人要結婚了嗎？」一人問。

「你要結婚？不是才認識不久嗎？」教學組長感到非常意外。

「年輕人眞衝動。」校護說。

在場的男人突然爆出不懷好意的笑聲，「就是衝動，才敢結婚，剛剛講到男的女的，水餃是公的，妳們知道爲什麼嗎？阿斌講的，和這個有關……嘿嘿嘿……」

校護呵護著學生，「小朋友擦好藥了，晚上洗澡的時候不要碰到水，你是幾年幾班的，好，我替你登記好了，可以回去了。」

很快的，生怕冷場一般，開始群聚延續未竟的情節。

心蓉怒向心中起，「何勝斌居然不說一句話」，不是讓詠晴板上釘釘跟全校宣示了。

還是某個女老師看她臉色不大好，出來打圓場，「鄭老師妳還沒結婚，不要聽這個，要

不要先去班上拿東西！」

何勝斌這時也看著她，心蓉白眼一翻，去死吧。晚上有本事，決不會讓他看到詠晴。

＊　＊　＊

一件事情只要留心起來，猛然發現，到處是線索，像摸黑走進廚房，打開電燈，一時之間蟑螂到處亂飛亂竄，打也打不完。

照詠晴收藏的《古今小說集成》所言，「過了明路」，何勝斌和林詠晴放了學，兩個人坐在客廳裡，她貼便利貼註記，他讀著自己帶來的書，這句話會自然在心蓉腦海裡冒出來。

在校園有所顧忌，詠晴自動跟心蓉走在一起，沒人看得出來何勝斌和詠晴的關係，小學生人小鬼大，不是怕人知道，不喜歡被嚼舌根；放學以後，他跑得勤了，起初心蓉明擺著說她們離學校近用不到汽車，何勝斌便說自己住的地方不好停車，停在學校附近方便，詠晴隨時要用車可以載她去圖書館，她冷冷地說，「我和詠晴都有駕照，不需要你費心。」

接著居屋的隔局摸個一清二楚。瓦斯、水管、電線、網路、軟體的小事，手腳俐落，一個笑逐顏開的「你好厲害喔」，一個眉飛色舞的「謝謝，不客氣」，中間簡直無數的粉紅氣泡緩緩飄浮。她不曉得，詠晴怎麼變了一個樣。恨不得一個個戳破，她緊跟著詠晴，要看他變得出什麼把戲。

因爲兩女共用一室，他不能踏進她們共同的寢室。某夜心蓉和校內其他同事吃飯，回來得晚了，她正開門走上客廳，何勝斌和詠晴在房間門口糾纏著，他手臂撐著門板，一手摩娑著詠晴耳垂，她一看明白，詠晴推開他，心蓉也臉紅了，何勝斌倒是裝佯得很，笑笑笑、天天來，給她帶宵夜點心，不到十點，他不回家。

看來論文在這幾日將收稍，詠晴喜上眉稍，說什麼都好。詠晴嫌筆電打字不便，依舊使用桌上電腦，何勝斌就坐在客廳讀書、打掃，有時是一本史學論文，有時是一些歐洲、東亞地圖，家裡多了一個人杵在那，心蓉好憋扭佔空間，卻沒立場叫這傢伙走開。所以她擺明槓上，這是我和詠晴的地方，爲何要爲你何某人避讓，她自顧看電視。幾次她轉臺，何勝斌從「封鎖」的半廚房倒杯熱水出來，跟她眼神交會，何勝斌話一起頭，心蓉冷冰冰的，沒好臉色，臉一甩看電視，不了了之。

他今晚手上拿著一本《混一疆理歷代國都之圖》，書名繞繞長，應該是譯書，她覺得這傢伙實在是有夠纏人，詠晴做什麼，他就做什麼，要是詠晴不是先起頭借書，他會有機會嗎？她關掉電視機，何勝斌發現周圍靜下來，反應也夠快，「妳對這本書有興趣嗎？據說韓國人畫的《疆理圖》（Kangnido map）是東亞現存最早的世界地圖，十五世紀時亞洲就畫出歐洲了。」

他指著書本附圖，「朝鮮國比例大過今日，那時朝鮮慕華事大，不能自稱皇帝，獻冕退於王爵品秩，但製圖的朝鮮人，將自己的國家放大，顯得比鄰國更重要，或許是心理作用。」

「喔，是這樣喔，不就好棒棒，學問淵博。」

何勝斌一鼓作氣：「詠晴之後會更忙，作口試投影片排練流程，我不敢打擾她，不久前她傳了幾張古文圖片給我。臺灣和中國對比的畫法之中，畫法類似，所以我才研究這本。」眞是好！她眞替她心驚膽跳，熱戀的女人沒腦子，告訴他也在情理之中，就是不知男的懂多少。

「嗯哼。」心蓉微微附和，神情緩一緩，不再針鋒相對，等待對方吐露。

他繼續說：「有一張古臺南爲主的地圖，大約在今日的安平區一帶以及臺南市其他區。最令人好奇的是文字，我查過是古荷蘭文。翻譯指出鄭成功帶領其父鄭芝龍的部舊，由何斌獻策，渡過黑水溝，先攻下大員，再入主熱蘭遮。最後還提到一些數據。起初揆一戰敗獻城之時，爲求荷蘭居民全身而退，也就是今日的安平古堡，他用積存的東印度公司財產交換一千二百條性命。」

前面是心蓉和詠晴推敲出一部份，何勝斌初時說，心蓉心中冷哼「老生常談」可是一談到數據，心蓉留上神。

「是什麼錢？」

何勝斌卻住口不說：「等詠晴論文、口試結束，我再當著她的面告訴她。」

詠晴論文完稿在卽，他也知道。

「你剛剛說，獻策的人是誰？」

「何斌！」

「跟你的名字很像，同音不同字？」

「何林鄭許蔡陳是當時福建漳泉大姓，鄭成功有部將周全斌，先民渡海來臺，福佬系常見。我的名字普普通通，全臺灣有很多同名同姓的，三個字中兩個字還好，不就菜市場名。」

「你叫何勝斌，大勝何斌這個歷史人物了。」

「嘿嘿。」何勝斌領教多次挖苦，乾笑兩聲。

詠晴一寫完，從臥室出來：「心蓉、阿斌，論文寫完了。我將論文 email 給教授，明天我去印刷三本，分別寄給口試委員。」口試委員這件事在論文進入最後一章結論時，指導教授已經跟她說過了，她非得準時，又或提早寫完。因此像拼命一樣，好幾日沒睡足四小時。

心蓉甩開搖控器：「恭喜妳呀！太好了！」整個人站起來，她眞爲姊妹高興，兩人相視一笑。

何勝斌一個箭步，激動環抱，臉湊得近了，詠晴可以感受他氣息起伏，她柔聲說：「別這樣！心蓉會笑我們得意忘形。」輕輕地推開他。

心蓉想這人不會看場合。

兩人不約而同問起口試時間，依照詠晴原訂計劃的連續假期。

「不正在兩週以後？」時間緊迫，心蓉什麼都沒準備，訂房、訂車票之類，連續假期車票怕不易買，幸好在午夜十二點前談起，等會網路要開賣，一人一機搶票，去程是非假日，倒容易；怕是回程難，應該會加開列車。

「我卯足了勁寫論文，這幾日睡不好。誰敢說訂不到票。開車也要開到學校去！」詠晴露出罕見的自信笑容，勢在必得。

「妳要我查的資料，妳說鄭老師不得其解的，我查到了，我跟妳說。」何勝斌拿起手邊的書。上回詠晴借走後，沒時間讀，何勝斌拿回去了。

「急什麼，明天早上講都來得及。」詠晴笑他。

「非常有趣，讓妳先睹為快。換成別人還不行！」何勝斌調侃她。「諾，這幾張翻拍的文字圖片說揆一和鄭成功的交換條件是全部交託荷蘭東印度公司在亞洲大員所存的公司資本！注意是公司資本。面對亞洲貿易的大航海時代，英國一樣有家東印度公司 EIC，荷蘭的東印度公司縮寫為 VOC，VOC 的貿易航海很遠，橫跨東亞到南亞、非洲再到歐洲。然而，官方記錄完全相反，揆一交給國姓爺的財產清單物品很少，而且還准許荷蘭人攜帶兩百元銀元回家鄉。」

講得有點快，何勝斌稍微緩口氣。「當時國姓爺，對，荷蘭人就稱他『國姓爺』，他對外稱大明招討將軍國姓，鄭成功從來沒用過鄭成功這個名字，他在日本平戶出生，母親爲日本人，他的日本名字是福松，七歲回到中國，學名鄭森，投筆從戎時，南明的隆武帝賜他國姓朱、改名成功，以示尊榮，所以十七世紀時，他的名字應該是朱成功，鄭森，同年同學喊他鄭大木，不是鄭成功，不說妳們一定知道臺南的成功大學就是如此得名。」

「所以呢？」心蓉和詠晴聽得入神了。

何勝斌推推鏡框，露出兩排整齊白牙，「揆一受審時說VOC所失不過一千五百荷盾（Nederlandse gulden），他最後被判刑兩年，終生流放，日後寫了一本回憶錄《被遺誤的臺灣》自清自白，我有這本書的中譯本，就是妳曾借的那本書。不過，官方數據出入很大，起訴他罪行時爲四十七萬餘荷盾，妳們算算，荷盾是白銀鑄造的，是那個時代通行日本、臺灣、印尼、歐洲的貴金屬貨幣，一枚荷蘭盾是六百零五點六一毫克纯金，有時鑄幣會用以九點六一五克純銀鑄造。四十七萬荷盾是四百五一十萬九千零五十公克，MSCI金屬能源市場今日一盎司（ounce，31.1035公克）大概十六美元，有漲有跌，今日世界是美元計價，白銀市場今非昔比，要是換了時空，白花花的銀子！十七世紀四十七萬荷盾白銀，重量等於十四萬多盎司，換言之可以換到二百三十二萬四千六百十一美元，是六千九百七十三萬九千五百五十臺幣，以當時生活物價和購買力，關兩年而已？不是太便宜了！VOC將他流放，最後回瑞典（Frederik Coyett 揆一是今日瑞典人）揆一在荷蘭又口口聲聲自己無罪，加上這張文字……」

何勝斌飛快地滑著平板，有備而來，將網站即時報價和換算軟體關掉，家傳古書的圖片是詠晴寄給他的，「還有這張，大意是說揆一和鄭成功通信九個多月，水陸兩方圍城期間，VOC在巴達維亞的分公司，就是今日的印尼雅加達，不信他眞會進攻，延誤出兵救援，揆一將VOC的財產藏在熱蘭遮城裡。」

「揆一認爲自己無罪的理由是，這一千五百荷盾換了一千兩百人性命很便宜，一人僅值一荷盾，而且鄭成功允許荷蘭人打包在臺財產回家，九艘船艦護送到印尼，而公司資金的四十七萬荷盾財產他小心藏匿起來了，以VOC的實力要再打下城堡易如反掌，只要鄭成功找不到那筆寶藏！」心蓉順著他的邏輯推敲，他簡直是期貨交易員，算得明明白白。

「沒錯。」何勝斌點頭頗爲贊許，他望向詠晴，是她傳翻拍圖片過來的。

「要是鄭成功找到了呢？」詠晴的眼睛透露著異樣神采。

「這些文字是從哪得來的？」何勝斌問她。

詠晴看著他，再望向心蓉，燦爛笑漾：「我們發大財啦！心蓉和我在老家找到的，我們原本以爲是假東西。」

「電腦軟體點一下圖片，妳沒用軟體壓縮重製過，程式可以顯示妳用哪款手機拍攝圖片和檔案原始大小。妳用手機翻拍，技術不好像素過得去而已，我將圖片放到最大，費工造假的人也頗費工夫，重點是造假沒有意義。全臺灣懂得西拉雅語的人有多少？我看過漢文、新港語雙語寫的《新港文書》，就是地契買賣，註明界址大小，可是那人爲何要造一本假書，用古荷蘭文和西拉雅語文？不就正希望越少人知道越好。」

「你沒讀過史帝文生的《金銀島》（Treasure Iisland）？」心蓉就是忍不住，想罵他，見識不豐。其實《金銀島》故事描述的寶藏最後找到了，也沒有假地圖情節，她講的應該是老電影《割喉島》（Throat's Cut Island），兩撥人尋寶，有一方造假圖假地方。詠晴沒聽出來，她根本不知道兩者差別。

「妳別打岔，讓他說完。你看到這些資料，有概念嗎？」詠晴制止心蓉，心蓉不願被小看，於是將自己所知同時分享：「何老師，你說得有理，那麼請你賜教，我說的對不對：這幾張小楷寫的文字是一行西拉雅文、一行古荷蘭文，大概就說鄭成功找到這筆鉅款，還來不及動用就死了，說來不及的意思是是他在廈門、中國南方勢力大，他定有壯志豪情。他死後，他的兒子鄭經接手，事業越做越大，英國人、荷蘭人、日本人全回來作生意，荷蘭文的『肉包』和『生意人』其實根據閩南語而演變，他的寶藏越來越多，足以供應軍費。」

何勝斌點頭佳許，沒想到英文系根底的鄭心蓉將五年級社會科課文備得爛熟的。「官方資料記載，鄭經後期被中國海禁封鎖，東寧王國的安平港等同今日的貿易自由港，少了大清帝國和英國的船舶來貨，那麼鄭經第三地的收入減少，經營貿易的山海五商行損失頗大，他讓軍營士兵不斷佔領原住民土地開墾，用來支付軍餉，像臺南的新營、柳營、下營都是軍營名轉變的地名。」

「新聞上有個政二代講，鄭成功先開墾臺南，後來到達臺北，在劍潭丟了一把劍。」心蓉說。

「妳錯了！鄭成功從來沒越過曾文溪，怎麼可能到淡水河？他到臺南不到半年就死，在臺灣開拓經商的事情是他兒子做的。」

心蓉豈會不知鄭成功來臺未久病歿，不過試他深淺。

「有任何寶藏的下落嗎？」詠晴催促他。

「最後寫的日期是大明永曆三十五年，我對照年代是一六八一年，鄭經出兵聯合吳三桂反清復明，失敗不果，同年病逝，享年三十九歲，再兩年東寧王國的水軍和施琅在澎湖大戰，劉國軒戰敗逃回臺灣，東寧王國或逃或降兩派爭辯，最後鄭克塽歸降滿清，所以寶藏應該在原來的地方。」

「原來的地方是哪裡呀？」詠晴越聽越好奇，眼珠一如黑曜石閃爍。心蓉差點就要衝口而出她那日發現隱藏字謎和地圖，可是何勝斌在，不忙著說。

「妳傳來的這幾張沒寫沒提到確切的地點。」

「所以你急得非得告訴我們。」心蓉哼了一聲。

「我怕自己忘了，趁記憶猶新。而且之前我不確定這些文字從哪得來，我盡量提供Google資料，隨時拜請孤狗大神，善盡妳交託的任務。」

詠晴將塑膠袋包著的家傳古物拿給他看，何勝斌第一次看見這樣物品，誠惶誠恐，詠晴看著他恭敬模樣跟那日的心蓉如出一轍，這些歷史系的和社會科教師比她還認眞。

「絕對不是贗品。妳們讀這邊，古代中文書寫一定直書，而且由右至左，這本的西拉雅文字和古荷蘭文要翻九十度來看橫讀。」

心蓉指著一行字：「何老師，你說大明永曆三十五年，爲什麼這裡拼音念起來像臺語『大明』、『永曆』，數字居然是三〇五？是不是搞錯了。」

「西拉雅人記數字採進位制，個位是個位，十位幾個寫幾個，百位幾個就寫幾個。三〇五拆開來是三個十、五個一。大明永曆三十五年！然後地圖畫風沿襲明末繪製的《坤輿萬國全圖》，色彩不再拘於朱色、黑色，有多種色彩，對了，還有中國清代康熙年間的《臺灣府志》，地圖中文或者標示年份全採大明永曆年號，如果是清代時期文人重繪明鄭地圖，地圖要加上『僞東寧王府』、『僞承天府』，相反地，全避開了，這一張地圖是安平王城部份，跟《明史》標註的地名一樣，後面是外國名，有了這幾張地圖佐證，我打包票，這是眞的。」

「因爲這樣所以你才對我好？」詠晴問他。

不言可喻，錢是人的根本，不說錢是錢不夠多；一談起錢是錢太多，牽扯到情感不夠純粹。心蓉是她的好友，坐在她身邊，有點駭然，太早亮底牌，何來純粹。何勝斌著實吃驚，連心蓉也詫異萬分。

「答不出來啦？」詠晴淡然一笑：「晚安，不說了，我去洗澡了囉，明天放假，我再也不用早起。如果我沒起床，別叫我吃早餐喔！」

她輕履實木地板，彷彿揚起一陣風，背影籠在走廊後的昏黃燈暈，一身暖洋洋。分明冷氣團來襲，客廳的壁鐘兼有溫度計功能，僅十三度。

何勝斌拿著自己的平板電腦，饒富意味地看著鄭心蓉，鄭心蓉比他早知道這件事。

第十五章

小學一學期只有兩次成績考察，分爲期中和期末，心蓉教社會科要從電腦光碟、歷屆試題擇題設計期末考考題；詠晴的健康教育課則從課堂實作演練、口試基本，加上簡單的選擇題試卷，爲學生評分。她從容地準備替這半年多以來的論文畫下句點。自從她和何勝斌交往後，她回家時不用再特別躲躲藏藏，措辭小心翼翼，心蓉時不時流露出以詠晴條件可以找更好的，詠晴不是聽不出來，不願挑明。她不太清楚心蓉爲什麼沒有男友，心蓉這麼漂亮爽朗，一雙淺棕眸子搭配潔晰白膚，好像牛奶一般絲滑，曾經是多少女孩的心之所嚮。

心蓉對待朋友的確沒話說，大學時期沒見到她跟誰走得近，可能眼光高，現在到外頭工作，小學校園十分封閉，難以找到對象。

今天早上詠晴看著系所辦公室外張貼的口試公告，昨日下午不知看了多少遍，在心蓉和何勝斌前演練著口試情況，她頗爲緊張，深呼吸勇敢踏進口試教室，面對自己的指導教授、外校教授和系上教授，她按下手機錄音功能開始口試，這次口試幸運通過的話，她能根據教授們的批評錄音檔著手細部修正。

心蓉和何勝斌在外頭，各自低頭做自己的事，兩人無語，張望系辦中庭來往的人們，口試開放旁聽，詠晴緊張，要求她們全留在外面，不准進門。

一個小時對口試門外的人並不算長，心蓉是英文系學生，也曾在文學院就讀，不同系所走到文學院另外半邊，依舊抱持親切的熟悉感受。何勝斌則不然，好奇詠晴在這間大學渡過的六年時光，他想問心蓉，找點話聊聊天，奈何心蓉不主動搭理。

「口試成功後，下午幾點出發到臺南？」可以問吧。

「中文所慣例有謝師宴。跟她的指導教授和口試委員吃頓飯，再說些話可能三點之後。」

「她過得辛苦，八月份時她臉上還有些肉，爲了論文瘦得剩一把骨頭。要不是最後一個月宵夜，她哪來活力。我替詠晴謝謝妳，她說妳陪她渡過最煎熬的失親之痛。」

假惺惺，他已經以詠晴的伴自居了。她不冷不熱：「我跟她的交情非比尋常，用不著客套。」

「像妳們這樣不混同一個社團，不同系所，在圖書館認識可以這麼好，非常罕見。」

「那是你見識淺，少見多怪，人貴知心吶。有的時候，知人知面不知心。」

何勝斌討個沒趣，耐著性子，不跟她計較，推推眼鏡。心蓉眼角餘光掃到他拿出平板電腦，又是家傳古書的地圖。她讀得爛熟，一眼望穿。

「我們離臺南很近了。詠晴一定樂壞了，等會兒出來雙重慶祝。」

他一臉陶醉模樣，不禁令心蓉既厭惡且生疑。「怎麼說？何老師有什麼發現嗎？」

「妳不覺得地圖有問題嗎？」

莫非發現了。

何勝斌將平板電腦移近，那日心蓉拿手機、數位相機拍了兩份，兩人手邊都有，詠晴除了祖訓以外，將手機存檔盡數轉發給他。

何勝斌說：「地圖標示和明朝末年，俗稱的南明時代不合、邏輯不通。」

心蓉暗暗鬆了一口氣，不過臉色如常。雖然他跟她想的不一樣，對尋寶不無幫助。

「我猜是尋寶關鍵。」

她耐著性子跟他周旋，他猶自繞口令一樣，極想發作，礙於場合，她沉著臉看著口試教室門。

恰好詠晴口試結束出來，教授們在裡面討論評分，看見兩人正在討論，閨密和男友講得上話。

「怎樣？」心蓉迎上前急問。

「等下告訴妳，教授們在裡面。」她笑著搖搖頭，聲音轉低：「有夠……，要不是聽慣妳，我臉皮可能抵不住。」心蓉從她的表情神色，知道十拿九穩了。

何勝斌直說：「恭喜。」順勢摟著她的腰。

「小點聲。」詠晴抱怨。

「好好好。」何勝斌不斷陪小心。

心蓉看著她倆耍著花槍放閃光。「我要戴墨鏡，是在放閃嗎？閃瞎了。」

詠晴反倒攀著她脖子：「明日我們就在臺南玩了。」

系辦人員出來叫她，詠晴進去聽指導教授們的評語和分數單。萬事美好。

＊　＊　＊

何勝斌計劃開車從經南迴公路，接著高速公路到嘉義，因爲怕連假塞車，她們這次全靠心蓉訂車票、訂民宿，南部交通很方便，而且學校和臺南很近，高鐵站離目的地遠，乾脆搭普通客運、自強號火車一個小時還比較快抵達。

心蓉放棄所謂的臺南老宅改建的激戰區，就選古代大員附近民宅改建的民宿。隨心所欲走走，不用急著趕車、趕時間，何勝斌也點頭稱是。

晚上心蓉選了一家熱炒店，坐在人來人往的路邊，詠晴從二樓加蓋的平臺往下看去，一邊喝著啤酒，如今學位即將到手，她喝得比平常多酒量好一點，喝下了一罐，心蓉在旁邊瞅著她和何勝斌。

三人吃飯有說有聊，詠晴覺得這兩人不似表面這樣，多少有些勉強，似乎是心蓉，也可能是何勝斌。三人吃飽飯，詠晴其實非常累，一早就起來演練口試流程，試筆電和投影機，早上到晚上，完全靠著意志力和那股興奮勁支撐下來，九點多左右，她連打好幾個呵欠。

「我們回民宿。」心蓉全看在眼裡，民宿就在安平區，心蓉看著她雙腮微紅，慫恿著「吃飽走一走、散一散。」

「阿斌……」何勝斌在櫃台結帳。

「他自己不會看嗎？」心蓉心裡想這麼說，嘴巴卻告訴她，「我們慢慢往走，走不遠，他看得見再追上來。」

其實她包辦訂車票、訂房間。兩間雙人房，她和詠晴一間，何勝斌一個人一間。偏不訂三人房，就算大通鋪也不願意。「我們兩日觀光，吃吃喝喝、洋行、樹屋、億載金城之旅。」心蓉回答。

何勝斌居然沒注意到詠晴累了，她聽他說：「時間還早！要不要逛逛延平街。」

詠晴問心蓉：「妳要去嗎？」

心蓉死盯何勝斌，他恐怕覺得她礙眼，巴不得她走，讓他們倆人盡情享受二人世界。在小學校園裡頭，這傢伙不那麼張狂，一到臺南，宣示主權，作給人看。心蓉不以爲然，姊妹的情誼哪是這人懂得的。

「現在是九點二十分，洗澡洗頭要弄到十二點，我不去。」她抬起手錶看時間，下午心蓉發現沒帶上一組隱形眼鏡，她戴的是日拋型，要趕在藥妝店打烊前買好，以免眼球發炎，她偏不願何勝斌知道，雖然不是大事。

她希望詠晴也不去，她等她回答。

「我會照顧她的，再見了。」何勝斌手順勢攬著詠晴的腰。

「我也累了，明天後天我們都在臺南？」詠晴全身疲軟，她打起精神走到心蓉身旁問問怎安排，心蓉排定行程的。

她準備口試，就是人來，讓他們發落，趕在星期日回花蓮卽可。

「那麼我們明天再出來好不好？民宿離這裡不遠，明天我們再來逛。」詠晴可憐巴巴地拜託。

「有什麼問題，妳說了算。」何勝斌輕輕捏著詠晴的雙肩：「好好休息，時間多得很。」

妳累了？」看似好商量，心蓉討厭他嘻皮笑臉。

這對情侶黏條條的走在回民宿的路上，何勝斌告訴她們，明日吃早餐時，可以討論行程，民宿提供西式簡單早餐，他們三人可以一邊吃一邊討論，那幾張古文大有蹊蹺。

哪有人到臺南還吃旅館早餐，不去吃牛肉湯和鹹粥嗎？詠晴默默嘆了一口氣。

＊　＊　＊

心蓉和詠晴在房內，她起初想說明紅毛樓的部份，拿不準詠晴打算，全讓何勝斌得悉，或是測試他暗藏禍心。簡單一句：「紅毛樓可能是線索」，遲遲說不出口。

然而將近午夜十二點時，有人敲房間門。

何勝斌帶著平板電腦站在門口：「詠晴睡了嗎？我可以進去嗎？」

詠晴正坐在床沿擦乾頭髮，房間開著電視節目，洗完澡，不知是心理作用，精神好多了。慶幸行李箱只拿了盥洗用具和衣物，房間看起來不亂。

「明天我們從延平街開始。逛百年老店蜜餞行，巷弄裡有幾棟清代水師兵勇古蹟建築。」

詠晴怪他急著過來光說這件事，傳訊息就好了。

他說：「不就想來看看妳。」

在心蓉面前，如此直白。

何勝斌立刻轉移話題：「妳們看，地圖上直寫、橫寫，這裡一帶稱之爲臺江內海，百年淤積成土，日治時代，一直到七〇年代還是魚塭。」

「難怪有個老地名五條港，以前大概全是河道？」

「沒錯直接將船開到普羅民遮城底下。」何勝斌故意問心蓉，「妳會說臺語嗎？」

「你是不是有病！」她下意識的普羅民遮唸一遍，聽起來跟英語……

「Province」心蓉驚覺，是行省，東印度公司在海外殖民地的行省，De Stadt Proventie……。

心蓉判定他決不會那麼好心，故意賣了許久關子，還送分給她，換她了，遣將不如激將：「好幾次討論，何老師都說地圖和歷史不合，他擔心妳考試分心，不敢說！」不信這回不說。

「我之前說過，中式輿圖畫法各承派別，有按比例畫的，有統計的，有兵備的，有海洋的，清代國文是滿文，添加滿文注解在旁。妳的家傳古圖採山水畫法，視野中國往臺灣看來，所以東爲上、西爲下，觀圖者必須具備基本常識才能看懂，基本來說，轉換一下都沒問題。可是地名決不可能有所出入。」

她們兩人再看一遍地圖檔案，方向、地名沒問題。

「關鍵在這，或許畫圖的人不曾受過專業師承，自成一家，但是筆法已經非常貼近十七世紀末期的西洋概念，落款在大明永曆三十五年，妳瞧，那時候鄭經將行政的一府二縣，升等爲一府二州。東寧王府在安平古堡位址，這棟『紅毛樓』應該是今日的赤崁樓，荷蘭人建築的行省是座城堡……」

詠晴聽得津津有味，「漢人看著西方人高鼻深目，紅髮藍眼，叫外國人紅毛，聯想力很豐富哇。」

「問題就在這裡，紅毛樓是俗稱，執筆者既然鉅細靡遺搬出當時風土，其他地名都是十七世紀末東寧王國時稱呼，赤崁樓部份應該冠上承天府，而不是紅毛樓。上回我說直書從左到右，橫式也該一樣左到右，紅毛樓錯落在地圖的直書橫書之間，眼花不易查覺，可是經不起考證，起初寶藏藏在赤崁樓絕對說得通。第一，王府和承天府到了鄭氏第三代，家國幾乎一體；第二，運送寶藏不能招搖，更不能像鏢車押送，傳說普羅民遮和熱蘭遮之間開闢祕密甬道。」何勝斌對鄭心蓉挑眉，雖然僅一瞬間，她看見了。她後悔瞻前顧後，不早說出發現，他的推論和字謎重疊私毫不差。

然而詠晴、心蓉對「臺江內海海底隧道」記憶猶新，心蓉要削他銳氣：「赤崁樓重修時，哪能不發現寶藏！鄭成功打下熱蘭遮，什麼事都是他說了算，籌建王府裝載箱籠多麼容易！其他地圖才是關鍵。」

「沒關係，明天我們去赤崁樓參觀。」詠晴對心蓉提議，只是來玩玩，何必認眞。

第十六章

這棟民宿是老屋翻新再採照東南亞獨棟渡假別墅風格，門口兩隻佛教神獸 Chithin*，不知是坐鎮還是降妖伏魔的，安平臨海口近，海風大，其他人家門口以劍獅避邪。

她們住的房間裝著一大片落地窗，外接陽臺，沉木的躺椅、攀牆藤蔓、泥石粗胚的水池和水生植物，夏日走到陽臺，坐在木椅上，一旁的木雕襯托頗有南亞風情，相反的冬日海風大，緊避窗門，風掠過玻璃，有點寒意。

臺南人沒在怕冷的，但出奇的是，屋內擺了電暖器，扇葉電暖氣烘得詠晴睡意香沉，

*類似中國的神獸麒麟，今東南亞國家信奉上座部佛教，寮、緬的大小佛寺前擺設兩尊神獸，外形為龍頭虎身。

前幾日準備口試，緊張得徹夜難眠，在外面民宿居然不認床。心蓉早早醒了，上班養成生理時鐘，怕吵了她，自己賴在棉被裡不起身，眼光直望著天花板上的花樣。

拿到那本古物未久，她一口咬定西拉雅文字裡必有寶藏祕密，詠晴不問她有多少，倒問她要怎麼花錢，心蓉直接回答：「還助學貸款，一直玩一直玩一直玩」，被笑膚淺，她和詠晴一起翻拍古荷蘭文、西拉雅文字，心蓉問她要怎麼花錢，詠晴笑著說：「一直玩一直玩」，同樣被笑「膚淺」，那刻她們兩個才眞正思考若手邊突然擁有一筆確切的意外之財，到底要怎麼利用，一夕致富時有所聞，卻不曾活生生她們身旁發生。縱若詠晴領到父母的壽險和意外險，那筆以命換來的基本保險金，不足以在這血淋林的現實戰場上有任何宏圖，務實的生活經驗使她們從來不曾幻想有朝一日要做什麼，新聞播出大樂透連三十槓，她們跟著大樂透遙想大明永曆年間的寶藏。

詠晴和心蓉想著成立基金會幫助弱勢，臺灣弱勢團體何其多，她們一個個點名，談起這件事，懷疑寶藏應該超過多少錢才夠這些基金會永續經營，而不是靠著杯水車薪，那天話題不了了之。後來何勝斌加入，換算極快，四十七萬荷盾約今日六千萬臺幣，荷蘭據臺三十多年，揆一在任六年搜括累積至此，將三十年除以六年，等於五人任期，六千萬乘以五等於三億新臺幣，這還僅僅粗估貴金屬淨值，還不包括荷蘭盾的歷史收藏價值，以及揆一當年在大員累積的VOC克拉克瓷器、青花瓷、字畫卷軸、大航海時代水手的羊皮海圖、目前東海岸當紅炒作的血紅珊瑚，一樁樁都是奇珍異寶，在拍賣會上定有各類行家與收藏家出手。以當年的購買力和物價，相當今日三十億以上臺幣，序言「凡我子孫必當圖之」，但有大錢在手，當然要做什麼都可以。

她躡手躡腳下床，刷牙洗臉後，掀開行李箱，翻出文件夾中的A4紙張，有一點文字資料。

詠晴突然翻身，看到她：「妳醒了？幾點了？」聲音帶著睡意。

「九點多了」。詠晴半截身體窩在棉被裡，身子坐著，心蓉將A4紙張交給她。

「妳要的資料。我從Google翻譯一句句拼湊出來的。家傳古書描述國姓爺和揆一海上筆友，兩人非常能聊，沒有網路，就這樣一封一封傳來傳去，最後講到國姓爺將軍故意炮轟烏特列支堡，掩人耳目，討論熱蘭遮內有多少財產清單，最後移交給大明國姓將軍，偏偏沒說到財產在哪裡。」

「謝謝。我說任何事情沒有這麼容易是吧？他應該已經起床了。」詠晴清醒得很，她滑動手機，果然八點何勝斌傳 Line。「他在樓下等我們吃早餐。」

「東西要不要帶去？」心蓉問她。

「什麼東西？」

「藏寶圖！」

詠晴隨手一指，「在我枕頭下。妳替我拿，我要洗臉。」

＊　＊　＊

延平街稱爲開臺第一街，臺南市政府觀光局和當地商家結合文創和在地特色，開臺第一街上的紅磚道仿古代原型，而非常見的還原磚，巷弄間不經意可見清代所留存下來的漳泉移民信仰神祠，香火仍盛，心蓉嗜酸，出門前指名一定要買這條街上有名的百年老鋪蜜餞，心蓉在藥釀老味以及人潮洶湧的兩家店鋪前遲遲拿不定主意，詠晴推了她一把：「夭鬼假細意，想吃就買，先買這家，再買那家。」

保存期限是主因，添加的可食用色素和化學劑，心蓉有點怕，偏偏蜜餞透的果子香，搭配雕琢美名衍化的綺想，讓她愛不釋手。

何勝斌問詠晴是不是念書時常來，她們沒車，跟著同學團購代買。

「妳和鄭心蓉認識多久了？」

「就是大四那年，我準備研究所考試，天天去圖書館夜讀，其實之前學校舉辦社團聯合活動，文學院的臉書上見過她的名字，我大概知道有個人，沒怎聊過。在圖書館讀書，她的位子固定在六樓某塊區域，我念書累了，東張西望，不時看到她在我附近；有的時候是閉館放歌提醒，好幾次我跟她一起等電梯。」

何勝斌沒聽過鄭心蓉考研究所。詠晴簡述心蓉大四下學期隨意打發時間，等應徵面試通知，常拿著一些閒書。內容很雜，他問起是哪些書，內容龐雜，兩人不熟，她記不大清楚，武俠小說、外國當代小說、好像還有些臺灣古城慢遊之類的。

「難怪她報考國小社會科代課。」有這層往事，等於打了底。何勝斌腦中自動填補她們那時的模樣：

「妳們學校的閉館歌是費玉清的〈晚安曲〉嗎？」何勝斌開始唱起來：「請讓我們互道晚安，來送走累人的一天～」

「老人家，我好像沒聽過喔，我們不同時代。」

「那麼哪一首歌可以趕人？可以讓妳提前兩個站下站躲開我。」他舊事重提，那日公車同坐回市區，她手上拿著手機，耳機卻從沒掛上。匆匆提著借書與生日禮物下車。

「你記得那天。」

「我要找妳，怎會不記得。妳跑得那麼快，我怕追不到。」

一語雙關。

心蓉提了一袋漢方中藥釀製的蜜餞出店門，馬上勾著詠晴的手：「我們的點心存糧，可以吃上一個月。」她一勾手，詠晴被拉開何勝斌身邊。她又問：「我們繞到街底轉過去天后宮、再去安平古堡？」

何勝斌建議她前面還有一家蜜餞店，遠近馳名，快點去買，他們在這裡等她，就不過去了。

心蓉拒絕了，說是窄小的百年老鋪人滿到街上了，也買夠了，她想去安平古堡。

安平古堡的外觀就是一座燈塔，日本治理臺灣時，大肆毀壞臺南於清代時期的城牆、城門，熱蘭遮城的古地基也毀於此時，燈塔是日本人蓋的。兩年前到這裡時，詠晴父母健在，自己剛考上研究所，買了門票進入「安平古堡」，一樣的格局、揆一受降圖油畫，各洋行的模型，他們一行三人根本看不到荷蘭時代的樣子，再和家傳古物的「概略象徵」畫法一比，無從覓跡。

他們走出來，外城南壁遺址在公園內，古樹拔出其壁，導覽說的北城和西南稜堡在民宅內，他們往內找，在人家的外牆跳高一點，拿著相機、手機拍下行經觀光路徑，回民宿可以再比對找線索，等下要搭觀光巴士去赤崁樓，雖然覺得不可能，不見黃河心不死，哪怕是四百年後的都市泥土和翻建的現代鋼筋水泥。

她們在赤崁樓，心蓉睨著眼打量何勝斌心存僥倖，但信眼見爲憑，詠晴在古代文昌閣的半月形古井往下眺，一片壓克力板封住了多少奪寶迷的想像，壓克力下面的古井邊布滿綠苔，濕氣很重，兩座古堡相距數公里。心蓉有了以前的經驗，就在赤崁樓的贔屭馱碑前，心蓉含沙射影，這麼笨，以為自己是誰可以發人所未聞，網路一堆圖片介紹，她故意滅何勝斌威風，手機上網，早就可以找出一大串 youtube 影片，多年前臺南女中重建時，操場下方挖出一條古道，臺南女中正位於古代的城門舊址，臺南女中這段舊城垣和地道是舊日避難的防空洞入口，約兩人寬，一人高。心蓉上網得知，臺南女中宿舍後牆垣是清代所築，在雍正發布禁海令之後，擔心海外之地易生紛端，漳泉男子孤身在臺好勇鬥狠，臺灣府城僅僅以竹刺木柵圍出大概界址，後期民變有所謂「三年一小亂，五年一大反」，清代官方才重新審視磚牆重要性。

何勝斌才不管鄭心蓉，領著詠晴走出大門，馬路上到處是觀光客。

「我不餓，才剛吃過。」旁邊一排臺南傳統小吃名店，詠晴連忙搖手，「太陽出來了，早上還那麼冷，你去買飲料，心蓉妳要喝什麼？」前一句自言自語，後一句叫男友去買喝的。

「等下再喝。」何勝斌帶她指著前方，「這裡才是以前的普羅民遮城入口，內海漲起，就到這邊……」接著他聲音放低，「寶藏可以透過船運送到這裡。」

心蓉和詠晴互看一眼，心想「難怪，要說四百年前古人能挖掘海底隧道，再怎麼也不可能隔絕濕氣，上面土方壓力一定坍方。」

心蓉問，「然後呢？知道了這些又怎麼樣？」

他氣得臉色慘白，已經忍了這麼多天各種奚落，他本就沒誇口一定能在安平古堡和赤崁樓找到線索，虧得詠晴心寬，反過來安慰他們：「我們完全沒損失。論文完成，就當做島內小旅行！」

「不，一定是我們遺漏了什麼重要的線索。」何勝斌篤定認爲他們不是上當受騙，而是一開始就錯了。妳手邊難道只有這幾張圖嗎？或者是妳家有什麼東西，妳沒注意到，否則四百多年前的事情哪會這樣容易。」

詠晴本就熬夜累了睡不飽，正張口欲言，心蓉怒沖沖地，「你沒長眼呀？詠晴已經很累了，你去買吃的，我先帶她去回去休息。」

「好，我照顧她，祀典天后宮是寧靖王朱術桂的府邸，廟的入口跟四百年前一樣，妳可以去看一下，我和詠晴在這家鱔魚意麵店等妳。」

詠晴提醒心蓉，「妳不去上香嗎？」詠晴父母過世不滿一年，不能去廟裡拜拜，但心蓉非常好這一道，逢廟必拜，替媽媽求平安，赤崁樓的前方就是祀典天后宮。

說眞的，詠晴這種玩法透支體力，先衝口試，口試完慶功、繞古蹟又得拼湊些線索，說好一起出來玩，爲什麼要把自己搞得這麼累。

＊　＊　＊

一打開房門，詠晴沒換衣服，倒頭便睡，心蓉跟她借來古地圖冊，筆電開著待命。

孤狗大神上知天文下知地理，一旦有關鍵字，誰人的前世此刻全在眼前，何況是不會說話的石頭。圖片羅列臺灣古城的各種情況，從文字敍述、官修繪製古圖到照相機登上歷史，留下一幀幀照片。她仔細翻著詠晴家傳寶藏圖，落款才出現中文「大明永曆三十五年」，果然是不欲外人知。這一年開春不久，東寧王國國主鄭經病逝，前一年陳永華病逝，主攬大局的是鄭克臧。鄭成功找到寶藏了，父死子繼，兒死孫繼，孫子戰敗投降大清，結束鄭家三代經營的南臺灣，前面還有一個當海上商旅，拿臺灣當據點的鄭芝龍，再算進他，鄭家四代，最後財產……。

「海澄公。」Google 到的結果是鄭克塽年幼，上繳招討大將軍印，帶著鄭氏族人遷往北京，獲康熙赦免，封爲海澄公賜北京府邸，其實是被監視。招降、說服康熙決定臺灣去留的姚啟聖先於施琅之前病歿，那麼錢財不就是由海澄公鄭克塽全搬到中國北京，康熙會不會吞掉這筆錢了？亡國之君，鮮見善終，鄭克塽三十七歲病歿，比之祖父兩代少兩歲（鄭成功和鄭經皆三十九），其妻是馮錫範之女，要求康熙賜還家產，不了了之。

家傳寶藏圖細陳臺江內海，其他地方都是番社之名，承天府馬芝蘭社，海圖又是另一種模樣，臺灣島圖跨了兩頁，西臺灣部份詳細以外文寫上原住民族群的集社名：Tchong Kiang Che（中港社）、Tatial（大甲）、Tatouche（大肚社）、Tali（大里）、Tan Chouit Ching（淡水城）東部臺灣略瘦，東西寬度比今日更短，東南臺灣直接削掉了，北邊還繪上豆點大的國度大概是琉求國、日本國，當時大概不知道洄瀾、臺東，可是最後西拉雅人半撤退、半遷居到東部去了。

「凡我子孫，必當圖之。」

線索斷了。如果我是古代人，不，如果我是鄭經，我會將寶藏告訴我的後代吧？不說，有悖人情，我會告訴每個孩子嗎？或者告訴我最疼愛的兒子？如果在熱蘭遮城，爲什麼要附上其他地圖？

這麼多謎團足以讓心蓉想破腦袋，何況她半途出家，所學不同，一時片刻，難以釐清。地圖上一圈一圈的……

詠晴問：「妳不累？」她小寐一下，叫心蓉開著大燈，以免睡太沉，醒來時晝夜顛倒，因此很快就醒了。

心蓉搖搖頭，「我想不透，留下這本冊子的人，應該是妳家祖先吧？跟鄭家有什麼關係，鄭成功找到寶藏，怎麼會洩露出去。」

「我可不知道，是妳們一口咬定這本古物是藏寶圖，從頭到尾我可沒起鬨。妳問我，我也想問妳，妳這個道地的臺灣人長得這麼像混血？妳昨日買了藍色的隱形鏡片？妳戴著變色角膜鏡片更像外國人了。妳以前說不喜歡戴這種顏色的……」

「跟藏寶圖有關係？」心蓉覺得她話中有話。

「誰知道，有時問題不能單刀直入。妳的輪廓立體，是遺傳嗎？」詠晴半臥著看著她，直勾勾的想望進她的眼眸裡去，心蓉漫不經心地翻著詠晴的藏寶圖。

「我不大喜歡談家裡的事，我爸在我國中時就離家出去，一去好多年，我外婆家的人叫我媽報失蹤人口，不到七年，我爸卻回來了，妳知道，我爸媽都是臺灣人，而且是老派想法，人沒死不離婚，他們住在一起像房東和房客，我爸等我媽煮東西吃，替他洗衣，我看了就恨。我媽也是不爭氣，就這樣忍氣吞聲，妳在路上看見他們，從臉上絕對想不到是我父母，我爸皮膚是很白，活脫像隻老毒蟲了。幸好他不吸毒。」

她是誇張了點，以掩飾無奈不滿，詠晴以爲安慰心蓉：「妳媽媽是爲了妳才忍耐的。」太過不著邊際而且無濟於事，轉換語調：「令尊一定是個美男子。妳的臉型十分秀氣而且皮膚白，在女生裡頭不施脂粉，看起來就是美。記得我們剛認識的時候，好多女生跟我討論妳很漂亮，那種語氣壓抑著嫉妒以及恨，佯裝成羨慕。妳的父母將最好的基因都留給妳了。」

心蓉聽她古腔古調的，噴笑失去自制，「別談我爸了，講到令尊，我會以爲回到古代，請問令尊令堂長得什麼模樣？」

詠晴怕她勾起傷心事，順著她丟回來的話題：「我不像我爸媽，我能像誰。妳知道花蓮後山原住民種族多，似乎前幾代有原住民血統，東部人哪個不跟原住民有點關係呢，我們隨便一壓手臂，幾乎都有祖靈線。花蓮有阿美族、太魯閣族、布農、泰雅族、撒奇萊雅族……。」

「妳是沒我輪廓深，不過也不差！」心蓉注視她的五官，小麥色皮膚，濃眉大眼，深外雙眼皮，臉型稜角分明：「我們簡直像從事人類學。」

「我們不正希望古代氛圍破解謎團，妳查到哪裡了呢？」

心蓉概述她的推理過程，查閱的線上資料，以及地圖上的玄疑之處。詠晴借來看。心蓉離開桌子，起來走動。詠晴聽過何勝斌、心蓉提過東寧王國，因此瀏覽內文極迅速。她告訴心蓉：

「如果我是爸爸，我會將這重大事情交託給我最愛也最信任的兒子，決不會告訴女兒。古代當成女生外姓，嫁到外家，以聯姻方式幫助娘家，防女兒賊，鄭經的兒子們在他死前都是小孩子，最大的兩個，一個十九歲，一個十一歲。」

「兩個兒子歲數隔這麼多年？」心蓉教社會科，多談戰役、主權、制度，類似的「冷知識」倒沒細讀，以爲鄭克壎承襲爵位時是成年人。沒想到跟她現在教導的學生歲數差不多。

「古代衛生條件不佳，就算是帝王後宮，女眷也未必個個誕下健康的皇子或者公主，未成年前夭亡者所在多有，鄭克臧和鄭克壎中間有無姊妹，妳給的網址下有連結，我們可以查《臺灣外紀》。東寧王國在鄭經死後再度政變，鄭經的庶長子鄭克臧被視爲外人，朝臣和外戚奉鄭成功妻董氏之命斬殺他，由鄭克壎順天承命繼位。」

「他的祖母捨得殺長孫？」心蓉曾查過這段歷史，骨肉天性，她懷疑，但小說者言、史料都這麼說。

「自己生的兒子女兒都有討人喜歡和不討人愛的，再隔一層的孫子，被人吹點耳語說是假的，抱養冒充的，加上鄭成功因這件事被氣壞要殺她，責備她教子不嚴，妳覺得身爲祖母的鄭成功夫人應該喜歡，還是討厭這個禍端？」

她們苦思大明永曆三十五年，大清康熙二十年，這時寶藏必在王城或是承天府衙，臺灣變成清代一府是在康熙二十二年，一六八三年。心蓉認爲十七世紀寶藏被取走的話，詠晴的父母何必視之為祕密，又何以詠晴不知詳情。

有清一代三年一輪班兵制度，就是駐紮久了，島民和士兵凝聚力量生變，教師手冊補充的「三年一小亂，五年一大反」，臺灣府才改建城牆。臺灣人是猛人，先世移民幾乎在臺灣納入大清版圖後，官派統治者橫征暴斂，無視民瘼，人民往往生反動之心。官方說法是鴨母王朱一貴和林爽文、戴潮春合稱為三大民變。心蓉聽過臺灣老故事，鴨母王指揮群鴨，如兵法行軍，然而起義時間不到兩個月。

「鄭經他死於大明永曆三十五年以前吧？」詠晴問。

「同一年。正確一點來說，鄭經和鄭克臧相隔幾天先後死亡而已。」心蓉腦袋轉得極快：「妳手邊還有其他的圖文嗎？」

「怎麼說？」詠晴睜大眼。

「妳說的和史冊資料一『交叉比對』就說得通。妳想想，鄭經是鄭成功的嫡長子，一定知道寶藏，鄭克臧不是嫡長子，卻是最有能力繼承王位的兒子，至於鄭克塽年紀小，主少國危，要不是爸爸來不及告訴兒子，就是朝中黨爭劇烈，無力扭轉，如果越來越多人知道，寶藏將不再是鄭氏專利，鄭經打算讓知道的人越少越好，而且可能是某個知情者，來不及告訴鄭克臧。」

「鄭經繼位時也是十九耶。」詠晴點入Google的鄭經資料，「喔喔，四百多年前，十九歲就是一家之主了呀，我們現代人還在讀大學，呵呵呵」

「他是嫡長子，妳唸中文系，應該知道嫡長子地位不同於其他庶子。」

「我家祖先不知從哪弄來這一本，我又不像妳，妳姓鄭，沾邊帶故，我姓林。」

「妳神經嗎！鄭成功的子孫全在康熙年間奉旨遷回北京，以防造反。全臺灣姓鄭的很多，就像妳姓林一樣，我們一直原地鬼打牆，除了證明這本是古物眞品，沒有新進度。」

「如果一下子就找到了，更顯得四百年來沒有猛人了。」

詠晴噗嗤，幸好沒喝水，否則就要噴出來了，「妳根本繞著彎說我們很強，比猛人更強的能人。快吃晚飯了，我去問阿斌想法，我們去他房間找他。」

這時心蓉有股衝動想問她，倒底他知道多少，可以參與其中。

詠晴卻像沒事人，告訴一個才認識幾個月的外來人這件重大的祕密。

第十七章

何勝斌留在房間一遍遍查閱資料。

今天田野調查古蹟，時空改變太大，文字絕對正確，搭配十七世紀史料，這筆寶藏確有其事，只差藏寶地點不清。

口傳才會產生歧異與變異，凡是文化民族寫入文字，爲的就是世代相傳不忘，設下符碼謎團必有其深謀遠慮，除非寫下藏寶圖的人死而復生，否則再重新排列文字，只不過複習鄭家王朝南臺灣爭霸戰，一下子是鄭芝龍和李魁奇，一下子是鄭成功和荷蘭人，鄭襲和鄭經，鄭克臧和鄭克塽……四代在臺灣停留的時間滿打滿算不到三十年，外有外戰、內有內鬥，當年若不歸降清朝，跑到呂宋，可以不可再創造一個王國？歷史沒有如果，有的是後見之明，所有的歷史都是當代史，由主權者取自己意圖所詮釋，連招降東寧王國都可以一變再變，「箕子之朝鮮，……徐福之日本」，從一個海權國度向外發展，成爲閉鎖的大陸體系，除非扭轉局面。

要是去了呂宋，再用這筆鉅額的貴金屬貨幣，鄭氏不愁沒有東山再起的機會，因爲鄭克塽沒拿到這筆寶藏，主將敗北於澎湖，其他文臣當然是像《三國演義》中的東吳群臣，前仆後繼的想投降，他們想在大清王朝得到的高官厚祿全押在亡國之君之手，鄭克塽就是絕佳籌碼。臺灣一六八三年納入大清版圖，一六八一年，東寧政變，再往前推……

門上傳來扣扣扣聲，沒有別人，這間民宿只有他們三人入住，他直接開門，詠晴笑盈盈地站在門口，他氣消些，那個鄭心蓉在身旁，看來是沒有機會單獨相處了。「我晚上再邀她出來。鄭心蓉妳以爲妳在防賊？」何勝斌盤算 Line 傳訊。成年人了，她不可能拘管得了詠晴。

何勝斌在花蓮要約會，陪等詠晴論文寫到一段落，時間短；有時詠晴憂慮心蓉一個人在家，趕著回家陪她，他在她家，鄭心蓉對他沒語氣，他越做足臉色、越耐心問候，她一樣板著面孔，怪里怪氣，女孩子再漂亮至多落個孤高，這次回校口試，來臺南，她堅持捎上鄭心蓉，兩人世界硬塞成三人座，在鄭心蓉面前，詠晴沒說話倒沒關係，鄭心蓉沒事湊什麼風，賞他白眼，太有戒心，玫瑰花就算是花中之王，扎到手也會疼，不是誰都愛。

在大部份外人看來他們倆個不像熱戀中的情侶，詠晴說鬧市有學生和家長，身為老師面對的是許許多多學生，不見得記起每個學生的名字，但是被學生看見，隔天在班級間發酵迅速，他反駁戀愛是人生大事，別弄得見不得光，有什麼好說的，她可能是臉皮子薄，所說的話不無道理，男女有別，男性崇尚動物界的主權宣示；女性喜歡細水長流的溫情默默。他在詠晴面前約略提及心蓉，詠晴認為心蓉一時不能適應她有了男友，要他多擔待些，他對女孩子向來禮貌，看在她是她的好姊妹，方才不計較。

明日上午十一點退房，何勝斌對臺南之旅已經失去興趣。表面上他仍問：「要去吃飯了嗎？」

他們一起逛了夜市，明日周六，周五晚間街道上擠滿了人，他們走至安平天后宮，他們三人進去拜拜，藻井龍飛鳳舞，數百年來，清朝帝王賜匾無數，感謝天妃天上聖母媽祖神威丕赫，護衛海上漁民。

何勝斌指著正殿高懸的匾額，信衆香煙薰得黑中透著油亮奇光。「詠晴妳看，正殿朝外，第一塊映入眼簾的匾額是當朝紅人。後面一塊一塊，則是各個朝代達官顯貴頒賜，開臺最早的媽祖由福建分香過來，大約在一六六八年建殿奉祀，光緒帝御賜『與天同光』，我們的歷任總統也送了好幾塊過來。在臺灣人的心中，媽祖信仰無所不在，早期先民渡過黑水溝『九死一回頭』，到了臺灣出海行船三分險，沒有雷達、氣象預報的古代，媽祖神蹟時有所聞，康熙、雍正、乾隆、嘉慶、道光紛紛賜匾，那些匾額分散在各地分香的天后宮。」

「你懂得眞多。這些俚語、名稱我聽過聽過，大學以後就還給我的歷史老師了。」詠晴聽他解釋，眼光往後殿望去，一重重平行懸掛著燙金褒語。何勝斌眉色好不得意，呵呵謙遜著：「觀光手冊說的。」

「鸚鵡學舌。」心蓉翻了白眼。可是香客太多，何勝斌聽不到。

今天是好日子，其他廟帶領著進香團來拜廟，以前在鳳梨田大學唸書，爲了考試（另一種田野調查），她們會到鄰近廟宇祈求重要考試順利，詠晴沒有宗教信仰，卻從沒見過進香團謁廟拜會的盛況，十分好奇，心蓉更爲熱衷。詠晴在這情況下，問東問西，何勝斌爲她解說：「妳看進香團團服，上面印的就是宮廟名稱，神起駕進廟三進三出，以示作客尊重。」

廟方擺起迎接陣頭，他們正好趕上這個時間，傍晚時分，廟方撞起銅鐘鳴鼓敲鐃，由神將開道，每一炷香，裊裊圍繞著神靈附身的家將身影，隨之左揉右旋，走陣的口號拔空雄壯，詠晴聽不清何勝斌說的，往前一步，不隸屬這團香客的信衆擎著長香，香尖上堆著紅色星燄，隨便一碰灼壞香客衣物，高矮相差寸許，劃上臉眉都有，心蓉連忙將詠晴拉開，詠晴猶問：「嘉慶君遊臺灣賜匾嗎？」何勝斌怕人潮上的線香燙傷女友，也下意識往身後退：「小心一點，我們從旁邊出去吧。」

出得廟來，觀光客和香客佔據了這片曾經是沙洲浮島的古地。詠晴說：「雖然撲空，這趟畢竟沒白來，親睹這些儀式、體驗滄海桑田。進香團的制服不是代天府、五府千歲、媽祖廟等常名，居然叫水仙宮，好特別的名字，不看神鑾還以爲是花神。」詠晴女孩子心性，美名比俗名動聽。

何勝斌識趣的接口：「臺灣古地名魍港，阿狗、阿猴、打貓、雞籠……，像諸羅，聽起來像豬玀養豬戶，到了淸治乾隆年間，爲了嘉獎鄉勇平定臺灣的起義事件有功，嘉民義舉，才改爲嘉義。」

「嘉慶君來臺灣跟這件事有關嗎？」詠晴問。

「妳問對了！乾隆長大成人的兒子不多，大多在壯年時期病歿。千古一帝康熙在位六十一年，撇開中國神話裡的三皇五帝，他居頭魁，是沖齡八歲登基，足歲大概六歲，駕崩不滿七十，不是太老；可他的孫子乾隆皇青年即位，八十九歲氣血衰敗自然死亡，也活得比他的兒子們久，那麼多兒子，有一個來臺灣，卻不是後來登基的嘉慶君，傳說乾隆和小舅子的妻子通姦偷情的私生子福康安，戲曲《嘉慶君遊臺灣》就是以這個乾隆庶子爲藍本，福康安和嘉慶君是同父異母兄弟，用來鋪陳出來鏟奸除惡、考察民風的劇情。」

「就像日本的《水戶黃門》、朝鮮的《暗行御史傳》民間文學創作。」講到小說文學，詠晴非常來勁，心蓉插不上話，只循著原話下去：「福康安爲什麼要到臺灣？」

「林爽文之變。」何勝斌回答。

「林爽文之亂，在臺灣人民而言應該是起義，在清代官方認可寫法是犯上作亂，而不管爲何人心思變。」鄭心蓉想起方才查了兩個小時資料，短期印象仍在腦海裡。

何勝斌說起林爽文加入天地會，招募移民抵抗，再利用閩客開發移入先後的衝突矛盾，林爽文進軍彰化，卻不曾攻下鹿港港口，最終兵敗被俘至北京淩遲片剮，以儆海島居民莫生異心。

「一府二鹿三艋舺。爲什麼臺南不是事變的中心？」心蓉油然好奇。

何勝斌看了她一眼：「臺江內海淤塞，對中國轉運等站不方便，改由鹿港。現在的鹿港雖然也是海邊，情況一如今日安平。有學者認爲林爽文有天地會的人脈和支援，大清又已顯出衰敗之象，西北有大小金川、陝甘捻亂，妳們知道就是起義，官方想的和人民有段距離，林爽文沒取下鹿港，失去了戰略地位，一下子經濟就垮了，跟他的羅漢腳是流民，無妻無眷，不能光捱餓。清初的禁海令，強迫沿海居民往內陸遷徙，就爲了斷絕鄭氏集團轉手買賣和接濟。鄭家王朝手上的山五商、海五商，貨物斷頭，新物接續不上，民生經濟衰退。其實每一次東寧王朝都在經濟鎖鍊上栽跟斗。像鄭經的叔叔鄭襲，爭位失敗，鄭經網開一面，處決主要的鄭襲部下，他不處決親叔叔，便是要叔叔活著，見證他的寬容，他順天承運名正言順，並非硬搶不顧尊卑的惡姪。」

其實心蓉聽不大懂，卻也不想落了下風，等會再聽詠晴講。

「亂倫之後，再弒親呀……。鄭經再怎雄才偉略，跟隨國姓爺來臺的守備、參軍、親軍左武衛、總兵、游擊、國姓爺親衛隊和家臣……恐怕不心服。」詠晴立刻梳理脈絡。

這時海邊北風涼，詠晴突然覺得他們一行三人才短短幾個月，語氣過於學究了，在這裡吹風談古事，走過去的人若是聽懂，會抱以同情眼光還是發愣神色，三個傢伙開研討會。

「等等，鄭襲是哪個時代的人？有這號人物？」心蓉問他們，明顯的三人之中，何勝斌才有能耐回答。

「阿斌你剛剛提到的那個人，一生有什麼重大事情？」詠晴充滿崇拜的眼神投向他。

縱然他沒有十成十把握，必須篤定，掙個面子。

興之所至。詠晴問，「說不定和我們的『尋找』之旅有關聯。」出門在外，隔牆有耳，避開關鍵字。

這句話醍醐灌頂，任由他們兩人說東說西兩日，她這趟純粹陪玩散心，詠晴竟有驚人之舉。

第十八章

一回到民宿，三人坐在女生房間內。

詠晴攤開古書上的地圖頁，詢問心蓉：「妳和阿斌都說過荷蘭人佔領大員，古荷蘭文和西拉雅文字記載，直到大明永曆三十五年。前期鄭經和吳三桂聯合反清失敗，同一年鄭克臧死，再兩年臺灣納入大清版圖，時間是清康熙二十二年。可見我手邊這本古書的作者定稿時，臺灣不屬於大清，和清朝政府處於平行時空。經過這麼多年，寶藏在不在是我所存疑之處。」

「沒有寶藏，妳家就不需要留這本書，早早拍賣。」心蓉死咬著不說出她們曲折的取書經歷，何勝斌知道越少越好，詠晴要說去說。

「我們爲什麼執著在這個大員城、熱蘭遮城、普羅民遮城？要是一六八三年以前寶藏就被運走了，那麼這幅圖、這本古物沒有意義。」詠晴指出盲點。

「所以妳問起鄭襲？」何勝斌霎時明白了。

網路力量無遠弗屆，從《臺灣外紀》、《維基百科》俯摭皆是鄭成功家族資料，鄭襲和姪兒爭位失敗，主要擁立的大將們或戰死、或賜死，其他人等則一如以往，鄭經穩住局面後，將鄭襲囚於廈門，鄭襲逃往北京獻誠，其後便是鄭氏王朝於一六八三年結束在臺基業。

「妳認爲鄭襲會不會知道這則祕密？」何勝斌目光灼灼。

「有可能，我們念文學的會問誰、爲什麼、做什麼、何時、何地。」詠晴瞟向心蓉，心蓉教她的。

「鄭襲是鄭成功的弟弟，鄭成功的弟弟很多，有幾個跟著他老爸降清，被利用殆盡後，面臨殺身之禍，滿清曾經想用兄弟父子親情招降，要鄭成功交涉換父親一命，鄭成功沒答應，那些鄭家人死在冰天雪地的大清東北寧古塔。所以鄭襲是最親近鄭成功的么弟。」何勝斌回答。

詠晴深吸了一口氣，像是偵破了大案子：「那時鄭成功和兒子卯上了，鄭經離開臺灣的權力中心結構，兄終弟及，鄭襲繼位順理成章，姪兒鄭經想的正好相反，是父死子繼。鄭襲失敗怕被殺，可是清朝從順治朝到康熙朝必須到處平定處處點火的南明勢力，鄭家越分崩離析，對大清國越好。加上他是鄭氏王朝第二代的長輩，對清朝的招降派、當權者而言，鄭襲逃往北京，無論大清王朝養著供著圈著禁著，不管怎樣都是奇貨可居。他想保全性命只將自己的身家吹得高，越高越有價值，他密奏朝廷，那麼對他是百利而無一害。」

「所以鄭克塽的母親和妻子要求清聖祖康熙賜還家產。」心蓉恍然明白。

「那麼寶藏不在鄭家手上，納入國庫了。」詠晴輕嘆。

「不—可—能。鄭府事項明載在清史稿中，有清一代史書，或是皇帝《實錄》，乃至於方志，地方志從來沒有記載這筆錢。清初在臺設一府三縣，隸屬福建省，要是納入國庫，府志、縣志、官修文書不會遺漏。何況一大筆錢，以清代的造船技術，福建貿易船出入日本平戶都有記載，大船入港運載出海，絕不可能逃過文人之筆或者庶民之眼。」何勝斌提醒她。

「要是我有意取得，以臺灣的局面，黑水溝濤高浪急，當權者想瞞過眾人的話……」詠晴百思欲解。

「欲蓋彌彰，倒不如在原處。」何勝斌回答，最後還是在臺灣本土。

不在臺南安平古堡、赤崁樓，寶藏會在哪處？他不是在講廢話嗎？熱蘭遮和普羅民遮兩處經歷荷蘭、東寧、大清、日本拆建，心蓉瞪了何勝斌，又怪詠晴不懂事。

「左圖右史。」何勝斌沉思，這本古冊的地圖和文字搭配極佳。

漂浪的島嶼，在大海之間，航船必經之地，自成一體和各國交往，海權時代歐洲人向東方前進，活躍的島嶼幾度三番與外國人交手，圖文卻無關，有違史學通論。

詠晴沒閒著，看著家傳古書，想了好半會，開口說：「那麼這張可不可以用呢？」話沒說完，她起身打開行李箱拉鍊夾層，拿出牛皮紙袋，心蓉的心簡直要跳出來了，才問她還有沒有其他圖，詠晴這時果然拿出來，偏偏讓何勝斌知道。

「我那天在家打包行李，只想去爸媽的房間拿一件東西當平安符，請他們保佑我順利過關，結果衣櫃衣服下壓著牛皮紙袋……」

又是一張圖！就算沒有碳元素定位，一看也知是眞貨，心蓉和何勝斌大出意外，但何勝斌喜不自勝，他推論沒錯，至少要有這張圖，安平的熱蘭遮飛地只是開始。

這張圖明顯被對摺了好幾次，紙張脆，隱約有裂痕，詠晴正準備打開圖，何勝斌情不自禁：「慢慢來。」詠晴緩緩地攤開鋪在雪白的床罩上，莫約 100cm X 45 cm，不是大圖，然而底色玄黃朱墨爛然色澤清楚標明番社名稱，溪流出海口的地方畫著接駁物力的小舟。

何勝斌湊近仔細看，「這張比那張」他拿古地圖冊和新圖比對「這張顏色淡，而且顯得隨意，綠的是山、河流，黃黃的是平原，新的這張畫出海面浪濤，近海有幾艘船，最重要的，詠晴妳看這裡……」，何勝斌手指向，靠近海圖／地圖中央的地方，「這道從右到左的紅線是土牛線，大清將臺灣南部收於治下，原住民和漢人衝突多，故意立下界址，警告拓墾者，原住民驍勇要是侵佔原領地，官府不好處理。」

心蓉看著這張圖上，嘉義縣城到群山之間，居然繪畫出一隊搖旗吶喊的原住民，身披布質彩衣，赤足踏地，隊伍中昂首騎馬的人戴著清朝的冠帽，背上弓箭袋。」

何勝斌當然注意到這件線索，「果然，我想得沒錯，福康安就是《嘉慶君遊臺灣》的原型，文學上的原型，反溯史學他以奉旨欽差，乾隆皇的特使代表身份入臺靖亂，想必派頭隆重，登龍船入臺，不正好掩人耳目。更因爲寶藏不在安平，這樣正可以解釋後面爲何有張全臺島圖，儘管臺灣島地貌不正確。」

「你說什麼？」心蓉、詠晴異口同聲。

「臺灣使用清康熙年號是在這本古物標注的大明永曆年之後，換句話，故意遺留紅毛樓指出承天府和安平古堡的線索，再附上東寧王朝時代古地圖，合情合理。妳的家傳古書，另外加上外國人的地圖畫法，文字偏偏隻字不提，奇中之奇，有清一代的大船，嗯，破碎的新圖，是諸羅原住民幫助大清官兵之後所繪，因爲幫助大清平定有功，乾隆嘉獎他們的義行，福康安就是這張圖的大官。」何勝斌喃喃自語，仍在整理資訊，所以前言對不著後語。

心蓉和詠晴覺得他教書教出職業病，隨時一篇卽席演說。他拿出手機輸入關鍵字，再向詠晴借家傳古書一頁一頁細翻，口中唸唸有詞。

心蓉心想：「你有法子卽席翻譯古荷蘭文？」表情非常不屑，翻譯軟體力量有限。

詠晴怎會不懂她的心情，於是輕輕拍她手，意思要她是別吵他。「有了。詠晴妳看，證據近在眼前。」

在她們眼前的是今早赤崁樓的空景照、以及留影照片，正是典型的閩式建築，一些石碑，心蓉覺得沒什麼特別。

「怎樣，何老師還懂滿文！」她還是忍不住。今早她們看過一座座贔屭馱獸，清代國書是滿文，從尋寶開始，西拉雅文、古荷蘭文，居然添了滿文。好了不起。

他不理會，反而和詠晴的目光對上了，彼此相視一笑。彷彿認爲她是個添亂的小鬼頭，怕自己的姊妹被帶走。

他說著：「今天早上我們在赤崁樓前看碑文，幾隻石贔屭背上馱著褒忠碑，以滿漢兩文並行褒獎福康安平定林爽文之亂。這樣就說得通了。」何勝斌說到激動處，雙手握拳像拳擊手，可想像心中澎湃激揚。

他提出一套可信說法：「你們聽聽前因後果。鄭襲告知康熙，康熙派施琅來臺接收，康熙有鄭襲的寶藏明細，施琅未敢貪墨，自然從老百姓身上敲詐，臺灣沒幾個人記他之功。雖然臺灣已納入版圖，帝王們一向認爲臺灣爲海外孤懸、男無情女無義、鳥不語花不香，古時竟有『易爲奸宄逋逃之藪，故不宜廣闢土地以聚民臺灣。』臺灣臺南的地質屬於淤土濕浮，不宜重磚築城，大清帝國怕流民聚鬥，歷經朱一貴、林爽文，才正式築土垣。」

「然後？」築牆和財寶、民變有何關係。心蓉討厭他，時刻已到，知道決非天馬行空，答案隱約浮現，只是不大明確。

「古代打仗靠的除了武力組織，最重要的是糧草補給和兵餉，沒錢沒兵打仗。補給線越長，戰事就越吃緊，兵餉、糧食、以及安撫流亡人賑災的米，全要錢。」

「用眞金白銀買，耗靡國庫。」詠晴也覺得自己很像抓到眉角了。

「多謝捧場。」何勝斌指著照片：「而且臺灣那時通用的是外洋銀錢，這個話題很長，我就先不講了。大清帝國向外國換錢，匯率隨著外洋夷船載來有高有低，而VOC的寶藏原本就是荷蘭盾、各國貨幣，可見乾隆皇帝多滿意平定臺灣，列在他治下十大武功之一。赤崁樓下的九座福康安碑，記載平定林爽文之亂，朝廷恩旨建生祠，刻立這些滿、漢文碑表彰功蹟。到了一九六〇年移到此處。機緣湊巧，撞上歷史，跟原來用意無關。康熙派施琅來的用處只在於確認眞假，康熙皇帝要的VOC寶藏留在原地（早年的縣府是竹籬、木柵圍成的圈圄之流），康熙、雍正、乾隆諸帝面對民變，大清王朝只有打，從不招降，這筆寶藏正是用臺灣人的錢打臺灣人，全部自籌內耗，無須清朝政府出資。而且福康安來臺靖亂，一邊築城、一邊以欽差大臣之姿敲鑼打鼓築城，搬運來去，人們怎麼都想不到是在搬寶藏。福康安入港的地方是……」

三個人六隻眼看著詠晴的家傳古物，詠晴翻到第一頁地圖。「就在鹿港！」

地圖上第一頁是古大員、承天府、山巒、各番社等地名，心蓉來不及告訴詠晴寶藏可能在紅毛樓，便由何勝斌破解第一道難題；這時候，詠晴指著其中一座山巒後的地名——「馬芝遴社」。

詠晴開心的說：「我才想呢，爲什麼畫出那麼多原住民部落，鹿港也就是馬芝遴社在大員之北，地圖卻以東爲上，將馬芝遴社寫在山區裡，跟紅毛樓的錯誤一模一樣，原來祕密就在其中。如果不是阿斌對歷史瞭若指掌，心蓉和我怎麼也想不到？」

如果只寫了一座原住民社名，就算被不瞭解西拉雅文和古地圖的人拿到，心眼多一點，一下子就看出破綻。詠晴由衷敬佩先人用心良苦。

「那麼這張新圖呢？」心蓉問。

「新圖年代絕對比這本冊子晚幾年，儘管保存鑾不好的，不過這張比這本古冊所畫專業，是『船艦畫』，十八世紀晚期專爲海港商船貿易服務的，所以會特別呈現港口的景物在畫的盡頭，但是重點不在此，從頂戴服飾畫風故意留下線索。」何勝斌有意賣弄給她看，「這張圖，西螺溪、馬芝遴、牛罵社、嘉義，就是沒有臺南，就是先人故意放大線索示意圖。」

一府二鹿三艋舺是臺灣發展史的重要三大地點，但心蓉不大認可鹿港地點。她們是好姐妹，偶有口角，瞭解彼此想法，卻從未有如此不湊邊際。

何勝斌反倒和詠晴心有靈犀：「原來如此，我過度觀注古臺南，其實在鄭經統治時期，鹿港劃入天興州馬芝遴社。林爽文是天地會人士，在臺灣暗中從事反清復明工作，宣揚理念，或許知道寶藏之說，偏偏沒攻下鹿仔港（鹿港），錯失經濟運輸，就是今日說的物流流通，更或許還有深一層的，寶藏先讓福康安扣下了，福康安一在鹿港登陸，拿這個買軍糧，林爽文成爲北臺國度的盟主，年號順天，開元建國，徒然掛上空頭名稱，沒錢沒人，被福安康圍勦。」

「所以就算是大明永曆三十五年，清代統治、日本殖民、國民黨來臨，VOC財寶一直在臺灣。照你說的，我的祖先將這本書神祕藏起來，想的是有天告訴我。想想臺灣人也眞可悲，從荷蘭人、鄭家統治臺南、大清帝國對付臺灣的後援，都取之於臺灣，簡直是臺灣人自己打自己。」

「終於還是告訴他。」心蓉聽詠晴娓娓道來，心裡毫無破解重謎的喜悅。她看著馬芝遴社圖示，她再次錯過機會。

「我們明天應該去鹿港嗎？」心蓉覺得自己已是事外人，沒辦法跟上話題，微弱的呼喊著。

「我們去了，也會得到跟逛赤崁樓、安平古堡的結果一樣。我們不用去，」何勝斌口氣非常篤定，另外兩人聽他分析雖在理，卻不能瞭解哪來自信。他意識到自己天外飛來一筆結論，趕緊補上：「我說過，方志會留下記錄，我們要相信這本古書內容，對了，你的祖先非常奇特，還有其他的地圖嗎？他們不知從何得來這份古物？」

「我不知道。像心蓉姓鄭，要是多了心去，她才是鄭家後人。至於你姓何，我得花點時間回想明末臺灣史，誰跟誰同姓。」

「他跟鄭成功的通事，就是荷蘭語翻譯官——何斌同名撞姓。」心蓉沒錯漏任何一拍告訴詠晴。

「是囉，冥冥之中自有天數。我們三人註定湊在一起的」。

詠晴玩笑話，何勝斌覺得她眼神鬼裡鬼氣，心蓉同是惴惴不安。

偏偏詠晴說著：「今天眞累。我們聽了何老師一大篇臺灣史課程，明日不到十點別吵我喔。」慧黠輕笑，一付討饒表情，非常高中女孩的淘氣，再怎麼瘦，年輕有飽滿的膠原蛋白，在她身上一點也不違和。

何勝斌離開那兩個人房間時，心蓉意味深長的望了他一眼才關上門。

第十九章

儘管心存一肚子疑問，倒顯得意有所圖，打草驚蛇，心蓉故作鎮定地拿盥洗用具，民宿房間就那麼點空間，換她不敢迎視詠晴。

兩人錯開洗盥，各自安靜的滑手機，打開筆電，一場還沒開場的拔河賽，靜候第三者裁判吹哨開始，先發制人必有勝券才能一舉獲勝，她和她僵持不下。

詠晴睡前喝了一杯水，舉起藥包就倒入口中，心蓉不見她病，關心起來：「妳在吃什麼？」

詠晴吞嚥：「調理身體的。」

她想起來了，詠晴服用菊花消腫散以及還少丹，父母親驟逝、論文耗心思，睡少多慮夜不安眠，好幾日不見得一夜好眠，服用這帖藥物保氣安神順順思路，菊花消腫散則爲了臉上那些虛浮的紅腫。女孩子愛美，她以前不會多問，詠晴一陣子沒吃，今晚用藥。但當下，她「喔」了一聲。一個多小時鬧彆扭，同房非常難捱，正好打破僵局。心蓉問她：

「妳怎麼會看上他？」

他就是何勝斌，詠晴當然知道。她們熟歸熟，兩年來兩人情感空窗，之於個人感情領域，向來互不相問。縱然詠晴不解心蓉身邊爲什麼沒有男伴，從不曾，就是怕過問了。

「這樣說，我難以接話。想討個官方說法，還是個人說法。」

「沒關係，妳說說嘛。」心蓉定下神，跟好姊妹說話犯不著暴躁。

「我要替他謙虛的說，這是他主修；我要替他不好意思，一切是運氣。」

不著邊際。

「妳才認識他多久，一下子就告訴他重要的事情？妳就這麼相信他？」心蓉已經極力壓抑語調了，仍洩露了酸意。

「他有他的史學專長，這兩日妳替我解開了心裡的謎團，日後眞有著落了，我……」現在話說得太早，詠晴硬生生將話截斷了。

「他空長著一張嘴，你們兩個不配。」心蓉話到嘴邊，覺得殺傷力太大，她改口：「好，縱然他有過人之處，不過日久見人心，妳才認識他三個多月，妳怎能保證他接近沒有惡意或者對妳不利？那可是妳家世代相傳的寶藏，妳就那麼信任他？」

「難道妳接近我時心存歹念惡意嗎？」詠晴直說。

「我都不知道妳這兩個月以來怎麼變了樣。」心蓉越來越覺得煩燥。可能是房間裡的扇葉暖氣太強了。

「我更相信妳，妳比他更早得知祕密。」詠晴覺得自己得理，「一人智短，二人智長。不管是妳、或是我、還是他，都有不足之處。」

「妳一定要跟那個傢伙一起找寶藏？」心蓉問。

她意識到此番言談不同以往，正色說著：「寶藏就那麼重要？妳有什麼爲難的地方，可以告訴我。」

「爲難的地方？」心蓉瞪著她：「我沒辦法看著妳跟著那種油嘴滑舌、大言炎炎、嘻皮笑臉、輕佻浮誇的傢伙在一起。」

詠晴詫異她短時間串出四個成語，全是否定詞。

「我承認他說話有時輕佻，不過那是在私底下，以前許老師不是讚他一派紳士風範，遠來是客，從花蓮陪我們到母校口試，忙上忙下，還說著要請客。」

詠晴不是沒見過世面，何勝斌承諾慶功宴，有的人未必肯說出口，她列爲體貼事證。

「是呀，空口白話，妳這麼好打發。」心蓉話說出來就後悔了。不該貶低詠晴。

詠晴臉色一陣白，「他對妳不會口出惡言呢！」

心蓉聽出絃外之音：「我罵妳的心上人，妳捨不得？」

詠晴口口聲聲維護那個男的，她感到一陣悲傷，瞬間雙眼紅腫，眼珠矇矓罩上一泓清水，倔強得不肯掉淚。

「我的意思是……」

「我不能看著妳自取滅亡」心蓉一口氣說出：「有他就沒有我。有我就沒有他。」

「我們不是小孩子了，爲什麼要玩這種選邊站，畫小圈圈的遊戲。有話妳就明說，何必遮遮掩掩。」

「他跟妳說過他家的事嗎？他有沒有說過要帶妳回家見他的家人？他家有誰妳知道不知道？」

她和他沒談到這份上，「妳是古代人呀，我們還用不到找媒人說親，去他家還太早！就算他提起，我會拒絕。」詠晴不改心意。

「妳們兩個不配！」心蓉好像說來說去只有這句話。

「妳有話好好講。」詠晴堵了回去。

「我不懂妳這麼會這麼笨，明擺著的妳條件好得多，今年在這所學校先待著，明年換工作了，妳到底在傻什麼？」

「妳是我的好朋友，當然說他不配，他學識淵博、體貼謹慎，時間一久，妳會看到他的好處，我總不能在這裡誇他多好又多好。」

「說來說去，妳就是不肯選擇。」

詠晴沒料到，心蓉容不下他。一個是好姐妹，一個是男友。

「別逼我！」

「妳不能既要這個，又要那個，太貪心了。」心蓉把心一橫，眼淚不爭氣落下，兩年相處，知心朋友竟落到這地步。

賭上了。二選一。

過了好半晌，詠晴一直沒回話，低著頭不看她，心蓉瞭解，最後勝出的是何勝斌。

「我知道了。」心蓉出乎意料平和，不抹眼淚，任由自然乾，詠晴還想說，她打了手勢，無須多言。

詠晴看著心蓉就寢，她拿著手機，要不要告訴阿斌，她們吵架了，想了一下，不搬弄是非口舌，過幾日，心蓉慢慢開朗了，事情有轉圜，船過水無痕。

第二十章

一覺醒來在九點開外，詠晴自然往旁邊床位看，被子鬆垮垮，心蓉醒了，下一刻她起床往盥洗室，心蓉不在，她開始慌了，昨日吃了藥，加上考試過關，熟睡得沒有任何感覺。床邊少了一只行李箱。她趕緊滑開手機，手機裡有訊息，昨晚她怕何勝斌傳line，激怒心蓉，將來訊轉爲靜音，因此錯失心蓉的告別訊息：「我先回去。妳們兩個慢慢玩。這間房錢已經結清了，別多給。」

何勝斌和詠晴一起吃早餐，嘴上亂聊一通，詠晴說起心蓉有事先回花蓮處理，他察覺兩個女孩子彼此間的疏離感，他照舊跟詠晴說笑，情況對他更有利，靜觀其變，別操之過急，壞了事。

等開往花蓮的火車一開動，何勝斌從行李箱拿出一個手製帆布包，那種「文青」典型，如果說是什麼名牌精品，詠晴不收貴重物品，客製限量復古風情的，詠晴最吃那套。她喜出望外：「你什麼時候買的？我怎麼不知道？」

「妳喜歡就好。」老話雖甜，千篇一律，偏偏這次送禮摸準了詠晴心頭喜好，從地圖、保養品到文青小物，進步神速。

「可是你什麼時候買的？」

「上個月我請臺南的朋友替我訂，這時來取貨，剛好當成我們的臺南留念。」

「謝謝。」

「說什麼謝謝，多謝妳讓我參與其中。」

迂迴說法，意即尋寶。詠晴連忙搖手：「多虧你和心蓉，不過我們目前進度有限，到目前什麼都沒有，不知何年何月才能眞正尋到這筆財富。」

「我們回去再討論。」火車上畢竟是公共場所，人來人往。

詠晴或許這幾日眞的累壞了，一閉上眼睛，耳邊陸續飄來不少前後左邊的耳語，是一對對的戀人，母子叮嚀，夫妻家常，她的頭先是靠著椅背，一歪靠在何勝斌肩上，他不忍吵醒她，兩人互偎到花蓮。

＊　＊　＊

回到家中，何勝斌替詠晴提行李箱進來。這班臺南—花蓮直達車，中途停靠站不多，一日一班，她一路睡到快到站，招了計程車，何勝斌將汽車停在她家，跟著詠晴一塊回去。到了家中，房廊前不見心蓉的外出鞋，可見還沒回到家，詠晴一時自顧不暇，算了，先這樣。

沒想到何勝斌放下行李後，一屁股坐在客廳，手上還拿著詠晴剛剛轉交給她的家傳古物，詠晴笑他是個歷史狂，他細細讀取，旁邊的小桌上正開著平板充電。

「大明永曆三十五。」兩個人翻來覆去想在字裡行間找一點破綻，四目盯著數字。

「以前寫這本書的人，無法預知後來之事，文字資料僅止於此。」詠晴回答。

「數字或許是什麼密碼之類的？」何勝斌覺得應該有旁的什麼。

「密碼？」

「我長話短說。」

何勝斌四顧屋內，詠晴表示沒關係，何勝斌繼續說下去：「如果寶藏在清代被起出，這本書就不必世世代代流傳，縱然被取走了，一定還有流傳下來的東西，可是我翻找文獻，隻字未提，推論幾百年過去竟無人知曉，所以這本書裡一定藏匿其他步驟，我們疏忽了，我們得好好推敲。目前所知的只有大明永曆三十五年，西元一六八一年，還有這個古文裡的三〇五。」

一年三六五天，農曆大月三十日，小月二十九日，四年碰到一次閏月，數字對不上，而且地圖……。

「難不成是經度、緯度？」何勝斌大喊。

「西洋人會畫經緯線」詠晴拿起平板一滑：「臺灣在東經一二〇度，北緯二十二至二十五度之間。北緯三十度，東經五度是阿爾及利亞。」答案太不可思議了，詠晴又說：「北緯三十五度橫跨世界好多地方。日本大津、中國西藏青海、甘肅、陝西、山西、河南、山東、江蘇……越說越遠，根本沒有臺灣。」

「腳踏大員、心懷世界。」何勝斌笑說。

「老話一句，被整船載走了。」詠晴沒好氣。

「開玩笑，生氣啦？」

「不好笑。如果沒有進展，我要去洗澡了。等下心蓉回來，可能也要用浴室。」詠晴推了何勝斌肩膀。

「我們太拘泥年份了，妳看。」何勝斌拉她回來。

「我不懂古西拉雅文，也不懂古荷蘭文。」

「妳過來看這本書的所有地圖。」何勝斌問她：「對不起，沒有桌燈，我拿手機的手電筒照，妳看有中文這些地方。」

「這些地圖的墨色有新有舊，不是同一時期完筆。」

「一層一層畫上去，有新有舊很正常。」

「不是，跨頁的是中國臺灣海圖，和西式臺灣島圖。」

「以當時鄭家山海五商行，結交英國商人、荷蘭、日本、葡萄牙，取得外國地圖並不稀奇。」

「妳從來沒鑑定過紙質吧？」何勝斌問。

可是地圖和紙又有什麼關係。

「這是手工書，因此紙質比較差嗎？」

「中國造紙術通論由東漢的宦官蔡倫改良，採樹皮、桑葉、稻草、布、皮革、蠶繭……。經過中國古代工藝，抄錄波斯工藝，宋代《夢溪筆談》尤其詳細記載工業，那時尚且輸給高麗王朝的製紙業，蘇東坡就曾讚美『高麗紙尤佳』，妳去韓國玩的話，還可以看到那家文化電影城用古法當場製高麗紙，和機器作的不一樣……」

「唉，一回家就上課。」她嘆氣。

「對不起，職業病犯了。中國幅員廣大，各地產紙，紙廠當然是以當地盛產的原料爲紙料，可以降低成本，因此品質高低不齊。鄭成功是中國福建人，福建山多地少，他的家鄉在明代末年出產大量竹紙。」

「竹子？」

「竹子爲主要原料的竹紙。」何勝斌糾正咬字發音。

「妳想想，十七世紀，中國的東南半壁其實還在大明帝國系統底下，沿海工匠學的當然是福建那一套，而且當時接濟鄭經的也多是福建一帶人。鄭氏父子沿用大明王朝年號，臺灣尚在草創，絕對沒有時間改良紙張，臺灣竹林多，恰好與福建一樣，紙的纖維會受墨水、時間改變，尤其是多種物質構成的紙張。這本書摸起來紙料雖舊，不需載玻片取樣，妳近一點看，墨水寫上年份的三十五暈開了，暈開的部份不均勻，的確是自然時間所形成，但是這本紙纖維不像是竹子紙，更像我們常用的臺灣構樹，由此可知，後來才寫的東西，故意寫先前年份，但是前面這張古地圖摸起來就像竹紙，不信的話，妳拿食用醋，點一滴就知道。」

詠晴揉著手指頭，確定自己沒滲手汗，她摸著這幾頁，要很仔細才能感受到其中差異，連墨色也的確深淺不同。

「我還以爲是當時寫字的人落款款時手抖，所以字跡稍微暈開了。」

「還有一點，爲什麼連古西拉雅文和古荷蘭文雙份文書的三〇五也是一樣？妳覺得我說得有無道理？」何勝斌賣關子，要是心蓉在這一定出言譏刺，她不在，詠晴不免擔心，心有旁騖，無暇細思，嘴上說著：

「就算晚於一六八一年成稿，用的是後來臺灣盛產的構樹原料，三〇五、三十五這兩組密碼到底有何蹊蹺？」

「中國官修的史書裡，方志算是一大門科目，俗稱左圖右史，大明初期鄭和七次下西洋，宣德年間將航海資料全部銷毀，國家扶植的海上霸業完全銷聲匿跡，不過技術並未失傳，《武備志》留在史學上是大量的距離量測，有的地圖甚至會在圖上寫上大量的地形河川說明，而非想像，大明羅洪先的《廣輿圖》總結各代地圖圖例；我們別忘了大唐帝國、大元帝國、就算是大宋也都有海外經商、陸上驛站系統，那時的人們可不像我們以為的落後，對外國一無所知，再來就是大明的鄭和對亞非瞭若指掌，學術界有一派說法認為鄭和主、副船隊首先發現美洲和澳洲。」

她的態度轉為認真聆聽，「你借我的《一四二一》就是同一主題。」

他頓一頓，觀察詠晴反應。

「嗯，不說遠了，同樣的，地方行政圖縱橫交錯，按比例縮小，一格一格畫出來，以上為北，以右為東，以左為西，以下為南，一幅一幅拼貼起來，就是整個國家的面貌。」

「爲什麼我以前看到的古地圖沒有格子，甚至沒有比例尺？都是一圈一圈的？」

「一是愚民政策，不想百姓知道太多，安份守己過日子，掌權者控制這些國家祕密。二來是另一種山水畫法的地貌示意圖，很少立體圖形。其實就算山水示意圖，旁邊同樣會標註距離多遠，光是各代史書外國志就不知道有多少去程幾里，順風行多少日等語言，尤其是海上航行，尚有針路圖*，海上大島小嶼相連，方便觀星操舵不至於大海迷航。」

「你之前怎麼沒告訴我呢？我以爲山水畫就是山水畫。」詠晴偏著頭問他。

「不忍苛責手工書。現在不妨一試。」何勝斌回答。

「你的意思是我們可以將地圖畫成一格一格，三〇五和三十五是關鍵。」

*明清時期船舶往東南亞，船員以指南針和羅盤、與天象在茫茫大海之間定位，類似人腦運算的電子海圖顯示與資訊系統ECDIS，海員將某地到另一地的訊息，和地名串成一條線，用「針」為單位詳細計錄下來，往返各有不同，故稱為「針路」。二〇二一年底，臺北故宮博物館特展〈航向天方〉，根據大明崇禎年間，茅元儀所著的《武備志》，重現當年的太平洋、印度洋諸島，原圖今已不存，估計卷軸全部展開長大約為六公尺。而《武備志》中也收錄大明初年鄭和下西洋的航海圖，據傳是鄭和發給福建舟師們的方位圖，依針路前行到海外各國。

「我的推論正是如此。」

「要怎麼畫？縱軸、橫軸分成幾格？」

何勝斌雙手一攤，表示目前只想到這裡，不知道。

今天進展神速，她突然湊上何勝斌的臉頰輕輕一吻：「頭腦眞好。我喜歡聰明人。」

事出突然，何勝斌一向認爲她很拘謹，眞是喜出望外，這一瞬間，他靈光乍現：「對了，我覺得很奇妙的地方，史書上除了年號，圖畫落款常用干支記年。六十甲子才會重覆一回，帝王不可能長命百歲，中國史學上除了康熙皇帝，沒有任何帝王重覆過同樣的農曆干支，連乾隆的眞正在位年也未碰見，他當太上皇時才有。一般來說，中文記載的文件還會加上歲次。這本古書裡頭，卻只有大明永曆記年。」

「永曆三十五年歲次？」平板就在旁邊。「歲次辛酉，就是雞年。甲乙丙丁戊己庚辛壬癸，辛在天干裡排第八；地支有子丑寅卯辰巳午未申酉戌亥，排第十。」詠晴快速唸一遍。

「妳越說越多組密碼。」

「不，你剛才提到中國方志，這裡的地圖是按照古時候橫著看臺灣畫下來，一圈一圈的。所以左右是南北，上下是東西。實際的臺灣島也的確是南北狹長。我們將全圖的橫軸等分三〇五格，縱軸等分爲三十五格！」

「然後妳再選橫八，縱十？」

「心照不宣。」詠晴打趣：「也可以是橫十縱八。」

「不要破壞這本書！」何勝斌面露難色，詠晴覺得好笑，剛才是誰要拿醋破壞的。

「簡單，不用影印，不用上頭記號，你就寫一個APP，教學組長不是你學長嗎？叫你去處理資訊。」

何勝斌略嫌遲疑，「倒也可以，就是要花時間，大概要一星期，擔心debug，要再修改程式碼，沒辦法先睹爲快。」

「何老師，你聽過描圖紙吧？」詠晴明知故問。

進入科技時代，人人仰賴電腦，何勝斌啞然失笑，基本的東西忘光了。

「快十點了，明天再去文具店買了。」詠晴將古書闔上：「明天還有一天假，我要好好修正論文稿件，大學學期比我們小學早結束，讓我安心。對不起，我寫完才有空，最近沒辦法多陪你，眞是對不起！」

「好。祝妳修正順利，對了，順便替我問候鄭老師。」何勝斌在她家客廳一晚，心蓉提前回來，多少提一下人名，儘管心知肚明她壓根擺臭臉。

臨行前，何勝斌有點依依不捨，言猶未盡的，問了一聲：「我明天要去書局一趟，我去買描圖紙，妳就不用再跑一趟了。」

詠晴當然是點頭答應，事情進展得順遂，省去許多麻煩。

那天晚上，詠晴直到撐不住在客廳伴著電視節目睡著了，然而心蓉並未回家。

第二十一章

詠晴估算心蓉一時氣話，東西仍在兩人共用的房間，家中大門沒換鎖，好姊妹一場，好來好去，何必為小事撕破臉，過了今日，她總還要上學教課，因此自己盯著電腦螢幕，聽著錄音檔，一心一意修改論文，居然改到傍晚何勝斌來了都沒聽見。何勝斌領教她說過多次的睡眠，假日早晨不會吵她，等她聽到門鈴響，揉揉痠澀的雙眼，居然已是晚間五點多了。

何勝斌問她要不要一起吃飯，順便將描圖紙遞給她。他問心蓉情況，這時刻她不願他誤解，情急之下隨便扯了理由，心蓉出去買晚餐，她等著晚餐吃。不說還好，一來何勝斌只好獨自吃飯，還說吃飽飯替她們倆個帶飲料回來，她不及反應怎麼圓謊，何勝斌連忙叫她別出來吹風，騎著機車出去了，這樣一來，謊言可能隨時露餡，算了，或者何勝斌不過隨口問一聲，她已經忙了一下午論文，等下他會過來，她根據昨日提點，將古書攤開壓平，鋪在著古圖上，一點一點慢慢描輪廓，進度慢，不過不急，沒想到一會兒時間，他的車聲到了門口。原來他買回來吃，東西一提進來，何勝斌看到她放在客廳茶几上的古地圖，忍不住皺眉。

「這麼快回來，不在店裡吃？」

「假日人很多，我一個人佔一張桌子，留給別人，回來跟妳一起吃比較有意思。鄭老師呢？」他邊問邊看詠晴的描圖進度。

「前後大概二十幾分鐘只畫了一張圖。就是全島海圖這張。」詠晴趕緊替自己辯解：「西洋畫法，又有經緯度，北上南下，我覺得容易一點。」

「不急於一時。先吃飯。」

詠晴確實餓了，何勝斌果然買了晚餐，她不願問為什麼多買，明明他聽見她說心蓉出門買晚餐。倒是何勝斌謹慎將描圖紙和古書收起來，放在一旁，等全都安置妥當，才分派晚餐那些湯湯水水的麵：「冬天就算去冰一樣對身體不好，喝熱的，半糖熱奶茶。」

以前都是心蓉替她買，話猶在耳盼，今晚換他說一樣的話，她有點轉不過來，不過仍是收下：

「你可以再告訴我多一點地圖常識嗎?怎麼跟我看的臺灣古地圖不一樣。」詠晴捧著湯麵碗問他。

他當然求之不得，根本沒想到吃飯談這些事，煞風景。

「中國古地圖又稱爲輿圖，這個妳早就知道了，一般來說能夠掛起來的是北方在上，而臺灣出現在古地圖的時間最早應該是在中世紀的大唐海圖，一圈圈的，大小隨繪者所畫。以往關於臺灣的地圖，是以大陸觀點從陸地上往臺灣看，大多是以東爲上，將臺灣橫放。」

「可是你說過古地圖有比例尺。」

「沒錯，不是所有地圖都有比例尺，多數地圖採用山水畫法示意圖，配上大量文字說明，當中國向外擴張的時候，就以中國爲世界中心，以陰陽協調二分法，配上中國古代傳承下來的河洛圖讖，洛陽爲中心點，那時的中國式世界地圖就採北緯三十五爲中心畫所知的國家、海洋、土地。」

「又是三十五度。」詠晴聽到這個數字，特別留心。

何勝斌一聽，突然將東西一放，手在衣服上抹一抹，確定不髒了，才伸手拿取放在一旁的古書，翻著翻著，「對，妳看這張中式畫法，臺灣和中國的跨頁圖，之前我們沒留意，中心點眞的是在洛陽，採明代初期的地圖畫法。」

詠晴慢慢瞭解，一旦他有新發現，說上一大篇背景知識，洗耳恭聽。

「不少古文明分布北緯三十度，像埃及的金字塔、印加馬雅文化、中國的三星堆文化……，至今仍是人類無法解開的謎，用三十度畫出來情有可原，三十五度就不免讓人疑惑了。當時寫下、畫下資料圖的作者難道沒有任何外國常識？明代初期和明代末期，局勢變化大，鄭成功的手下是福建人，鄭家人常年在海上做生意，跟隨鄭和下西洋的也是沿海南方水手，他們是最早接觸外國人的團體。」

「也就是代表著圖中故意留下可疑處讓人們推算密碼。」詠晴知道了。不過旁邊的麵條快冷了，冬日冷麵不好吃。

「快點吃完，麵條要涼了。」

「妳先吃，我吃飽了，我來畫。」何勝斌摩擦手掌，躍躍欲試，不等詠晴回答，他將茶几拉到比較順手的地方，對著客廳的燈光，描另一幅圖。

詠晴不攔他，他畫著畫著，詠晴吃完，收拾廚餘、回收餐盒，何勝斌已經畫出大概樣子，等他鋪平描圖紙，量總長度，將格狀圖分成橫三〇五格，縱三十五格時，詠晴方才覺得這事有模有樣。

但何勝斌不管橫縱都僅畫十多格，地圖也僅是周圍輪廓，怎麼破解。

「橫十、縱八，或者縱八、橫十是我們猜測而以。數字很小，我們先試試，不成功也不會白廢工夫。省時間。」

「你就那麼心急？」詠晴笑問。

何勝斌不理會，將描圖紙上的點狀格現以及地圖重疊古書地圖：「兩者重疊，看原件原跡，不用笨死了一筆筆畫。」

詠晴心想：「原來我描圖是笨方法。」嘴上仍說：「而且橫十縱八應該從右邊開始算，如果是中式古代寫法，一定是右寫到左。」

「妳快畫，不，讓我來畫第二張跨頁圖。」他抽出尺，翻到古書最後一頁，很快的點出縱、橫格線點狀，大致臺灣輪廓。

以為快，其實需要時間，對於專注的人而言，時間並不在考慮之內，而他似乎也沒有心情問心蓉怎麼買個晚餐那麼久還不回來。

詠晴開著電視機，轉為靜音，節目又是重播的，換來換去，假日根本沒節目可看。

「好了！」何勝斌大喊，大概欣喜若狂，語調高亢，代表他們推測離答案非常近了。

詠晴關掉電視節目，湊上前看。

「來看看謎底即將揭曉，倒底是臺灣的哪裡？」

兩人四目專注看著座標，跨頁地圖的答案是臺灣的東北以上海域，幾乎在今日大韓民國、日本、沖繩。兩人瞠目以對。事情沒那麼簡單，「換成橫八縱十，更偏東北。」

這回換詠晴納罕了，她對古輿圖一知半解，端詳幾分鐘，旁邊的何勝斌按捺不住，他看會比詠晴有效果和效率。

「雖然我不大懂地圖，可是我認為此圖有點古怪，我說出來，你不准笑我。」

何勝斌看到她這副小女兒態，反正錯了，再找答案，雖然出乎意料，不是一試中的，他點點頭：「妳說，我不笑。」

「這幾天聽你講課臺灣四百年概況，ＶＯＣ貿易廣通三大洋、亞洲、非洲、歐洲，在這本古書上的臺灣地圖，乍看是以臺灣爲主，不僅比例尺怪，我更不瞭解爲什麼北方多畫出日本、朝鮮國、琉球國、接著才畫到臺灣。日本、朝鮮、面積比臺灣大，除了琉求國像豆子一樣小小的說得過去以外，其他國家太小了。再說，繪圖的人既然能畫中式輿圖，東南西北隨繪者所好，當時中國筆下的臺灣島圖由大陸看海島，臺灣整個橫放。要算座標三〇五和三十五，我們應該將這張跨頁圖直放，以東爲上尋找。」

何勝斌恍然大悟，韓國十五世紀所繪的《疆理圖》不就是放大朝鮮的面積、突顯圖例，表彰世界地位。

詠晴說著，描圖紙一貼平古書，橫放的臺灣北方海域以及北方國家恰好佔了橫軸的大部份地區，一查，橫十縱八，恰好是今日臺灣宜蘭地區南方——今日的「南澳」。

詠晴不可置信，「爲什麼是南澳，我們認爲福康安在鹿港擱下東印度ＶＯＣ財產，再加上鄭家三代海上王國總產，之後臺灣動蕩，需要繼續留下寶藏當軍餉勦匪，我從來沒聽過南澳起義事績。」

何勝斌居然笑，笑得有點猖狂，從錯誤到南澳出現，他好似胸有成竹，詠晴第一次覺得他聲音刺耳。

他繼續說：「那就沒錯了，絕對是南澳。十八世紀大清政府對於西部、南部臺灣都已經鞭長莫及了，宜蘭沒有統治機關單位，根本不屬於大清版圖，吳沙帶領閩南人和客家族群進入蘭陽平原開墾，有原住民頭目包阿里，以及海盜蔡牽的事，以後再跟妳說。」

詠晴給何勝斌倒了一杯水。他潤潤喉嚨接著說：「到了十九世紀宜蘭的漢人活動空間嚴重壓縮原住民屬地，原住民遷到更南的南澳，曾經有個英國人荷恩跟洋行借貸，向原住民買地，娶了頭目的女兒爲妻，大清政府不承認也奈他沒辦法，荷恩創立的大南澳王國，跟我們現代人的歐州王國概念不一樣，是木柵圍城、土碉堡、以及少數槍彈武器，最後不敵國際實況，英國、大清朝和解，荷恩乘船出海溺斃，大南澳王國在大清和英國協力下消失了。我們再看這本古圖，成圖時間新舊並陳，推論最晚不會晚於十九世紀中後期，可驗證紙上不均勻的墨色深入紙張前後；更重要一點，要是沒有『建國基金』，誰會冒冒失失到當時的邊陲番社內建國？必定聽聞風聲，利用VOC和國姓爺的資金。」

「我一直想問你主修歷史那部份，根本就是一本活字典。」

聽詠晴讚美，何勝斌飄飄然：「也不能說是主修，大學科目不過是通論，我自己有興趣的年代在明清時代。」

「何老師好謙虛！難怪你說不用去鹿港，原來有這段歷史記錄。」換詠晴笑他。不過她十分相信他的見解，「大南澳說大不大，說小不小，這段歷史爲眞，教我從何找起？」她信了五、六成，寶藏地點棘手，再度限入迷陣。

何勝斌靜思一會對她說：「從何找起，大哉問。找寶藏不是玩大富翁遊戲，不可能一路平順，妳上次傳來的圖片不完全，我翻拍研究後再告訴妳我的想法，我需要時間找答案，明日要上班，妳早點休息。」

告別之辭，他趕著找答案，不等詠晴回答，何勝斌帶上她的家傳古書。臨行前，一臉喜樣：「我回去了，妳小心門窗，晚安，替我問候鄭老師。」

詠晴不能確定他意有所指，或是客套慣了。不說不錯，多說是謊。反正一路裝傻到底。

但是一直到詠晴晨起到學校之前，心蓉完全沒下落，手機沒開機、傳 line 沒消息，FB

沒上線、沒有IG，五個沒有，她簡直人間蒸發了。

第二十二章

這兩日心蓉煩惱透頂，住在市區的商務旅館，跑得了和尚跑不了廟，她知道這麼躲著不是辦法，到了學校終究會碰到詠晴。詠晴鐵了心不聽勸，她知道不用枉作小人的道理，熱戀中哪個女孩子不是幼稚眼盲，她就是不服這口氣，何勝斌這種貨色。行李箱有盥洗衣物，附近有自助洗衣店，洗衣烘乾沒問題，這時候詠晴想必正在找她，她眞怕自己心軟，讀了任何音訊接受既定狀況，心腸不硬一點，詠晴怎會將她的話眞成一回事。

連續假期，花蓮湧進觀光客，已經到了收假尾聲，觀光客比昨日少。之前早就算好日子要跟實習的許老師、她的陳姓學妹邀詠晴一塊到河濱市集逛逛，要是沒有這場爭吵，詠晴學位拿到了，她們在花蓮跨年，迎著冬季東北季風的花蓮，冬天罕見陽光，今天陽光這麼好，她計畫一起踩草皮曬曬日光。

到了約定的時間，小個子的許老師一樣蹦蹦跳跳地，「欸」。

「嘉宥臨時說要去民宿打工，要我替她說對不起。」許老師解釋何以三人缺一。

她們兩個走在市區的美崙溪河畔，正值枯水期，走下河堤，鬱綠的草叢蓬勃怒生，像是替她打抱不平一樣。她一步一踏，腿長走得快，許老師幾乎跟不上。

「心情不好嗎？我可以自己去逛。」許老師心直口快。

心蓉才意識到，自己流於表相了，於是慢下來。岸邊搭起臨時帳蓬，各帳篷底下開展各自的小宇宙。剛走過一算命攤，據說是古老印度占卜，占卜師握著心有迷團的問者，眼對眼手對手，便能感應到宇宙能量，能知過去未來吉凶難易。攤主用藍牙外接喇叭，場地開闊，聲音 OM OM OM，召喚世間萬物的法力，由於場地開闊，才傳送到帳篷便全散了出去，反像蜜蜂採花無力，徒勞嗡嗡嗡，心蓉撇撇嘴：「最好神聽得到，如果聽得到，快替我詛咒何……」。

「學姐！」她正想著，許老師拉著她，「欸，學妹，妳怎麼在這裡，賣咖啡？」就是實習時候，許老師帶來一起去喝咖啡聊天的學妹陳嘉宥，不是說去民宿打工嗎？

心蓉回過神，一張簡便的胡桃木小圓桌，桌上擺著一個桂格養氣人蔘空瓶，插朵小波斯菊，就當作手沖咖啡工作臺，接著旁邊散著一些看似古意的大小物什。

中年男人擺弄著那些鋼鐵，有色澤的海上時鐘，許老師的學妹稍微交代，「老闆主業是賣咖啡，副業是民宿，這些是他收藏多年的海上老件，從近代商船拆下來的，小椅子上褄貝一張歐洲筆法的海圖……」

「妳怎麼在這裡？」

「打工捏。」許老師的學妹陳嘉宥和許老師一樣偏於袖珍，她說話有口音，雖然流利，能分辨差別。陳嘉宥是印尼人，來臺讀大學兩年，沒有課的時候，就在學校附近的民宿打工，而且自己來自印尼，蘇門答臘咖啡赫赫有名，她不來還像話嗎，沒想到跟原先約定的地方是同一場地。

接著就是各種寒暄，心蓉沒有什麼興趣，今天連假已經尾聲，逛市集的人，多往食物攤位前去，他們的手沖咖啡攤其實平平無奇，前後也有幾攤經營同樣生意，老闆招待她們兩杯咖啡，心蓉不好意思喝了就走，一時打量著這些老物件：銅鏽斑駁的定錨、古老留聲機、收音機、可掛油燈、還有一個充滿刮痕的瓷器，表面幾何圖形偏偏底下寫中文，她頗為好奇，「我可以拿起來看嗎？」

「沒關係，不要打破就好。」

其實物品並不老，刮痕頗多，仔細一看，這張瓷盤像歌曲《青花瓷》一樣，可是表面均分成幾道扇形，花卉、英文、還有中文！

老板溫言地，「這是山寨得比較好的克拉克瓷（Caraak, Kraakporselein）。買不起眞品，買一個像樣的海上貿易聖品擺著。」

心蓉完全不懂，倒是陳嘉宥很熱情，「雅加達的老城區博物館很多咩。」

「對對對，歐洲列國駛著帆船到遠東交易，太平洋往印度洋的主要航路上，打撈沉船，裡面最多的就是瓷器，例如雅加達、大員、雞籠港是當時主要的貨櫃港。」

「蛤！」陳嘉宥雖然來自雅加達，但從沒聽過。

心蓉和許老師一樣一愣一愣的，幸好老闆說話不急不徐，「中國江西景德鎭等於那個時候的瓷器專賣工廠，大量出口青花瓷，景德鎭大大小小許多工作室，從學徒、到工匠，專門爲出口畫圖描樣。海運靠天象引航，大海瞬息萬變，常遇到海難沉船，幾百年過去，那些荷蘭的、西班牙的、葡萄牙的、英國的全成了寶藏，現在在各大古董市場是上等品呢。至於我這個，是從露天網拍買的仿製品，給自己心靈安慰，有夢最美希望相隨，將來買一項眞品來收藏！」

心蓉啞然失笑，這位老闆並非板著一臉說教的中年男子，自我解嘲，見好就收。

陳嘉宥晃過去，「這張舊舊的地圖呢？」

「當然也是仿製品。」

這次心蓉留神了，「Nova Totius Terrarum orbis Geographic Ac Hydrographphica Tabula & Asia noviter delineata」從英文類推這個不知名的文字，她大概知道是亞洲地圖，除了南半球不清楚，跟當今世界輪廓所差無幾，只是各塊大陸地區大小有些出入，也礙於當時航行是各國的商業機密，就算同時間，葡萄牙像防賊一樣，結果還是讓荷蘭人後來居上了。她看見臺灣，陳嘉宥喜滋滋地，「雅加達。這—麼—小！」

「臺灣有三塊島？」

「十七世紀，最厲害地圖繪製者是葡萄牙人。荷蘭來到臺灣，以爲臺灣西部的河流出海口是海峽，臺灣被切成三塊，各據臺灣北南山頭的各國不想互換資料……」

「我家好像有這麼一將。」陳嘉宥突發奇語。

「一張一樣的？哪裡買的？」心蓉問她。

印尼曾是荷蘭東印度公司的主要商戰分公司，進口亞洲香料到歐洲去，有一張地圖不足爲奇，此時此刻，陳嘉宥所見略同，頗有共情。

「不一樣的捏，我說有這將很像的地圖。」

華語雖然是她的母語之一，敍事方式顯了差別。

「我的阿公過身，我爸爸阿公的東西要整理……」

「抱歉。」

「沒關係的啦，他八十幾歲囉……」

心蓉莫明生起一股直覺，「學妹，我可以加妳的 Line 嗎？」

陳嘉宥看著學姐，許老師又看著她，「沒有啦，我現在在小學教社會科，這些古地圖，跟課文有關，替學生補充知識。」心蓉問，「請問妳家那張可以翻拍傳給我嗎？當然，如果妳方便的話，我請妳喝咖啡。」

「還喝，我們這不是嗎？」許老師舉起手。

心蓉在這場合總不能說，「不一樣，這種不好喝，我帶妳去喝 blah blah blah。」

到這時候，心蓉全身毛孔全在躁動，「許老師，我有事先回去，對不起，妳慢慢逛，老闆，謝謝你的咖啡，特別香。」

她踏上河堤，立刻騎車往書局去。

＊　＊　＊

搬到花蓮四個多月，認識的街道就那麼幾條，大多在詠晴家周遭，機車騎得一段路盡量避開，既然是花蓮唯一的大書局，她想沒爲這次尋寶做什麼功課，原以爲沒可能，沒想到事情急轉直下，陳嘉宥老闆（暫且如此稱呼）的地圖爲什麼跟詠晴家的相似又不同，還有陳嘉宥家裡收藏的，何勝斌爲什麼說不用去鹿港，他跟詠晴私下有什麼事情是她不知道的。

大學圖書館離市區遠，公車班次少，來回時間湊不齊，她實在找不到人，乾脆直奔市中心唯一的連鎖大型書局。

書架關於臺灣近代史的書籍很多，日文翻譯書、英文翻譯書、荷蘭文翻譯書、臺灣本土研究，還有外國東方熱時的僞作《福爾摩沙變形記》（A Historical and Geographical Description of Formosa, an Island subject to the Emperor of Japan），她翻了一下，十七世紀末一個從未踏上東方的英國人冒充福爾摩沙人，捏照國家體制風土民情宗教文化語言文字，十八世初年在英國暴得大名，今日重讀文本是不堪計較的笑話，眞是「福爾摩啥」。既然要找寶藏，先從古地圖下手，在外國人、中國人歷代筆下臺灣各式各樣，比例放大的，天圓地方、渾天一宇影響中國世代傳承，臺灣像隻變形蟲，隨著地貌實瞰而改變。

一瞬間，她呆了，方才民宿老版說，荷蘭掌握十六至十七世紀歐洲的製圖技巧，荷蘭商人往來臺灣、日本、中國到印尼的航道間，福爾摩沙的東半部也有了大致輪廓，西部、北部、南部隨著航路探索越來越精確，那張十七世紀初期的世界地圖都畫得出來了，沒理由永曆三十五年的地圖止於東北部，書本影印的圖片是十六開大小，乍看全島樣貌與今日不遠，詠晴的家傳古書中，臺灣島全圖簡筆畫法，東北部連著畫到花蓮和宜蘭交界附近，她心頭一驚，「古書有假……可是詠晴何必帶著假書到臺南，她的父母難道設了騙局……」她拿起這本解析歷代中外地圖的書籍，坐在書局爲客群準備的座位，「詠晴家傳古書是世代相傳的文物，臺南有紅毛樓謬誤，寶藏被起出；寶藏被移至鹿港，故意錯標馬芝遴社；那麼這裡的東部破綻應該是向後人示警。我要趕快告訴詠晴線索。」頓時，她嘔氣的心情消了那麼一些。

星期日下午她發現了可疑之處，卻不知何勝斌和詠晴恰好也在她發現線索的當日晚上找到了地圖密碼。

＊　＊　＊

中午十二點退房，鄭心蓉是鐘點代課教師，不用參加晨會、升旗典禮，她週一通常在第三堂課前二十分鐘到校，先到科任辦公室放下背包。

昨日發現線索，今天她提早退房，將行李帶回詠晴家，詠晴第一堂上課，家裡沒人，這個地方才短短五個月，已經比原生家庭熟悉了。

她設想遇見詠晴要怎麼開口，詠晴利用所有媒介跟她聯絡，可見她在她心裡還是有位子的。輕描淡寫離家記？或是不著痕跡不說破？第二節下課，全校廣播老師到出納組拿薪資明細表，本來薪資就直接匯入帳戶，因為有老師反應常收不到電子郵件，學校還是印成紙單，這時正好可以當作她的開場白：「詠晴，妳的薪水單。」

她一走進去學校處所，可能正職人員不甚清楚她們這幾個鐘點代課教師，有的是專案、有的是時薪代課、有的是正式代理，總而言之，名字和陌生面孔兜不上，她想替詠晴拿，出納人員以為她是林詠晴，反正要拿，她來不及說明認錯了，兩張薪資通知單拿在手上，她看著自己名字的那份明細表。旁邊的人員好意提醒：「林老師，聽說教學組長說，妳上週已經通過口試了，恭喜！」

她正要說明自己的眞實身份，出納組另一名文書人員跟著讚美：「恭喜，可以晉級敍薪了。我們學校人才濟濟，好多老師具碩士資格，有的還從國外取得學位。像是高年級的音樂老師，留職停薪，留學俄羅斯讀音樂博士。跟妳同年度進來的那位男老師，他姓何，聽教學組長說何老師好像是歐洲哪一個國家的碩士。」

心蓉以為聽錯了。去年暑假在人事室報到時，她親眼看見他們三人的最高學歷資料列印在合約上，關於他的學歷就是東部這所教育大學學位，她和詠晴先簽到繳交最高學歷證書，聘書才交給她們的。

儘管詫異，她不動聲色：「何勝斌老師是教學組長的學弟，留學國外取得碩士學位，眞是了不起的人才。」

「我們學校將近一百個老師，這幾年在職進休專班的陸續完成論文，敍薪一跳好幾級，像音樂老師以及何勝斌到海外求學進修例子很少。」文書人員交付給出納公文函後，閒磕牙，「而且不是去人們常聽的英國、美國、法國，是什麼……」

他一時之間忘了，心蓉著急得很，鐘聲不巧響起。這節課在遠得要命、高得岔氣的四樓教室。

「是歐洲嗎？我連英文都學不好了，想起來其他的語言文字就頭痛，何老師眞是令人佩服。」她假意說著，希望他下一次開口就是答案。

「荷蘭萊登大學。」他想到了。「音樂老師到莫斯科大學，他是萊登大學。」

可想見這兩個人求學的地方太特別了，教學組長口頭上介紹何勝斌的時候，讓這人留下深刻印象。但心蓉看著自己的敍薪身份是代課老師，並非代理教師，沒有學位之分，一律齊頭平等同工同酬，出納不掌管人事，分不清兩種差別。

心蓉眞心眞意謝謝他們兩個人幫忙，薪資表只露出名字，計薪表格摺起釘書針裝訂，她接受請託轉交另外兩人的薪資表，直往上課班級，雖然遲到了，然而幾分鐘前取得的資料來得正是時候。「爲什麼何勝斌隱瞞他的國外留學生活。以他張揚浮誇的口舌之能，早就說得天花亂墜、口沫橫飛了。萊登大學以歷史聞名，他居然放過好機會，這樣一來，現代荷蘭文和古代荷蘭文、古西拉雅文三件事都說得通。」

那節課她不曉得自己在說什麼，電腦接上投影機，播著電子書，講到鄭成功攻臺路線，學生習慣了聲光效果卡通影片，每個專心致志，她跟著看，東都、承天府、荷蘭人與西班牙人爭奪島上資源等等。她們一行三人短短四日的南部之行不正就是在那些古往今來之處，古代英國人竟然可以杜撰一本《福爾摩沙變形記》。心蓉懊悔資料分明古本眞跡就在手邊，既參與此事，爲什麼沒想到何勝斌就算是歷史系學生，爲什麼那麼巧懂得那本古冊內容，文理脈絡瞭若指掌。她要趕快告訴詠晴，太危險了，何勝斌不出她所料，居心叵測。

沒等到鐘聲響，時鐘快指向下課時間，她收起書本，草草吩附學生作業進度，學生樂得早一點點脫離教室，其實才那兩分鐘時光。她走到二樓，何勝斌正好由中年級教室出來，她冷冷地問句：「下課了，何老師下一節沒課？」

何勝斌聽慣職場招呼例話，通常鄭心蓉決不會問候他，他見招拆招：「下一節沒課。」心蓉將薪資表交給他，「出納組讓我轉交。」

何勝斌才伸手去接：「謝謝。」心蓉加上一句：「萊登大學的歷史系很有名，通常攻讀碩士要多少年？」

「萊登大學很有名，以前我跟團到歐洲旅遊，歐洲知名校園分散在古城間，每一棟建築古色古香。」

「教學組長是你的學長，你說過，他也說過。」心蓉扔下這句話，意思是少打太極推手，實問虛答騙不了人，我知道你的底細。

走廊上學生忙著跑下樓去搶球場場地，成熟一點的高年級女孩們誤會了，走過他們倆個旁邊神經兮兮、花枝亂笑。

「這裡不是說話的地方。妳沒課的話，我們去校外好好談一談。」他臉上掛著僵硬的笑容。

不愧是有料的騙子，短時間隨機應變，心蓉下一節得上課，趁著空檔去跟班級導師說一聲，她寧可調課，也要讓這個騙子現出原形。

第二十三章

何勝斌猛然想到，學校附近的早午餐還在營業，現在十一點多，上班時間恰好避開人潮，離校近卻不是說話的好地方；遠一點，他得趕回學校，而且鄭心蓉決不可能跟他共乘一部機車，他選了一家步行十分鐘的巷弄裡二手書咖啡店，店家剛開業，他們是唯二的客人。

他們坐下，店家來問點單，兩人選了後，開始沉默的角力，鄭心蓉瞪著這個騙子，他輕微的乾咳一聲作爲開場白。

「鄭老師想到國外留學嗎？」

「我不是林詠晴，沒那麼好騙。」鄭心蓉挑明了，你這套對我行不通。「事情很明顯，你老早就懂這份文書裡的祕密，以前惺惺作態。」她一口氣說出來，不容他抵賴。

「沒錯。那又怎樣？」既是如此，何勝斌直視著她，身體向後傾靠在椅背絨墊上，姿態非常輕鬆。

「我要告訴詠晴你騙她。」話一出口，她覺得自己笨，毫無人贓並獲的快意。

「妳告訴她何勝斌有荷蘭萊登大學的歷史碩士學位，然後呢……」

「你隱瞞學經歷，擺明了想騙取詠晴的家傳寶藏。」

「鐘點代課教師只要求大學學位證書。不管我拿大學文憑還是碩士文憑，薪水一樣，我低調不炫耀，哪一點有問題呢？鄭老師。」最後稱呼，何勝斌故意提醒身份，兩人同校謀職，對等，可別以爲審犯人。他依舊笑臉以對。

挑釁。她認爲是挑釁。

「荷蘭文的事情你要怎麼解釋。全臺灣懂得荷蘭文的人可不多，一個曾經在歐洲求學，懂得文字語言，卻在東部某間小學擔任鐘點代課教師，哪樣不讓人懷疑心機深沉。」

「大學生滿街走，碩士多如狗，教學組長是我學長，我到東部沉澱心情，短期工作合約，說走就走，合情合理。」

很能說，哼，她落了下風。其實她驚訝、好奇兩者兼有之，不肯鬆口而已，她在商務旅店曾想過，事情順利得不可思議，出發到臺南前，詠晴忙著修改潤色論文，她則上網查詢資料、圖書館找答案，根本沒有翻譯軟體可以完全查懂古荷蘭文，除非親自學習，她用這話騙詠晴，當何勝斌說一樣的翻譯方法，她們竟不疑有他。何勝斌消失兩年，不是療情傷，原來是去唸書了。他一出現，事態一瞬間豁然開朗，圖文相輔相成，就像迷失在黑夜無星的水手，載浮載沉，前方透露燈塔明光。

「妳和她吵架了吧？妳們的互動，我都看在眼裡，妳認為現在的她信得過妳還是信得過我？」何勝斌優哉地拿起咖啡杯，喝了一口拿鐵的愛心拉花，愛心破碎不成形，可憐的詠晴，何勝斌此舉在心蓉眼中無疑是示威。

「你終於露出馬腳了，你一開始接近她，就有目的。」

「妳說得對，起初我不確定我的目標正確嗎？同時不敢確定她會不會接受我追求，借書、送東西、換水管、宅修公司……，我陪盡小心，我天性就不對女孩子大呼小叫，不過出乎意外順利，照著我的計劃走，她一傳來古圖文，我預估學期結束前，東西卽將到手。要說是妳的好朋友太笨，還是我太聰明？」

「少得意，你之前假裝不懂荷蘭文，告訴我們你上網找翻譯軟體。詠晴知道前因後果的話，看你怎麼狡辯。」

「鄭老師，妳沒有我想像中聰明。」

「……」

「妳不是才說『全臺灣懂得荷蘭文的人可不多』，我在萊登大學唸書，課堂教授說的是現代荷蘭語、英語，妳如何證明我懂古荷蘭文。」

鄭心蓉後悔自己太魯莽，自以爲抓到他的錯處，在他口中不堪一擊。於是改弦易轍：

「我不懂，你怎麼知道這則祕密，又怎麼找到她。」

「照理說，我沒有必要回答。昨晚我拿到全本古冊，想怎麼看就怎麼看，妳不用白費心機。但是我好想看妳恍然大悟的樣子，所以我現在告訴妳……」

心蓉吃驚不已，詠晴傻到可以，連她鄭心蓉手邊都沒有這樣東西，這當口何勝斌停頓語氣看著她，等她一臉恨難消的時候，才緩緩說著：

「妳待在她身邊快三年，一無所獲。」

她呆若木雞，傻愣愣的：「你說什麼？」

「鄭老師，妳又變笨了。我記得妳剛剛也說過『上網找翻譯軟體』，網路時代只要尋個頭，有關鍵字，每個人的前世今生，他生來世一清二楚，全國報紙沒有記錄、地方報紙總有，我找到她時，她的父母親車禍身亡，天賜良機，趕緊讓我學長安排，要是她的父母在世，情況複雜得多，雖然我一定有能力擺平，不想多花時間罷了。」

「你好歹受過高等教育，難道你不會良心不安？」鄭心蓉替詠晴不甘，說之以理行不通，動之以情，關乎他的良心。

「妳說的良心不安指的是小偷、是強盜。林詠晴小姐自願請我解讀、自動請我幫忙、自然讓我翻拍，我為什麼良心不安？」

「你從頭到尾在騙詠晴。」

「我騙我自家祖傳的藏寶圖，從林詠晴手中翻拍正本，我還替她留了實本書紀念，我更加不會良心不安，我應該是好心有好報。」

「聽你在胡說八道，哼，你家的祖傳藏寶圖。詠晴家這本難道是從你爺爺家搶來的？」

「從寬來論，可能是從我阿公的阿公的阿公的阿公手上拿到的，妳記得指引鄭成功攻臺的人。」

「何斌！」原來如此，他跟何斌有關係，四百多年了，居然有這一段。

「這次妳反應快一點了。我原先以爲妳查出來了，當詠晴宣布論文完稿那晚，妳問我，我擔心了一陣子，沒想到妳跟她嘔氣，我盡量獻殷勤，讓妳看在眼裡，我笑在心裡。到政府機關改名字很容易，想到所有證件得改過，我累得很。四百年過去，重名重姓的人實在太多，我自己Google過了，不改也沒什麼。妳卻不像外表聰明。可惜呀，妳沒有我幫忙，找不到寶藏。」

「你自戀夠了沒？時間快到了，我下一節要上課。有話快說，有屁快放。」

「嘖，妳好歹也是讀書人，女孩子說話那麼粗俗。喝咖啡要有點氣質。」

何勝斌拿她的話搶白，然後笑了笑：「我的某代祖先因緣際會掌管鄭成功的寶藏，或者說是VOC搶奪全臺灣人的寶藏，又因臺灣局勢，眼睜睜看著這筆寶藏被當局搬來搬去，最後消失在臺灣某個地方，事情始末代代相傳在我家男性子孫當中，到我這代終於完成這則心願。三十億，可以買下多少地方，做多少事情。臺北大安區，還是信義區十戶單位？或者花蓮市區連續一排透天店面？」

何勝斌悠悠地笑著，「讓妳見識一下。」他拿出手機，點開雲端帳號。

也是一張泛黃的圖紙。

「有什麼了不起！」

「這張中文地契，是我家世代珍藏的祖先手稿，時代在大清嘉慶年間。馬芝遴社，看清楚了，賣予鹿港漢人何承恩，番社業主馬賓，二比甘願。」

心蓉想到了，馬芝遴社臨近今日的鹿港，所以何勝斌完全陪著她們演戲而已，之前說新港文書是用拼音寫成西拉雅語的買賣地契，還有傳教的《聖經》故事，而其他地區的原住民，因爲語言有所別異，傳教士宣教講荷蘭文，並未發展一套完整的文字系統，隨著臺灣西南部納入大清版圖，渡海移民開墾的人滋長，各族原住民一一賣地，表示兩方買賣誠實無欺，所以寫「二比甘願」。

「我看妳的表情，記得詠晴家那本古冊的 2 pi kam goan！」

「小人得志不久的。」鄭心蓉這時候超級想給他巴下去，「空口無憑，自抬身價。」

「我不是騙子，變成小人啦？那麼妳是什麼，薩摩犬？看妳那傻樣。」

鄭心蓉默不回聲，她深深體會美男子的優勢，縱使撕破臉了，他挑眉揚頷，風發意氣，躊躇滿志，洞悉世故需有容顏相稱，過於銳利，沒有花俏，怕是誰都抵擋不來的。

何勝斌說：「我們話剛才說得太遠了，妳想查我的祖譜沒那麼簡單，我查妳家比較容易，我找到她，妳是她的超級好朋友，黏滴滴的，我拿妳的照片請徵信社調查，省時省力。妳爸好賭欠錢，中間失蹤幾年，街坊鄰居都知道妳們母女拚命還債。前幾年回來後，妳爸爸賭性不改，每天買彩券，到處簽賭，以債養債，買彩券倒還是小事，妳應該是想接近詠晴，拿這筆錢還債，到別的地方重新生活，買妳和妳媽的清淨。」

鄭心蓉的親生父親好賭，在她國中時離家躲債六年，來不及報失蹤人口自然死亡，摸著鼻子乖乖回來，跟著一屁股債。她教媽媽離開爸爸，沒有爸爸的日子，她們母女過得很好，母親又以不放心他老了，沒人照顧，不願離婚離開；父母努力工作，債務消了一點點，爸爸又再次欠債，親朋好友、賭盤、融資、二胎貸款欠了許多，每次要求幫忙還債時，五十多歲的男人痛哭流涕、指天誓日，幾個月後卻故態復萌，像毒癮發作一樣，賭癮深深紮根，如果不賭博，爸爸長得好看，說起話來頭頭是道，怎樣都不像鄉土劇中的爛賭鬼。她想報警抓地下賭場，媽媽擋著不讓，不知從哪聽到的家族傳說，曾經有一筆寶藏在家族手中，大家都笑他賭光家產，想錢想瘋了，爸爸讓她查找百年的家族記載，她將信將疑，事情偏偏這麼巧，林詠晴剛好是獨生女，剛好就讀同一所大學。反正日子一樣過，她越接近她，越覺得她待人極好，家境一般，她慢慢放下原先的打算，她們大四時在圖書館偶遇，變成好友，沒想到詠晴的家庭劇變，到了花蓮就是這麼一回事。

「想通了嗎？」何勝斌皮里陽秋。

「我就不枉作小人了。大家半斤八兩，多說下去，沒有結論。」

「那本書上『凡我子孫務必圖之』是寫給我的，我繼承祖訓，取回我家的寶藏，理所當然，不過我想跟妳打個商量。」

「你姓何，就說是何斌的後代。我姓鄭，不就是鄭成功的幾世孫女。冒名認親，有錢就是爹。有什麼好商量？」

「鄭成功的直系子孫，有呀，臺南鄭成功祖廟，妳爸的樣子，好意思說是鄭氏子孫？笑死人。」

心蓉無力反駁。何勝斌滿意的說下去：「從我家的記錄上推測到古書上的藏寶地點，但寶藏最後一次出現大概是一百四十年前，我還需要多點時間和資料，而且一人獨力完成當然比不上兩個人。詠晴對妳言聽計從，妳別扯我後腿去亂說，我們合作，我不掀妳的底，妳不拆我的臺，成功之後，有妳的好處。」

「白癡才相信你的話。」

何勝斌不理會，自顧自地低頭看手錶：「時間快到了，午餐時間，我要去用餐了。妳自己想想，說穿了，林詠晴損失可大了，沒了信任的好閨蜜，又沒了寶藏，她無父無母的，對人生心灰意冷呀……」

心蓉咬著牙：「我那一份有多少？」

何勝斌：「一千萬。」

「總數粗估三十億，我拿一千萬，你乾脆去搶好了！虧得你裝那麼久的紳士風度。」情

況不如所願，她盡往口頭上佔便宜，

「現在是我佔盡天時地利，妳不肯，我不吃虧。妳敢跟她說明妳的目的嗎？出賣我，我無所謂，妳們兩敗俱傷。」

「五五分帳，我要一半。」她喊。

咖啡店老闆在後頭小廚房忙，她喊價的聲音略響，引得老闆探頭看看外面。

「喊價了！不是罵我是小人？」何勝斌抓緊機會出盡前陣子惡氣。

「別酸我，彼此彼此。」

「妳何德何能。林詠晴好歹提供原文原圖。妳要一半？」心蓉喊價一半，卽是替詠晴留本，並非她貪得無饜。何勝斌不知她打算，看她吃鱉，一付奈何我的無賴笑。

「四六開。」

「一口價，我九妳一。」

「三七，不肯的話，我去講，要死一起死！」拿不到就打回原形，何勝斌賣狠，她是賭徒的女兒，她也很願意搏一把，賭他不敢。

「二八，別妄想更多，這是我的上限。」何勝斌說道。

三十億不是小數字，可以是數家中小企業的資本額，她拿到六億的話，不僅是債務，房子、媽媽和她一輩子的生活費有著落了。

她計算後點點頭，何勝斌立刻起身，掏出錢包，忽然縮手收起錢：「今天我就讓妳請了。妳付帳，這杯咖啡就當作是前謝，平白讓妳拿走一成。我可是很少讓女孩子付錢的，妳佔了先。」

出了咖啡店，她寧可走得慢，不跟他同行，否則身旁的空氣像是蒙上塵霾。正要各走各的，心蓉問了一句：

「難道你沒想過詠晴的感受？沒有她一份嗎？」

「妳真是有情有義。她就像是一個不懂人情世故的妹妹，不痛不癢。妳心疼她，把妳的六億元分一半給她就好了。勸勸妳爸別賭，VOC寶藏只有一次，金山銀山不夠用。」他說得一口風涼話，她怎會不知大賭敗家。

她還有疑問，她最擔心的，詠晴人財兩失。

他哼了一聲，「我所作所爲是功利了點，不至於禽獸不如。求財而已。她不肯，我不能強來；妳老跟著她，無從著手。」

以前他廣受女性歡迎，是「系草」之一，練出來的紳士氣息，好不虛榮，一朝被人誤會色慾薰心，他要替自己平反，她話說得太白，太下他面子了。

「你是獨生子嗎？」心蓉壓抑怒氣，問他最後一句。

「嗯，是，也不是，我爲什麼要告訴妳。妳們兩個幸好都是獨生女，我查到地圖流傳到哪裡時，幸好林家這代只剩她一個女兒，兩個以上，有男有女的，我還眞不知道從哪個下手，天註定要我完成何斌的偉業。」

「渾然天成的自私心態。」心蓉罵。

「妳我都一樣。不說廢話，記得協定，一說出來，對三人都沒好處！」

心蓉暗暗將外套裡的手機錄音關掉，想必何勝斌穩操勝券，不信她錄音，對話清晰，她也爲虎作倀、牽涉其中，沒機會拿給詠晴，讓她一睹盧山眞面目了。

＊ ＊ ＊

回得學校來，趕上小學營養午餐時間，鄭心蓉與何勝斌談論的事情太匪疑所思，她僞裝的唇槍舌劍，到兩人各自離開後，心蓉有著深沉的無力感，那個騙子老早摸透她們底細，別說詠晴沒有視人之明，她鄭心蓉自以爲是，僅見中山狼，忘了更進一步盤查反被他將了一軍，與虎謀皮並無好處，要怎麼保住詠晴，她不知道，可以在外頭用午飯，她完全沒心情。

正在那灰心喪氣，詠晴猛然見到她，兩日不見，她開心的衝上來勾著心蓉手臂：「我們去吃飯。」

她很自然地待她如往常，不問俗套，是她的好處，免得心蓉尷尬。

「我不餓，妳自己去。」心蓉撇下她勾著的手臂。

她以爲心蓉還在生氣：「星期一症候群，下午就好了。要不，我替妳買一點東西回來。不要便利商店，拉麵好不好？」

「現在很多人排隊，不用了。」

「妳看起來很累，生病了嗎？下午課結束，趕緊回去休息。我去外帶舒肥雞柳便當咖啡，妳等我，不要推來推去了。」不等心蓉回應，詠晴揮揮手走了。

她盡量找藉口，因爲無臉面對。心蓉望著她的背影走遠，誰教詠晴這麼早就將底牌出光了，一旦她說出實情，詠晴一毛錢都沒有，她自己更忙著籌錢，或許先虛以委蛇，然後再幫詠晴，如今不能明說，還能怎麼辦，圖文對何勝斌都不難。

第二十四章

那日鄭敬明夫妻去後，何定鼎躊躇未語，阿蒡既已心許，聽也聽出一二，便不多問，亦不欲困他於此，故從未問及該旦當是如何，何定鼎一如過往跟著番社男子出外狩獵，偶有幾次遠行，對於諸多番社交往、爭奪、買賣事宜甚爲熟稔，聽聞北處荷蘭人與西班牙人多年前爭戰後，所棄之城堡外多供各地商船交易。何定鼎以籌爲計，到此間幾近半年有餘，從未有漢人知他之所，難道東都一切平穩，與他接頭的不知伊於胡底，或許他應該折返東都探聽音訊。

阿沐粗獷人，不如妹妹心細，以爲事過境遷，橫豎該旦要當三年贅婿，長住久留順理成章，唯有何定鼎計數月盈月缺，東西攢足了，考量自己腳程，對比鄭敬明的海圖，他想中秋之後，秋意漸濃，籌畫啟程。

這天何定鼎在家中打磨獸骨，敲打十分費勁不說，他左思右想以往在東寧城中市集所售女子釵環不少，卻怎記不得細緻紋理，且苦無圖冊可供賞鑑，以前見的均是海商貿易巨貨，若送安平壺，生活器具便當實用，卻不能有辱佳人容貌，他將前些日子所捕的鹿皮與它社交易的一串瑪瑙珠（牙堵），擺在一起，又從野外摘了幾朵紫紅小花，布置停當後，自己嫌惡得很，骨簪粗蠢不配佳人，拿起石刀慢慢打磨……

阿沐大手大腳進得家來，妹妹不在，他喊了兩聲，該旦充耳不聞，他湊上臉，「很好，要送阿莠？」

何定鼎約略收拾緊緊握住，「沒，沒，你別，唉……」

生性羞赧難改，阿沐不以為怪，睜大眼上下打量他。

阿沐快人快語，「不錯，就應該這樣，我們嫁娶都穿紅衣，你這些東西跟外面易物所差無幾，上回有陶罐，這回有骨簪，手藝不錯，勉強配得上我妹妹，就可惜……」

「可惜什麼？阿莠不中意？我可需添些什麼？」

阿沐道，「我族成年男子必從事狩獵，以徵驗其力足以養家活口。你初來之時，同我們並肩除去惡鬼婆，足見智勇雙全，儘管是我們出力，你走好運。」阿沐虎眼圓睜，有一說一，何定鼎當他為兄長，性子又寬疏，落寞說道，「原是我不配。」

阿沐倒不甚滿意了，大聲一吼，「男子漢做就是了，你沒有走鏢之禮，在村中便說不上話，沒有身份！」

走鏢是該族成年男子揚名立身的憑證，聯合好幾個集社選定冬季好日子，一同遠行狩獵拔旗，代表身體健壯可以同族人並肩射得獵物，與族人共享。

「眼下該如何？」何定鼎最是擔心阿芬受委屈，急著平反。

「自是六十多日後去新年走鏢，不過你身形須得再壯實些！」阿沐一掌搥在他右肩，「兩次月圓之後，大概可以吧。隨我去練，我十六歲時便已掙得名位，你現在是遲了點，反正你從外而來，倒也說得過。」

時人短壽，島上瘴癘水澤蚊蠅散播時疫，故大多珍惜光陰，十五、六歲即為婚配之齡。東寧兩代君主皆非長壽之相，而他何家亦是三代單傳，何定鼎深以為然。

阿芬聽到該日要參加兩次月圓後的走鏢成年禮，不禁歡喜，心上人想為自己掙一口氣，她叫該旦轉過身去，拿了一匹苧麻布虛比了一下，加快裁出衣物小掛與長斗蓬，可讓他於走鏢成年禮當日穿上出賽。

＊　＊　＊

終於到了走鏢成年禮。

這日，天未破曉，家家戶戶早已爲新年釀酒、舂米糕、晾熊膽、獸皮，將曬好的鹿肉、米糕一一放在即將參賽的少年郎背囊之中。諸多少年郎在村前會廨集結，部落長老穿戴獸骨、貝殼交錯的高帽，一一耳提面命諄諄教誨，曉喻他們一路小心獸群，同心齊力平安歸來。

阿蒡站在人群之中，由於身居巫女之職，氣場大開大闔，而且面目本就秀雅清麗，眼光清澈如若有星，處於諸人之中份外耀眼，該旦一眼望去便是心上人，他摩娑新衣，口中閩南語虛說著「多謝。」

阿蒡微微一笑，比劃一切小心，該旦露牙點點頭。一旁的十四歲少年方頭大耳，是阿沐新妻的幼弟，受阿沐所託看照該旦，但調皮心性，故意手肘橫拐他，一付人小鬼大，「你瞧，你的妻子。」該旦吃了一記，阿芬微怒，不知分寸的小鬼，等會有你好看的。

當長老拿起槌子，鳴鑼大響，眾人揹上弓箭、箭簍、長刀、火石，原本村人多赤足，今日走鏢縱越山嶺，是以男男女女穿戴最佳服飾，男子腳上綁著著獸皮混雜草梗編織的鞋履上路。

該旦以前略有耳聞諸羅以北的番人，這次親身經歷，卻驚奇人人腳程快至若斯，一村過一村，颯踏如流星，與其他社人等相招呼，人們亦歡欣相迎，將水囊、水罐置於村口以便取用，待他們拔起立於村口的布旗，收入背簍，身後歡呼如雷，每下一村即鳴鑼報喜，不過眾人仍不停腳往前奔去，秋末冬初夜長晝短，直到此際天方大白。

一連走過六個村落，阿沐和社中幾名長老早已在原社久候多時，待他們拔旗歸來，著實稱讚他們腳力，接著他們還有重要考較，由耆老帶領把關。

該旦望著日光影子，啟程到今莫約了三個時辰，漸行漸遠，地勢漸高，茂密蔥鬱，眾人擇一平坦草地稍歇，拿起行囊裡糧食大嚼，人人大口喝著新酒、咬著鹿脯，再通過圍獵考較，足以實證有養家活口之能，在村中為 lialiaka sou，頗受人敬重。阿沐妻舅說起此行甚為容易，年少輕狂哈哈大笑，爽朗無比地在林中上跳下竄，興之所至，甚至開懷放歌，族人們拾起林間掉落的枯枝，敲擊共唱。

再次啟程，該旦的斗蓬沾上泥土，他輕拊苧麻斗蓬，拍落沾上的泥塊，終究留下印子，此為阿芬利用占卜、除祟、製藥所剩無幾之閒暇特意親織，該旦行事略嫌扭捏，阿沐的小妻舅本不以為然，此刻反倒羨慕該旦和阿芬好感情。

當此際，似乎進入高山密林，林中植被與往昔各社不同，空氣明顯瀰漫著濕潤之氣，諸人頗感乏頓，未幾水聲瀧瀧，突見岩石奇聳交錯屏於林間，蔓生苔蘚濕滑不易攀爬，長老與阿沐居前攀高而上，後人尾隨，待站穩後眼前竟出現一處嶔崎瀑布，且數丈之外竟有若天賜桃源。該旦抬眼望去，似乎所有樹叢小徑皆匯集於此，花鳥於谷間飛翔，天外飛白奔流，若從村中行來，無前人嚮導，萬不知妙處。

此時為首者燃起火把，一一分給諸家少年，為首者深吸一口氣，自丹田提氣大喝，「打！」諸人打擊石塊，焚草於山壁洞穴前，洞穴野獸忍不得煙薰，不斷有猛獸咆哮，頃刻果有一龐然大物現形，一頭高約六尺開外的大熊，通體玄黑唯頸下胸前有一白勾，左右對襯。

眾人持鑼敲趕，以火誘殺將獵圈攏小，阿沐妻舅饒是年少無畏，使勁飛執長矛，然而一擊未重，黑熊受此驚嚇野性大發，四下竄動想衝破眾人圍捕的圈子，雖然阿沐諸人身經上百次狩獵，黑熊蠻力大勝於鹿群猴類，一時之間眾人射箭、長槍飛執，卻不敢近身搏命，意欲待其疲態顯露再動手。

黑熊猶作困獸之鬥，幾番近身，該旦和其他少年均自往後退，接著諸人再持火把逼近，豈料阿沐妻舅一時腳歪站立不穩，屈膝倒地，黑熊趁機敏捷撲上，阿沐連忙一刀砍在黑熊背上，黑熊吃痛，銳齒張口狠狠咬住阿沐妻舅不放，眼看阿沐的妻舅半邊臉幾乎都要拉裂了，投鼠忌器，黑熊飛也似的往前方樹林深處奔去，雖然速度不快，該旦再怎麼疏於狩獵亦曉凶多吉少，萬一遇得其他猛獸，莫說這一頭黑熊，或熊豹同時出現，他們萬萬沒法抵禦，他心中轉過無數念頭，其實不過一瞬間事情。

諸人舉起烈炬燒草開路，也爲了禦敵，豈料山路忽轉崎嶇，阿沐妻弟連聲呼喊，慢慢地竟沒有聲音了，大家驚恐萬分，更拼著命要帶回阿沐妻弟，然則已在丈外，諸人氣喘吁吁，眼看無望，倏忽一隻羽箭鳴鏑破空而來，一舉穿射黑熊單眼，黑熊前後受敵，終於張口，往前撲咬。

阿沐上前，看著一路被拖行的妻舅，無數挫傷與外傷均血流不止，該旦見狀不容細想，雙手扯開新衣，撕成布條，阿沐隨即解意替他包裹止血，幸而妻舅頭部未經撞擊，臉部的肉都翻過來了、手腳傷勢極爲嚴重。

諸人才發現這支羽箭是其他人所發，肉眼可見之樹林之間有人！其人連發彈丸，黑熊一眨眼的時間身中已中數槍，獸血汩汩而出，最後闃地四足倒地，似乎死了，衆人猶恐不妥，遠遠地以長矛再戳幾記窟窿，黑熊毫無動靜，無論如何死透了，才放下心來。他們大聲歡呼，向樹林中大喊，「朋友歡迎相見！」

豈知樹林出來的人面目黝黑，五官分明，頭纏白巾，手持鳥銃長槍，該旦隱隱聞得到硝石。阿沐族人心中一凜，既不像東寧的漢人，也不像那些紅髮藍眼的荷蘭人，這人膚色比之他們日日出外打獵者更爲黝黑。

何定鼎一看這些人身背鳥銃槍、腰上佩刀鞘刻飾對稱花紋，有些人甚至頗有阿拉畢高鼻梁深眼窩之相，想必大有來頭，來者幾乎不懂阿沐之語，當大夥大喊朋友，來者仗著人多勢衆，昂然盯視。

如此一來，是敵是友尚不可知，爲首者將長刀橫擋於胸前，吩咐著，「不是山裡的！」當其時島上各部族各有不同語言，習俗別異，爭奪鬥勇時有所聞，就阿沐所知山裡人長身健壯，膂力過人，平日縱橫山澗峽谷易如反掌，他們實有不敵。每個月山裡人定期下山買賣，前幾年還得到通路，買得火繩鎗，今日若非新年圍獵意外，闖入深林，否則他們不輕易觸犯各自領地，不過來者既非山裡人樣貌，衣著精緻，實在看不出是什麼來路。

豈知頭纏白布者放下槍，右掌橫放額前三次示意，隨後躬身斂首，他們身後緩緩走出一人，諸人紛紛側身低著頭，這人身份最尊，雙鬢飛白，鬚髯黑多白少，臉上飽經風霜，布衣棉袍，並不華貴，卻是一身大明武人勁裝，眼神緩緩掃過每個番人。

該旦側身躲在阿沐之後，假意做勢觀察阿沐妻舅傷口，卻將他們的話語聽得一清二楚。白頭巾者開口道，「我等乃東寧國主麾下，是友非敵，此獸經我格斃，汝等可隨意帶走。」說著，從懷中拿出一透白瓷瓶，「此爲外傷靈藥，由田七、肉桂、沒藥所煉，敷在傷處，一個月瘡口可癒。」

阿沐不解，大喊，「該旦！」

何定鼎沒想到阿沐粗心大意，卻非阿沐魯莽，當其時番社諸人一切物品共享共用，推崇慷慨無私，來者一身氣派，黑熊乃大物，皮可製毛裘禦寒，膽可供藥品、肉可諸家食用，骨可做爲飾品，何況來人主動放下長槍，且交予漢人藥品，可見並無惡意，何定鼎不知對方來歷，急中生智道，「我不懂他們說什麼。」

而對方打量一眼，該旦通身番人模樣，番語流利，以爲他們正在商量處置方式，正轉身離開，豈知長老忽爾比手畫腳邀約一同慶祝新年，對方雖不能解意，爲首者點頭道，「且行且走。」

於是阿沐與族人用麻繩將黑熊分開四足，其餘族人操起斧頭分別砍下一截實木，牢牢綑綁黑熊，四人扛著黑熊浩浩蕩蕩回去，阿沐妻舅的外傷看似嚴重，幸而落於熊口短短時間，臉上傷勢破相了，幸而手足雖挫傷不至於落下殘疾，不輕亦不算嚴重，由阿沐背著回程。

日落時，終於回到番社，傷者由家人攙扶帶回，阿蒡連忙準備傷藥，人們亦驚喜得此大熊，可見圍獵諸人武藝不凡，男女皆讚不絕口，而說起歷險之際，每逢一人口中說出，就更勝似一次凶險。

這群外人在村中被奉爲上賓，晚上燃起篝火，青年男女共同歌舞，外人們分爲主從依次分座，饒有興味地觀看。

* * *

阿蒡見該旦臉上劃傷，灰頭土臉，倒了淸水輕輕地替他擦淨。

「對你不住，妳給我的新衣，我撕開作……」

「你們漢人不是說身外之物？我豈是小心眼之人。」她只盼他安全歸來，其實都不放在心上了。何況這次情狀凶險，而戰果豐碩，爲她冒險只爲配得上她，給她露臉掙面子，她萬分柔聲道，「你要是怎麼了，我我我……」

「我今不整身好好。」安慰之餘，該旦其實不無擔心，「外面那群人倒是有些門道。」

阿芬亦有同感，「放心，他們若有歹心，我這個巫女也不是省事的。」

何定鼎跟著村人一同高歌、飲酒，攙著阿芬蹈著不成步的舞曲，其實他從未學過，說話、讀書、與外夷交通，他乃箇中能手。然舞蹈一事本非漢儒常事，他不僅步履生硬，亦不比幼童天然可愛，新年慶典之中，旁人以爲他醉了，笑鬧而過。直到月影西沉，阿沐已經醉得不醒人事，幕天席地，與其他男子橫七豎八地躺在地上，而女眷如阿芬等人，因連日準備新年食物，早早就回去了。

一日奔波下來，他亦是累人，左右瞧著大家歸去，他正欲返家，低著頭，揉旁穴道疏緩，身後突然冒出一句，「鼎官。」

「怎麼，我足累了，我……」話一出口便知要壞。

武夫抱拳，「通事大人，我乃馬信。」

何定鼎剎時不可置信，「國姓將軍帳前語言第一的馬信將軍！」

「過譽了，小老兒不才，虛長幾歲故多鄙事爾。」

何定鼎從小聽祖父、父親說起大明年間鹿耳門漲潮，圍攻普羅民遮繼而拿下熱蘭遮前因後果，馬信將軍精通阿拉畢語（大明永樂年間稱呼阿拉伯語），投軍前在漠北馳騁沙場，後來學習海事，嫻熟海象，即是泉州晉江一帶的水手亦佩服不得了，聽其號令。只是這麼多年來，朝堂上已不聞其訊，他幼時問及，家中尊長均閉口不言，豈知此時傳說中的馬信將軍出現。

第二十五章

「鼎官身上信物可還在否？」馬信圓眼深陷、山根高挺，五官特異，過目難忘。

何定鼎將信將疑。「什麼信物？」

此時所有番人酣睡，包括馬信從衆，馬信沉痛道，「王世子薨逝了。」

「何時之事，那麼王爺呢？」

「王爺於今年正月二十八日薨逝。」

何定鼎受王爺之命，早就料到此事，事關緊要的是王世子，怎麼會沒了。

馬信將軍道，「朝中馮錫範爲首，誣陷世子爲螟蛉子，逼迫世子交出傳位大印，世子句句鏗鏘直斥賊臣，反遭絞殺……」

鄭克臧與何定鼎年歲相若，自小兩人交遊甚歡，身爲世子，掌監國之職，治事嚴謹不賣面子，隨第一代延平郡王來大員之老臣多有不憤。

東寧正值草創，連外人稱爲東寧國王的鄭經對老臣亦命亦敬，西渡與英荷吳三桂聯軍抗清時，世子鐵面無私，成爲衆矢之的，兵敗撤回東寧，鄭經灰心喪志於歌酒，每下愈況，諸人遂無視王命，紛紛擇新主而事，鄭經一死，世子的身世再度提上台面，而世子岳丈陳永華突發急病身亡，世子無依無靠，遭祖母、朝臣群起攻之，東寧眼下全盤落入鄭經次子鄭克塽一系，由劉國軒主管軍事，馮錫範執掌內政。

何定鼎聞言放聲大哭，涕泣不能止，過了好一會，馬信續道，「鼎官且借一步說話。」

何定鼎聽其言觀其行且不忙。

「老將軍怎知我身份？」

「王爺臘月時派心腹傳令，約於雞籠城待命，來日將有信使，信使便是鼎官。」

何定鼎並不知此節，但私授卷軸於年前，確實無誤，但如今王爺與世子皆亡，莫非馬信要據爲己有，數月前一個鄭敬明，今日來了馬信一夥人。

「王都手足相殘，委實混亂，將近一年了，老漢自大員往北一路打探，無論漢人、番人間均無所獲，鼎官此易容之法，可謂上乘。此次乃天意，我們意欲避開劉國軒眼線，故避走海線番社，迷失山林，竟遇鼎官隨番人狩獵。」

何定鼎不解其故，圍獵時幾乎不揚己不作聲不朝相，怎會被看到。

薑是老的辣，馬信察其顏色，便緩緩解謎，「鼎官年近弱冠，東都承平時成家立業不在話下，在番人間，亦能撐家立戶，番人如你般年歲者，人人大耳垂環，唯鼎官與少者沒有，故而我吩咐部衆一同入社，一試果然不假。」

言罷，馬信從懷中拿出火摺，照明之後，手中是一幅懸賞畫相，眉眼三庭五嶽與何定鼎一模一樣，唯髮式服式別異該旦，除非像馬信如此近距離，否則的確難以辨識眞人在前。

「信物何在？」

「我不知什麼信物。世子與我自幼交好，我不願捲入鄭家家事，無非厭倦東都，故而隱居山林。」

「鼎官，可知寶藏於何處？」馬信氣勢逼人。

何定鼎默然不語，只是搖頭，他向來不會說謊，於是打定主意，不說不錯，臉色越凝重越好。

「鼎官何不看看老朽手上之物。」

一黃緞錦袋，平平無奇。

馬信鬆開朱繩，裡頭儼然是一方「大明招討將軍印！」竟是東寧國王傳承三代的印璽。不同於第二代王爺鄭經的東寧國主印，此印原是唐王朱聿鍵傳自大明開國第一代的唐王璽，經歷九代二百多年，磨去己印再鑿賜予國姓爺鄭森。

大清入關後，他於舊都南京即位沿襲大明，年號隆武，欲招鄭家水軍船艦為己用，故多所賞賜，曾笑言鄭森人才，若有一女必招為駙馬儀賓，鄭森視之為恩寵榮譽，此方印璽向不隨意示人。

何定鼎信了八成，「將軍要將我綁縛與二王子討賞！」在他心中鄭克塽並非王爺。

「試問老漢何必奔波崇山峻嶺、橫越瘴癘，又何必晚年不寧，只為討賞？」

何定鼎睜眼凝視，想知這老人做何打算，只有一張地圖和一張教旨，他們都不知寶藏地點，更何況鄭克塽繼承王位，朝中上下全是馮黨。

「鼎官可知大漢時期漢宣帝事？」馬信問。

漢武帝晚年深受方士江充唬弄長生不老術，太子劉據幾次勸阻，視江充爲卑鄙小人，江充知武帝來日駕崩後，必是太子即位，自己不能永久富貴，故借邀寵，趁機挑撥父子之情，誣陷劉據雕刻木偶詛咒父親暴死。武帝本意要太子進宮解釋，然而江充上下隱瞞，劉據解釋無門，不得已起兵殺江充，爆發「巫蠱之禍」。漢武帝被蒙蔽，誤以爲政變，一怒之下發兵殺子，以致皇城喋血，皇后衛子夫自殺，太子劉據所有子女被斬殺，連太子剛剛出生數月的孫子劉病已也被投入大牢，幸而廷尉監丙吉嘆息太子命運不濟，憐劉病已襁褓稚弱，故命女囚趙徵卿與胡組以乳汁活命，後來漢武帝的幼子昭帝繼位，病亡之時並無子嗣，經查訪，武帝的孫子劉病已成長於民間，深知民苦，後因緣際會重回皇城，繼位爲大漢第十代帝。

何定鼎顫聲道，「老將軍是指，世子有後？」萬萬沒想到，天無絕人之路。

「若非如此，老漢怎願意重出江湖？」

一切過於神奇，何定鼎方知此島諸事均非一人之智所能顧及。

＊ ＊ ＊

何定鼎與馬信一同入家來，何定鼎將東都圖攤在桌面，承天府衙內部構造之規模形制奠基於前普羅民遮城之上，旁邊則是寧靖王府，面向大海，並無特殊之處，教旨上蓋了東寧國王印，一切委實難解。

馬信道，「先王在世時，敕令我與通事大人一同將地圖與印璽交予世子，世子必知其理，如今世子薨逝，尚遺一血脈，但請鼎官同我一併迎接世子嬪與世孫。」其實鄭克臧承繼東寧王位，應稱呼爲東寧王，然而遭逢政變，兩人一時未改口，仍做往日稱謂。

「世子嬪鳳駕何處？」

「在一隱密安全之處，由老朽衛隊所保護著，量鼎官想知地圖祕密，何不親訪，世子嬪乃陳軍師愛女，鼎官自幼識得，一看便知眞假。」

何定鼎十分猶豫，一切匪疑所思，在此處尚有阿蒡阿沐等族人，一離此地，或許生死由人拿捏，個人死生事小，自己辜負先王與世子遺願該當如何？

馬信祖上係色目人，馳騁沙場驍勇無敵，後來又嫻熟海事，本已退隱朝堂多年，對外一律報爲病卒，除親近人等均無人知曉，此番親自出馬，實大違本心，他早不耐何定鼎溫吞軟懦，大吼一聲，「鼎官乃昂藏大丈夫，莫非一步也跨不出，非要一衆番人掩護苟且一生。」

番人房舍本無隔間，自從該旦來後，他生性拘謹，於是用茅草、竹子約略擺放隔出正、偏兩房，說話大聲些，便一聽無遺。阿莠雖在熟睡之際，些微動彈，隔牆有耳，她聽得兩人行徑言語，猜想得七七八八。

阿莠極爲惱火，族中耆老仗的是識見，對幼者婦女從無輕賤之語，除非極惡之徒，爲村人所厭方出手制裁。這個老頭子一路仗著新年狩獵邀功，以架勢凌人，實在生氣。她披衣起身，走到兩人面前，阿莠笑靨如花，哪怕燭火不明，不減清麗慧黠，烏黑的眼睛溜過馬信。

馬信剛過五十，做得來阿莠爺爺，故而不避暗室男女之嫌。

阿莠從壺裡倒水，先遞給該旦，再倒給馬信，「來者是客，說了許久，先喝口水。你怕我們會害你，我就先給我家該旦。」她一口閩語，馬信詫異。何定鼎不欲多說，不提鄭敬明與荷蘭女卡查里娜之事。馬信順理成章誤會何定鼎在此近一年，教會番人。再看看孤男寡女，青春年華，體會得了，接過水，馬信一飲而下。

阿莩臉上酒窩乍現，烏黑雙眸閃若明星。該旦知道每次她出現這樣的神情，便要做些古怪精靈之舉。

「馬大人，遠來是客，話需好說。」

「算是小老兒失言，不過鼎官隱身番社的確埋沒人才。」

「手足相殘就好威風嗎？大臣互爲仇敵很了不起嗎？」

馬信被奚落一頓。

「說穿了，你們，還是你的主人想要回寶藏，至於我家該旦去與不去，由他決定，激將法用得濫了，連累我們做什。講出這些話來，你這一把花白鬍子算是空自變白了！」

馬信手掌海軍，叱吒風雲半生，哪受得了小女子奚落，正要喝叱，一時肚疼難忍，額上冒出斗大的汗珠，這種疼痛難以言喻，至痛如碎肝腸，一會止停，每要說話時，疼痛來饟，周身骨頭幾乎強忍得格格作響了，他多年航行於大海之上，烈日灼面、缺水忍饑，吃艙鼠發惡病都曾經歷過，竟招架不住。

何定鼎看著馬將軍忍痛，汗水從額前滴落半黑半白鬚髯，知道必是阿荺施法了，他不願阿荺聽從他命令撤法術，彷若主從一樣，也不想看著馬信痛不欲生，幾番來回受痛。

阿荺說，「這是我族傳承的咒術，不會死人，但也不會讓人好受，我可不是下毒害你喔，反正我是番人，你儘管看輕我吧。」說著，格格嬌笑。

馬信自知失言，卻難以向幼女啟齒。「非……我……本意，倚……重……鼎……官……之才……」

何定鼎面露不捨，馬信將軍與他祖父一同到大員，年歲少於何斌，卻以平輩論交，他正要開口請求。

此時阿荺口中喃喃默唸，非族語非閩語，接著拍拍馬信肩頭，「老人家，飯可以多吃，其餘謹言慎行才是。」

馬信被這少女搶白教誨，哭不得笑不得，然而疼痛漸緩。他緩過氣來後，自己太過自信，仗著火銃鎗在手，以爲番社無人才，卻不知各族巫人之術各有巧妙，操縱鬼靈不在話下。

該旦望向阿葤，阿葤嫣然一笑，他們心意相通，她不會攔著他想作的事，他亦不會辜負她的心意。

第二十六章

這一整天心蓉心神困頓，上課品質極差。回到家，強自當作沒事人，詠晴趁著下午回來得早，到圖書館一趟，借了幾本明清時代的臺灣古地名考據、噶瑪蘭廳志、清代官方的理蕃劄記……，抱著書回來，手不方便取鑰匙，大喊心蓉開門。

心蓉看見她的模樣，加上何勝斌說過的，最怕的是還要假裝不知情，當詠晴興沖沖在兩人共同的房間講起寶藏可能從臺南、鹿港最後到南澳時，她神不守舍。詠晴察覺她並不如以往熱衷，推推她肩膀：「妳好像怎麼不高興？我們快找到寶藏了。」

「詠晴，要是妳的寶藏沒了，妳會怎麼辦？」

「妳是指寶藏根本子虛烏有？我可能會大喊大叫一場，等時間一長，慢慢沖淡感覺。原先沒指望，沒親眼見過，也就無所謂失去。」

心蓉反而尷尬焦急，她的本意不是這樣，擔心說得直白露餡。「好，我們打個比方，眼看要到手了，卻拿不到呢？」

「我會很難受。起先我或許不當一回事，發展到現在，一步步完成不可能的任務，拿到錢可以整建家裡，幫妳還清助學貸款，自己拿著這筆錢好好規劃以後的日子，不必受限，甚至幫助弱勢團體。」

「妳想整建這棟老宅？留下來有歷史意義。」

「隨口說說而已。這輩子沒看過這麼多錢，我一時之間想不出來，助學貸款和修繕屋子一定要做。」

跟債務比起來，助學貸款是小錢。心蓉不敢直言。

「妳人眞好。」心蓉聲如蚊吶，恰好詠晴聽得見她說：「難道妳就沒有防人之心嗎？」

「妳不放心阿斌？我知道妳心裡仍有芥蒂。這次他推理出大南澳地點。他要是不懷好意，怎會告訴我？」

她卻心知肚明何勝斌的盤算，因爲大南澳幅員廣，欠缺充份線索，他一旦找到了，別說一成寶藏，一腳踢開她們，絕對有可能。可是她不能說實話。「若是有個人非出於本意卻害了妳，妳會原諒她嗎？」

詠晴意味深長的凝視她：「原諒？難道妳會騙我？還是妳認爲阿斌會騙我？怕我承受不了打擊。我們這兩年多來禍福與共，好姊妹有什麼不能明說的？」

其實兩個人都會，何勝斌以妳爲脅，對不住，我需要錢。

心蓉和詠晴此刻簡直短兵相接，她眞怕她的目光，嚅囁著：「有所保留，小心爲上。」

「我知道妳擔心我，大南澳就在眼前，的確讓人心浮氣躁。」詠晴打開圖書館藏書，以及自己的古書，何勝斌傳 LINE 要她借清朝福建陸路提督羅大春的《臺灣海防並開山日記》，書中講到如何召募兵勇、借生番、熟番之力一路打通宜蘭蘇澳到東部後山（奇萊）的通路，以便管轄清國眼中化外之民，杜絕日本人犯臺之心。官方記載是那樣，前車之鑑，心蓉和詠晴瞭解羅大春身爲一品大員，必經過深思熟慮上奏朝廷，以清朝國勢日衰，每戰每割地賠款，一戰訂一約，單單就撫番育化，太過簡單，東臺灣面對大洋，日人幾次派人以商務爲名來探查，因此大清以開山之名，運送寶藏之眞，只是沒料到甲午一役，馬關條約割讓臺灣，這筆寶藏就不知所蹤了。

「書上說開路分爲南北道，當時伐木千棵闢山林，成爲今日蘇花公路的前身。官方軍艦運寶藏，然後一方面砍伐上千棵參天古木，爲的是方便運送。官車上載送資具以開撫爲名，寶藏更是匿跡天衣無縫。今日南澳豎立一塊紀念碑文，詳載事情經過。」詠晴向心蓉解釋。

「何勝斌說得有理，確切地點呢？」

「應該是在舊地吧。」

「最危險的地方也就是最安全的地方。西人遠渡重洋，不可能跟沒頭蒼蠅一樣，羅大春的年代在荷恩開墾之後，他是最後一個可能押送寶藏的官方代表，當年古道荒湮蔓草，妳有方法縮小範圍？」

「昨日我讓阿斌翻拍古書內容，阿斌作事頗有效率，應該有辦法。」

說曹操，曹操到，詠晴的手機傳來訊息，何勝斌人已在門外，心蓉想該來的跑不掉。他算是藝高人膽大兼不知羞恥，緊迫盯人直接來探風聲。面對他，比面對詠晴簡單，她分心兩用，一方面要替他打探進一步消息，另一方面要想辦法保護詠晴。

何勝斌一進門假意親切向心蓉招呼，帶來燒仙草，握著詠晴的手：「妳穿得太少了，寒流來襲，快喝熱的保暖。」並替她打開燒仙草塑膠蓋。

三人同在客廳，心蓉有點僵，詠晴是主人，於是先開口：「你說的那本參考資料在這裡。」

「喔。謝謝。」何勝斌看了對面的心蓉一眼，見她沒退卻的樣子，心理有底仍按照計劃進行：「沒錯，通常版本是這麼說的，妳聽我讀：

大清同治十三年六月丙戌，福建陸路提督黔中羅大春欽奉諭旨，巡防臺朔，開禁撫番，秋七月癸丑，師次蘇澳，八月辛未，達大南澳。初，臺澎道江右夏獻綸以千人伐木通道，自蘇澳及東澳，七月戊午，還郡東澳。以往萬山茸然，恒古未薙，兇番伏戎，大為民害，大春徵募濟師，斧之、斤之、階之、級之、碉之、堡之，又從而以番說番，招撫之。於戲！軍士縋幽鑿險，宿瘴食雰，疫癘不侵，道路以闢。朝廷威福也，將校用命也，不可不紀，囑幕次三衢范應祥撰文，三山應道本書丹，龍眠方宗亮、齊安高士俊選石，勒諸大南澳道左。黔中馮安國監造。

「全文跟一般的紀念文字差不多，妳是中文碩士，妳覺得呢？」

「遣詞用字平平，但是提到了好幾個人名，羅大春的幕僚們來自大江南北，這些人會不會留下文字記錄可供佐證？」

「要是他們知道消息，必死無疑。從中央傳旨，最低層級止於羅大春，福建陸路提督官居清朝一品大員，要是他的帳下師爺，也是所謂的文膽幕僚，連選石監造的工廠主任也知道內情，羅大春怎麼可能善終，歷史有云：『臣不密則失其身』。再往下數，哪還有寶藏留給後人尋訪？」何勝斌說。

「仍用干支破解？」心蓉不知這段前因。

詠晴告訴她何勝斌描圖之事，或許可以。

「我查遍所有記載，大清末年，沈葆禎來臺，認爲日人在南邊牡丹社事件後，藉故入侵，北邊的話，日本船從海上經蘇澳到花蓮，準備糖、酒、嗶吱跟『生蕃』做生意。他當務之急要先靠外交交涉，另一方面設防線，所以表面上，他上奏朝廷在蘇澳設炮台，其實就是要保護這筆寶藏，將寶藏留下來，或許戰爭時用得上，渡海運到大清福建省反而容易被日本人奪走。」

心蓉才瞭解，他應該查到大概在蘇澳、大南澳、花蓮之間，需要詠晴這邊再多給線索。

詠晴還是有些不明白，「這些資料只能說明，寶藏可能被運送到這幾個地方。」

何勝斌大笑，「妳們想不到的人，我查到了記載，天下沒有永遠的祕密，是人就會留下記錄，哪怕最普通最普通的水手或者士兵，何況羅大春是一品大員，他不能明說，跟著他的那些散兵游勇呢？」

「……」兩個女生不知他說出什麼驚人之語。

「沈葆禎的下屬的下屬，有一個人，叫作嚴復。」

嚴復儘管去世多年，在大清末年的思想先進，學界論文成就，只要是中文系學生，一定知道嚴復的著作。

詠晴眼睛放大，「你好好說說。」

「沈葆禎派張斯桂帶懂得繪製東部海圖與地圖，以及測量的學生來，其中一位就是少年嚴復，他就讀船政學堂，畫了不少圖，其中一張就是大南澳全景，那個地方不像蘇澳有深港，只有小船能靠岸。妳們懂我的意思？除非再加一張地圖，這本古書文字圖片都少，一共是古臺灣南方山水示意法、跨頁的明末版中國河洛中心世界地圖、可能是十九世紀的經緯度全臺地圖，總計四頁三幅。照道理應該還有一張十九世紀大南澳地圖，如此一來，一切才合理。否則留下這本書的主人要怎麼指引後人。」

「可是我不懂，我的祖先和羅大春有什麼關係？」

何勝斌反應快，馬上點頭：「妳家祖先不知走了什麼好運拿到地圖。花蓮是原住民世居地，差點被清兵滅族的撒奇萊亞族混在阿美族中，屬於平埔的噶瑪蘭族和西拉雅族逐一混入漢人生活圈，另外有太魯閣族和泰雅族，還有南邊的布農族和臺東的卑南族南王系……。羅大春開山撫番，找番人以番制番，一個懂漢語漢文的原住民暗地知曉，不就這麼一回事。」

「或者某人祖先百密一疏？」心蓉同時瞄向何勝斌。他露餡了。她希望詠晴聽出來。何勝斌怎就認定原住民好運拿到，不說是詠晴祖先拿到。

「難怪我覺得我也很像原住民。」詠晴覺得自己的深邃眼睛、淺焙豆的膚色、大耳朵，五官比不上花蓮阿美族立體，和其他人相較更鮮明。

話題又轉回番人、原住民。

何勝斌籌畫許久，這時他擔憂心蓉情急之下改變心意，想速決大事，偏偏不能發作，「我們離題了，現在寶藏在哪裡，我們欠缺資料，這本古冊以外，妳還有其他相關的物品嗎？像妳整理父母親遺物，去臺南前找到一張圖那樣的？」

「只有妳那天拿走的古冊，還有我拿給妳們看的西部海岸番社船隻圖呀，文字內容很難嗎？聽說全臺灣習曉西拉雅文的學者一隻手數得完。」

何勝斌為了今日沉氣許久，即將到手偏想不出來，一時發作不出來，反諷：「不懂西拉雅文，總有其他佐證吧！」

心蓉覺得他話說得太露骨了，詠晴卻好眉好目在那查看《臺灣海防並開山日記》，似乎沒聽見。她替她報不平：「本來羅大春就不可能留線索，他是朝廷命官，你自己都說大臣不保密容易死，他又不是白癡，一切都是我們自己推理。」

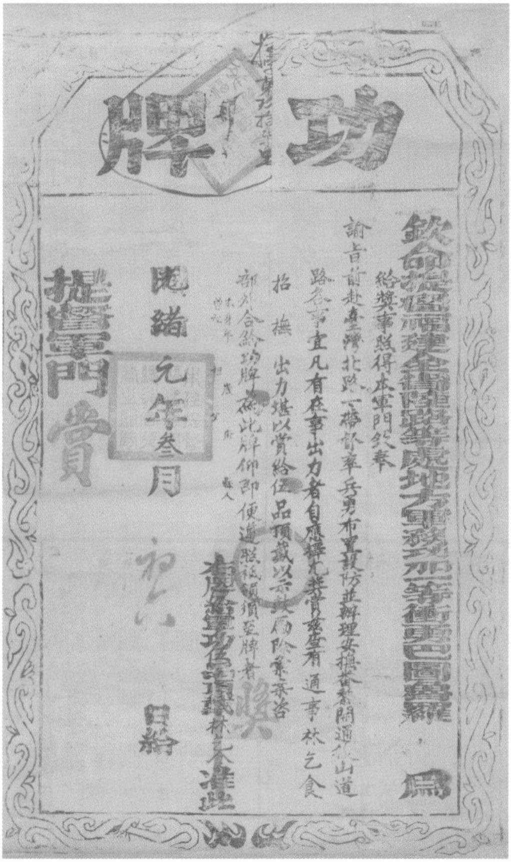
功牌

欽命提督福建全省陸路[illegible]

給獎事照得本軍門欽奉

諭旨前赴臺灣北路一帶督率兵勇布置設防並辦理安撫番社開通山道

路各事宜凡有在事出力者自應擇尤奏賞茲查有 通事 林乞食

招 撫 出力堪以賞給伍品頂戴以示鼓勵除彙案咨

部外合給功牌為此牌仰即便遵照毋須至牌者

光緒元年叁月 日給

提督軍門 賞

右牌給功伍品頂戴林乞食準此

光緒元年福建陸路提督羅大春爲開山撫番賞給通事林乞食功牌。(國立臺灣博物館提供)

牡丹社(一八七四)事件後,大清帝國發現日本人對臺灣的野心,大清和原住民暫時打退日本,然而雙方均無壓倒性勝利,妥協之後簽定和約,而大清帝國終於醒覺,將心力放在世界航道樞紐的臺灣。以前中央山脈將臺灣一分爲東西二部份,清帝國以土牛界碑,警告國民切勿侵擾原住民領地,各自安好保護性命。一八七五年後,東半部的原住民隨著大清改變內政方針,進行所謂的「開山撫番」,東部原住民面臨外部武力干擾,清同治十三年(一八七四)到光緒元年(一八七五),大清兵分爲北中南三路,往所謂的後山而來。羅大春麾下聘用宜蘭人林乞食爲通事,林乞食懂番語,沿路嚮導,且與噶瑪蘭、泰雅族原住民交涉,一八七四年打通了蘇澳到奇萊之間的山路。事成之後,羅大春奏請國家,賞賜相關人等,此功牌曉喻衆人林乞食有五品頂戴,雖然無歲俸、無實際官職,對於流民、小民而言,堪稱殊榮。

詠晴百思不解，爲了論文，她常借圖書館《古今圖書集成》、《永樂大典》、《佩文韻府》套書回來，這類書照古書內容原樣印行，全無標點符號，經過四年大學訓練，詠晴練就一身不需句讀可以解讀的本事，手邊這本羅大春書有標點符號。心蓉是她的室友，常聽她喃喃自語，有時心蓉好奇問起內容翻譯，兩人這時心思在同一點，心蓉倒先問：「羅大春的原碑文有標點符號？」

「古代哪有標點符號？」

「啊——原來！心蓉妳眞是厲害，抓到重點了。羅大春是武官。授意幕僚撰文，這本書序文說起，沈葆楨每看羅大春的公文，文理欠通，他是上司可以指點下屬，可是師爺幕僚不能。」詠晴指著書本，「『大春徵募濟師，斧之、斤之、階之、級之、碉之、堡之，又從而以番說番，招撫之。字面上明說徵求人才修路，用了各種工具、建立碉堡，找原住民翻譯分化合解，這些標點符號是現代人加上去的，我們全遮住，變成『斧斤階級碉堡』。言爲心聲，這幾個簡單字句，一定是羅大春自己口授，師爺潤色，大春是羅大春，剩下的是孟子說的『斧斤以時入山林』，師爺掉文弄擰了，其實應該想成羅大春找原住民幫忙，碉堡的階級（階梯）

之下就是寶藏地。我知道大南澳有一條古道，鑾容易去的，簡單啦。」

詠晴雙眼閃閃發光。

何勝斌點頭贊同，「所以一共三幅地圖合理。嚴復畫過地圖，沈葆禎的奏摺有，羅大春露了口風。」。鄭心蓉原來並非一無是處，虧得詠晴好耐心。

他平心靜氣：「大南澳古地離花蓮不遠，GPS 導航出了花蓮縣界，不一會到。」

「事不宜遲，我們這個周六過去碉堡。」詠晴說。

「既然如此，何不今晚出發，明天一大早開挖。」心蓉怕夜長夢多，何勝斌一直虎視眈眈，拉扯三個人，何勝斌無法獨吞，要氣，就氣詠晴反應比他想像中快，縱使他知道地點，偏不教他如願。

事態直轉急下，何勝斌趁詠晴正埋首於古文查考，惡狠狠瞪了心蓉一眼，心想：「妳想要面面俱到，到時候才知我的手段。」

這時詠晴從埋首的書頁間抬起頭來，神色一改，淡然告訴大家：「威力彩的得主從來不急著換獎。我們一下子三人同天請假，太過明顯，代課老師的代課老師不容易找，再來我們要怎麼跟同事交代。先低調點，選個普通假日去。」

「妳說得有理。」何勝斌再度附和。

心蓉乾著急，再拖下去，何勝斌早一步取走。「我們這個周末一定要去。」

詠晴卻搖搖頭：「不行，整修房屋的師傅星期六要來開工。我查過農民曆，一直到過農曆年前，宜動土、修樑、作灶的好日子已經被人預定了，就剩這個周六碰到好日子，而且我們上班沒人監工，不能再改了。」她突然面向何勝斌：「耐心！別沉不住氣。你忘了我們不清楚清軍的碉堡在哪，而且我們拿金屬探測器，要找多少年？」

「妳想得周到。就這麼說定了。等妳有空再告訴我。」

心蓉知情知底，苦在不能明說，何勝斌必然見利忘義自己前去，最晚不會遲於本周六，他一人悄悄離開花蓮，來回一趟四、五個小時之間，順利的話，哪有她們的份，詠晴一再給他指路。

她不管了，也管不了：「我去巷口便利商店買東西。」出去透透氣，換點心情。

詠晴毫不知險境，猶自天真的說：「麻煩妳替我順便買小杯熱拿鐵，不加糖，謝謝，錢回來再還妳。」

「我替妳買，我也要買點東西。」說完，何勝斌跟著鄭心蓉後腳跟出去了。

＊　＊　＊

鄭心蓉和何勝斌身高相等，身形比例是女勝於男，可是女孩子腳程畢竟不如男人。她沒走遠，何勝斌便急行到她身後，冬夜巷弄無人，他依舊壓低聲量：「妳想給妳的好友通風報信嗎？」兩人腳步卻未停止。

「詠晴就在我眼前，要我裝得什麼都無所謂，實在太假。常理推論說出我的建議，才不致於引她懷疑。」

「別傻了，我籌畫良久，才得以一窺究竟。妳僥倖分得兩成，還有什麼不滿足。」

「我不跟你辯論騙子、小人之類的。你說兩成，我信你是我腦袋不正常。你別以爲我不知道你打的歪主意，詠晴要監工，這周你就出發。天底下哪有這麼便宜的事！你這麼有把握！」

「事在人爲。」他出國兩年，自詡見多識廣，而且詠晴全盤拖出，他更認爲手到擒來。

「我要去。」心蓉恨恨地說。

「兩人同時消失，妳不怕她心生警覺？」

「簡單，讓你解釋。只要你一不在學校出現，我立刻反咬你一口。」對待小人不能以用平常手段，心蓉的爸爸膽大好賭，賭債來時涎皮賴臉，她就是無賴的女兒，學起來並不太難。這時他們兩人走進便利商店，便利商店燈光明亮，窗淨几明，心蓉頓時精神起來。

「放心，我會找妳當下手。妳以爲寶藏是一張紙，還是一塊金牌，說挖就挖出來。」他非常不屑地解說。

「妳自己想辦法跟詠晴交代。周六一大早出發。等會兒把車開回我家，以免林詠晴疑心，我會在上回的咖啡館外接妳。」說完，何勝斌挑了幾罐冷藏咖啡：「記得她點的熱拿鐵，嘿嘿，妳就這樣換她的信任。」

心蓉不想理會他，他正是這種背信忘義之人，可是他不以爲是，她又能奈何。

第二十七章

車子開上臺九線道路之前，何勝斌在路旁的傳統建材五金行買了一把鋤頭、兩把圓鍬、以及兩把長鐮刀和粗麻布袋，他吆喝鄭心蓉打開行李後車箱時，她看到兩樣型制特殊的金屬器具，知道跟這次挖寶相關，卻不如手上的工具一眼看穿用途。

何勝斌自以爲得意：「妳不知道？我告訴妳也沒關係，這種東西是我精心參考古書自製的洛陽鏟，另外這個就沒那麼威風了，大家都知道的金屬探測器，別看我，海巡隊有，我服替代役時在海灘不知用了不少次，揀了多少海洋垃圾，話說回來，金屬感應器可以感應荷蘭盾、貴金屬物質。」

「洛陽鏟？」心蓉對他的生涯史毫無興趣。

「妳高是高，壯就說不上，金剛芭比一鋤下去就開箱挖寶嗎？洛陽鏟是考古用具，當金屬探測器感應時，洛陽鏟深入土壤，帶出最底部的物體，便知有沒有。」

她第一次聽說這種器具。討厭何勝斌之餘，不得不佩服他精心策畫。

他拿出另一樣金屬工具，外觀像每樣三十九元店裡賣的廚房小物。

「這個是什麼？」

「尋龍尺。」

乍聽之下，心蓉以爲他要挖龍脈，多說多訕笑，他不會跟女孩子吵架，並不代表他不會嘲笑。他果然從無框眼鏡下射出兩道光，不懷好意地：「不懂，讓我教妳一點常識。想聽嗎？山間難保沒有政府的水管鋪設，水錶之類的。要是挖錯了，大水宣洩，我們吃上毀損公物罪事小，恐怕曝露行蹤，水電技工用這截金屬壓在金屬管上聽漏水聲，用不上最好，存著以備不時之需。多層保險，求心安。」說完，他撂下所有工具，蓋上後車箱：「妳怎麼跟詠晴說的？」

「她一大早跟師傅有約，我出門時師傅跟她拿著捲尺量來量去，水泥推車在後院，她沒時間問我，我自己跟她說我要出門。」

「妳不可能兩夜不回家。妳不怕？我兩三日不找她，傳簡訊安撫，我無所謂。」心蓉眞想摑他左右兩巴掌。她昨夜想得失眠睡不著，想不到任何可以出去兩三日的理由，自她們同住以來，從未單獨外宿。詠晴以爲她被施工吵醒，頻頻致歉，她趁機出來得太容易了，後來該怎收尾眞沒想到。

「要不要向我請教？」何勝斌開車啟動。

「你再娘一點！男子漢大丈夫，說話婆婆媽媽。」

「妳不知道性別平等？每次只會逞口舌之快，無法解決問題。」何勝斌勝券在握，不在乎被人罵。

「正大光明的人我自然平等對待，你這種『腳小』，省下來。」她不耐煩地，「要說快說！」

「請教，先奉上請教禮數，口氣要好一點。」

「何老師，請『有以教我』，承蒙您—指—教—了。」花蓮推廣小學生讀經，她每天聽低年級小學生不明所以的背背背，所以她一說起來都帶著酸氣。

「哈哈，乖學生，就是這樣子。」何勝斌車速不過六十公里，進入山區前，沿途每十幾公里出現測速雷達，專抓蘇花間的超速砂石水泥車，他可不願接罰單。

「一百多年前，羅大春、荷恩的鉅額寶藏無法在短時間內起出，我們找到一部份後，我先挑一部份貴重的給妳，夠上道吧，從妳那份上扣。妳再搭車回花蓮，早去晚回，是不是很簡單。」

「那麼你呢？你不回來？詠晴那邊怎交代！」

「還交代什麼，我已經替妳找好後路了。有了寶藏，誰還在小學領鐘點費，一個月二萬多元的基本工資，時薪計算，沒課沒錢，沒有年終獎金，沒有健保，放學以後還要被拗著多做事，被那些老鳥當做訓練新手的恩德，責任制加上班制，雙重吸血蛭，妳稀罕！我不幹！」

他說的是實情，這份鐘點代課教師是短期工，剛畢業的大學生會來湊數，沒人想考。他苦心經營，原來爲的是寶藏，她們太傻了。

* * *

車子繞過清水斷崖，改建的公路炸山，他們沒碰上交通管制，隨著山路慢慢地升高，一環環的下降，重巒疊幛，一路順行，地形漸緩進入平地之後，心蓉驚訝，爲什麼何勝斌在媽祖廟前停車。

「下車吧。」

「這裡？」

「古道就是古代道路，羅大春派兵勇從北方而下，一百多年前劈荊斬棘，翻山越嶺，離今天的平地有段距離，妳當我們開越野車上山，直達目的地？不作功課，這就是妳的本事！去後車廂拿東西。」

鄭心蓉高挑，兩手畢竟拿不了所有東西。「你的紳士精神呢？」

「不用在妳身上。」何勝斌挑起自己的背包，嘴巴很硬，最後分擔一些工具。

他們在古道入口停下來，宜蘭縣府豎立的解說牌上指著這條重修的木頭棧道，根據一百多年前清兵拓地，木頭階梯遠勝於當年清朝的泥土石徑了。一旁有些老者慢慢扶著木製扶手走下來，看見他們提背一堆工具，雖不相識，微微笑說：「你們是大學生志工，要來除草嗎？謝謝你們，年輕人心腸好。」

「沒什麼。舉手之勞。鍛鍊一下。」何勝斌迅速回答。

僞君子作慣了，溫潤和善的表象毫不費勁，心蓉越跟他相處，越恨她們倆個見識不廣，識人不清。

心蓉和詠晴同房而眠，昨晚一夜不好眠，更不敢在家查詢古道之事，深怕詠晴聯想，自己讀古文眞不如詠晴駕輕就熟，唯有跟著何勝斌腳步，他們是不得已的組合，她並不願輕易開口，以免多受奚落。

他們一路爬階梯，他心情好就會賣弄幾句，爬得累了，也不願跟她說話，山徑有人問他們做什麼，何勝斌皆按著旁人所想回話，萍水相逢的人們均亦滿意自己猜想對了。好不容易走到一岔路，木牌標示向上是古道，向右也是古道，他卸下背包，從裡面拿出一卷黃色膠帶。拉直橫綁，原來是一卷警戒膠帶，上面印著「工程施工，危險勿進」他趁著左右無人，借著左右欄杆下斜角纏綁拉起警戒線，兩橫之間有一個Ｘ。心蓉往旁閃，便跟著何勝斌一起站在右邊古道上了。「膽大心細」，心蓉暗讚，僅靠橫拉的警戒線，臺灣人可能好奇會探索，這樣一來等同封路，考慮行人心理作用。

往右邊的棧道走，越走越偏僻，長草從階梯間竄爬攀長，不知他是自言自語還是故意賣弄：「以爲我會中計，要是往上走就錯了。羅大春日記說過控扼奇萊，應以大南澳爲主，當年駐紮的碉堡有大有小，遊客走的那條古代大道，太多人往來，文字不通並不代表他粗率，靠原住民引路才成功擴地建立小碉堡，那裡才是。」

心蓉鄙視，「那可不一定。」

「說妳沒見識就是沒見識。主要道路上的碉堡底下藏有寶物的話，宜蘭縣府重修古道時早就曝光，妳眞不是普通蠢。」

何勝斌說著竟跳到棧道外，抄起鐮刀，一路除草開路，他並不回頭，「動作快！」鄭心蓉依言而行。

大約一小時，他們將周遭的長草剃成齊膝半長，何勝斌走到前方停手：「小碉堡原址大約幾丈見方，這樣應該夠了。」他開始操作金屬探測器，前後左右來回逡巡，他們走出棧道，大概向來人煙罕至，並沒有任何飲料棄罐，何勝斌專注勘察，這時日正當中，他們八點從花蓮出發，現在剛好十二點整。她想著詠晴要是知情了，她要怎麼面對好友？第一眼見到寶藏，她作何反應？尖叫、歡呼、痛哭、發狂？突然間，金屬探測器發出響聲，何勝斌大喊：「快點！拿工具」

心蓉瞬時嚇呆了，像沒頭蒼蠅，一下拿圓鍬，又覺得不夠，跑回置物點，再挑起鋤頭。「妳白癡呀。洛陽鏟，洛陽鏟！」何勝斌站在那方叫嚷，幸好遠離主道，沒人聽得見，他連珠似的：「還有尋龍尺！尋龍尺！聽到沒，快一點。」

她和他一樣屏氣凝神，何勝斌將探測器交給她，一鋤下去土壤略微鬆動後，圓鍬再掘，差不多時候，他將尋龍尺跟土壤呈垂直，沒有水聲，肯定不是金屬水管。事不宜遲，使力將洛陽鏟往下插，這裡的土質比想像中鬆軟，隨著洛陽鏟一寸寸深探，他們似乎離寶藏更近一步。

當洛陽鏟剩三分之一的時候，他吃力拉扯，喀啦一聲。「是了。」何勝斌緩緩拉起洛陽鏟，中空的圓柱體裡，土壤色澤大異於他們剛剛才挖的。「掩埋寶藏時，上方灑以石灰。妳看洛陽鏟裡呈現上下兩種土。」此時他對心蓉態度不錯，因爲寶藏在眼前，他需要一個知情人分享他精心策畫的成果。富貴不還鄉如錦衣夜行，成功無人知是鄉人小民。

「現在往下挖掘？」心蓉心跳怦怦加快，三億，不，是六億，她和母親，以及父親債務總算有依憑了，她暫時忘了宿怨。

「小心一點，深度大約是這樣，注意別碰壞了。」說著，他帶頭起土開挖，兩人一鍬一鋤，合作勞動有序，否則傷到對方，洛陽鏟試探時花了不少時間，何況加大面積，雖在冬日，揮汗如雨，偶爾停下來補充水份，不用提醒，兩人旋即加快動作，大概兩個多小時後，心蓉的圓鍬和土壤下方發出金屬對碰的聲響，何勝斌一把扔開鋤頭，整個人伏在地面上，往孔穴徒手掘，果然看到金屬製的箱籠，寒來暑往一百多年，別說箱籠上的鎖頭早已鏽蝕，外觀也同樣腐朽，何勝斌大喜若狂：「成功了，妳看，我找到國姓爺的寶藏了。我找到了。」

他拿起鋤頭輕輕一碰，蓋子立刻破了！

鄭心蓉以爲會看到琳瑯滿目的收藏異寶、五花八門到眼花撩亂，可是這口大箱不過兩尺見方，從破損的上掀蓋下看，容積不深，裡頭堆疊淺淺的黃銅幣和幾張油紙。

眼見爲憑，何勝斌卻不信自己徒勞一場，既是黃銅幣，他不在乎，粗魯抽出那幾張油紙，往下用力戳，真的只有這口箱子。鄭心蓉雖然沮喪，卻又寬心。

油紙是古代包裹物品，可避水、遮雨，加上金屬箱子保護，這些年可見原樣，她展開油紙，油紙粗糙，未曾書寫任何文字，想來不會是任何密碼索引，油紙中央印著朱紅圓印已經暈化，依稀可辨是商號字樣，古代人也要吃飯用東西的。

「爲什麼？不可能。我們推論的沒錯。」何勝斌頹然坐在草地上。

她方才覺得怪異，他尋寶若狂，因此不便說出口。寶藏粗估有三十億之數，埋得再深，金屬探測器再簡略，怎可能僅一地有感應，何勝斌心細，一路催促引誘詠晴拿出家傳物品，讓她解密，因貪念一熾，不曾想通。

可是黃銅錢又作何解釋？她拿起原鍬往下一撈，何勝斌自是反覆懷疑哪點不周全，她拾起一枚，圓形孔方，上下左右書寫四字「永曆通寶」，其他幾枚同款同樣，她檢視到第五枚時，是一枚「同治通寶」，直徑約二公分到三公分之間，跟永曆通寶差不多大小，中國古裝劇常見橋段一文錢買燒餅，足夠讓何勝斌買二、三十個燒餅了吧。

何勝斌像是想到什麼，搶過她捏著的銅板。永曆通寶是東寧王國通行貨幣之一，前後數款，有的委託日本長崎人製作；同治年間羅大春入宜蘭撫番，使用同治通寶。」永曆通寶到了清末依舊流通，明清所重用的是白銀黃金，所以歐人從開採美洲大陸發現銀礦，可至東方大換特換商品。由於升斗小民常使用銅錢，就金屬折算或古物收藏，價值不高，他想起盜賊、工匠每走一處、每造一室會留下自己的特殊記號，這籠金屬箱應該取自當時挖寶人拿著現成物品將就埋下，然後將自己手邊的零散物品丟進去。

「最後一次寶藏出世在同治年間，如果沒有寶藏，不必欲蓋彌彰。」何勝斌不信到頭來竹籃打水一場空，他要找到寶藏，再度握住金屬探測器找巡目標。

心蓉不管他，將所有的銅錢放入麻布袋，聊勝於無。又折騰了一小時，結果沒變。冬日晝短夜長，快四點了，加上下山腳程，他們得掩埋恢復原狀，自然到了非走不可的時刻，否則入夜燈光稀微，怕失足受傷。

儘管何勝斌不甘心，有林詠晴那個天真傻女、鄭心蓉有勇無謀、他智慮過人哪怕找不到。這座古碉堡留下一籠表記，可見寶藏運到他處了，青山不改綠水長流，再多花些時間罷了。

＊　＊　＊

又是兩個多小時過去，車子停在咖啡館巷口，心蓉自己騎車回去。臨別時何勝斌不改刻薄自負：「妳可好了，省得解釋，我們計劃不變。」又指著她的鞋子：「鞋子上都是泥土，擦乾淨，別露出破綻，小心駛得萬年船。」鼻子裡哼了一聲。

心蓉騎車回家，順道買了晚餐外帶，回到家中，外庭院擺著工程水泥、木材大柱、裁木機，找遍房間、洗手間便是不見詠晴蹤影。心蓉看看時間，七點多了，詠晴監工一日，廚房用大梁立柱頂著，其他破損以三夾板釘著，不讓外人一目瞭然就好。動作眞快，走廊上全是木屑和粉塵，詠晴大概忙壞了，以她個性，幾乎立刻清掃，心蓉於心有愧，趁著空檔細細掃一遍，儘管明日施工一樣會亂，至少詠晴回家時，看得過去。

她枯坐等詠晴，到了八點餓得受不了，草草到便利商店買微波餐。

「會不會何勝斌推理不對？」心蓉坐在客廳左思右想。「最後一次出現寶藏不在同治年間，奏摺、畫冊是另一件事情，是何勝斌過度腦補，否則銅錢怎麼也聯想不到是國姓爺和

VOC的寶藏。」

「蹬蹬瞪！」手機嚇了心蓉一跳，晚上一個人在家，後面廚房草草用電頂木板裝釘機封起來，她不免害怕。

是陳嘉宥的訊息，「學姐，我阿公留下地圖捏，很破很舊，大概囉。」文如其人，一樣的語調。

心蓉坐直，手機畫面太小，她趕緊打開桌上電腦……

「India quae orientalis dictur, et Tiquan」，她點開圖片，用iPhone手機型號，日期是今天早晨拍的，因爲她和何勝斌去大南澳，沒開機，回到家中打開手機連接網路，有了時差。

這張圖中的臺灣跟民宿老闆的版本不同，臺灣在這張圖裡是一整塊島嶼，畫了三艘帆船行駛前往現在印尼群島，地圖東西兩半用色不同，左上有一排文字，她用Google翻譯，「印度quae orientalis dicitur et Tianquan」，Google翻譯不到位，從英文反推，大概是東印度群島和Tianquan「停觀附近」，她沒查到這座「停觀附近的島嶼」，印尼大小島嶼三萬多座，沒聽過的島嶼多了去，陳家樂家傳地圖破破舊舊的，色澤盡褪去，說像西方地圖吧，有緯度有經度，但是右半部份上方的，大概是日本薩摩、琉球群島，全部不成比例，一塊一塊以線串在一起，臺灣完整一整塊，彷彿有字，她點了 ZOOM IN 加大加大加大，像素不足，黑黑紅紅的字跡模糊，算了。

倒在床鋪上，詠晴去哪了呢？她做了賊，到底是盼她怎麼，她要怎麼面對，數著房間天花板的橫梁，木頭縱橫加錯拱起山字形，和漢老建築樣式，聽說以前的日本匠人還會蓋上自己的名字章呢。

名字章，名字章，對，名字章，她坐回桌前，點開圖片照著痕跡，馬賽克模糊的方塊，自己補上不清楚的橫點撇捺，臺灣島上是「東寧，Schat」。德文、荷蘭文的寶藏寫成 Schatz 和 Schat，她大一上學期的第二外語選修德文。

「天呀！」她到底發現什麼了。

爲什麼陳嘉宥家有一張這樣的寶藏圖，她是雅加達人，她這麼無所謂的翻拍傳過來，可見不是什麼 ebay 拍賣網競標的珍貴物品，保存狀況不好，大概陳嘉宥家人也不當一回事，不過這張跟她們尋找的 VOC、國姓—鄭—東寧王國有關，詠晴如果在的話，她一定要告訴她，不讓何勝斌知道。

這次換詠晴消失，整晚沒回家。接著星期天一大早，心蓉被響個不停的門鈴聲吵醒，她隨意攏頭髮，一臉惺忪應門，木工師傅和學徒來趕工，師徒二人依約來工作，心蓉守著她們的家園，一整天，怎也聯絡不上她。

第二十八章

何鼎官站在船艇上，正值東北季風強勁，他站立不穩，有賴多年父親帶著他在臺江海上下跑船，在貨船上翻譯，他不暈船，唯風湧大，幾次浪打上船板上，他全身濕透了，南邊日照充足，一身濕衣畢竟不好受。

馬信帶他前往萬丹，那裡有的是當年第一代延平郡王的海員、水手，更有的是跟尼古拉斯・一官同時就在這些島嶼間做買賣而落戶的。他從未出過洋，盡是是旁人所述，與祖父、父親傳述的見聞既同也不同，倍感新奇。

王爺薨逝當日，世子入王殿承父遺命卽位，朝中馮、劉挾王太妃之命，逼鄭克臧退位於鄭克塽，當衆宣稱他出生來歷不明，並且脅迫交出王印，鄭克臧兵力在宮牆之外，且受制於祖母之威，馮狠厲決絕發難大喊：「爲國除孽」，絞殺世子。消息來報，世子妃於家宅當場暈死過去，醫者急難中竟號脈得知世子嬪懷妊兩月餘，陳永華軍師多年人脈，立刻發揮關鍵效用，於牢中找出一年紀相若的女囚。

馮錫範心機深沉，尋常不能瞞過，於是他們刻意找了身量相等、手腳纖嫩的女死囚，以免被識破，再換上官眷綾羅綢衣，勒斃之後李代桃僵放入棺木，立即封棺，對宅中下人均言，「世子嬪剛烈自縊殉夫」。

馮錫範膽大心細，仍欲開棺驗屍，董太妃頗受刺激，縱然不喜，鄭克臧敬愛她爲祖母一十九年，忽爾驚變，她堅持入土爲安，故女囚屍體與世子棺一同下葬。任憑馮黨各方面打探當日自縊情形，均是同套說法，親近隨從早就被馬信等人帶走，而灶下丫頭、低等下人已不知是第幾輪消息，問得的全是風馬牛不相干的外事，尚有言之鑿鑿附會者說道，世子嬪如何貞烈，當面訓斥馮錫範，或有說世子嬪一身紅衣，纖手葇荑指著馮的腦門逼問狼子野心。馮問不出所以，而鄭克塽這半年多來，內政商海有馮劉二人及其黨徒，非其黨則攻之，他僅一十三歲少年，無憂無慮做王爺。

何定鼎聽馬信娓娓道來，氣憤傷感兼有之，百足之蟲死而不僵，物必內自腐而後生蟲。東寧才二十年，大好商港之地，竟落得內鬨，落入權臣之手。

遠方船行甚速，懸掛旗幟，這些航行在大明海以南的貿易船隊載著各國商品，定期往呂宋、馬鹿古地方、阿瑜陀耶（大城）、大爪哇、澳門、平戶、大員經手轉賣香料、絲綢、糖、皮草、沉香木、瓷器，馬信祖上來自天方，居於泉州，知海事通海象，一一指點道：「大城王國商船與萬丹往來密切，語言略可通。但若船艦掛懸的是葡萄牙旗幟，那便凶多吉少。」何定鼎過去所知者不過死書爾爾，如今馬信將軍一一解說眼前事，何定鼎方知為何其父為其啟蒙時，世子讀《論語》、《孟子》，而他必須死背諸外夷名稱。

天生黑膚的水手看著針路圖，一聲令下，甲板上一陣忙，拉扯帆，一人中氣十足，「轉舵往大爪哇！」、「往大爪哇」、「大爪哇」，過得這片水域，礁石暗流減少，接下來順風順水，馬信撂鬚深為自滿。

何定鼎正欲下船艙瞧一瞧壓艙的粗陶與瓷器，豈知一陣喧譁：「看，有煙有煙。」他們搭的是唐船，為上好楠木做龍骨，左右對稱，吃水深，船首船尾高高翹起，船首上板繪有獅頭，取其平安順利吉采，內部五艙，縱然撞上暗礁不至沉沒，可以緩緩漂流靠岸再圖後來，然而要是起火燃燒，則衆人只好跳海求生了，整船貨物損失不斐。

他快步躍上船梯，怎知跑上甲板上卻是另一番光景，船員遙指一艘戎克船，肉眼可見掛著荷蘭東印度公司旗子的貨船，另一艘是唐船，只見荷蘭朝著西班牙船大轟特轟，船艦兩旁的火炮隆隆。西班牙船半艘著火了，水手們紛紛棄船而去時，何定鼎心有不忍，「將軍，救命積德。」

因爲日本江戶爲了得到唐船進口好物，明籲荷蘭東印度公司不得行「八幡」搶劫，否則將禁止荷蘭東印度公司商船入日本國，爲了串起東方大洋最後轉運站，多年來荷蘭東印度公司和東寧商船自由競爭，荷蘭東印度公司或搶或奪便是不敢動鄭家令旗的貨船分毫，怕打傷老鼠傷了玉瓶，壞了公司巨利。如今馬信掛著鄭家令旗，明著不給荷蘭公司臉面。在這片海域，雖說勝者爲王，大部份還是各國相互約束，行之有年的慣理，一言一語打探虛實，有進有退的爭讓，才有今局面。

一群水手在海中攀著箱籠沉浮，大喊救命，這片海域是各國商船必經航道，商船外觀顏色各有區別，漂得近些，安南船、大城國商船（暹邏）、被其他商船救起，荷船駛近西班牙船後，將船上值錢貨品、留下來的黑膚奴隸套上麻繩帶走。海上搶劫，是鄭芝龍青年闖蕩西洋的當行本事之一，馬信年少時就隨之在旁，對荷蘭東印度公司打劫並不如何定鼎看重人命，搖搖頭，心想書生就是書生，三代以降何家已無任何海上習氣了。

馬信打定主意，救起海中人不壞行規，一如他國船隻一般，何定鼎看著夾板漂來的人，救命之語竟有大明官話口音，一個大浪打來，那塊夾板便消失蹤影，「快！那邊有人。」海員見多識廣，很容易拋下長繩，將人撈了起來。待繩子綁緊，花了好半晌慢慢到視野之內，陽光下看得眞切，腦門到後腦勺所有頭髮剃得精光，儀容浸水狼狽之餘，年青人氣度昂藏，而他身邊之人則一襲黑袍，頸項部份白棉立領，掛著一條十字項鍊。

他們到了甲板上，海員將各種活血補氣的給他們緩過氣來，讓他們口中含著生薑片。船員到馬信身邊大聲報信，「順風而行再三日卽到萬丹。」

馬信對著神職人員道，「神父好大功德，宏揚天主，不辭勞苦。」

二十多年前延平郡王曾敬邀道明會修士李科羅（Vittario Ricci）到大員、廈門、澳門、廣州，大明沿海有一群傳教士要進入帝國宣教，馬信是穆斯林並不信教，在他的教義當中，耶火華是先知之一，是以對教士亦頗為敬重，何況神父竟能乘大小船隻渡過重洋長達半年，熬過各種傳染病、敗血症狀，這份心血毅力著實令馬信佩服。

神父打了幾個噴嚏，連連拱手，「承蒙商家出手相助，沒齒難忘。」一口流利廈門話，馬信也是佩服不已。

原來神父回過神，東寧鄭家船幟迎風飄揚，便略知一二。

何定鼎看著那個剃頭的年輕人，面目清秀，像個普通舉子，一臉淡定，雙腳趺坐，任憑日照曬乾濕衣。

「敢問神父大名？欲往何去？」

「我漢名柏應理（Philippe Couplet），此為教友，沈福宗。」神父指向年輕人。「我們要前往教廷，豈料，遭蘭船劫匪。」

說著，馬信打量那名年輕人比之何定鼎大上五、六歲，臉上微有髭鬚，隨即道「我們將在咬𠺘吧上岸。」

「咬𠺘吧，巴達維亞？」神父名大喜過望，那名年輕人似乎寬心了。

「這位小兄弟派頭頂大的。」馬信怫然道。

沈福宗並不低頭亦不辯解，緩緩道「援手之恩沒齒難忘。」模稜兩可間，冷釘子碰，李科羅教士說什麼，他跟著附和爾爾。

馬信並不為難兩人，派親信替沈福宗、柏應理安排上等艙房，各自歇息並無話語了。

* * *

赤道海域，晚風送爽，海員憑著天上星斗判定方位，靜靜漂流在航道上，沈福宗歷經海上喋血，卻無懼色，走出艙房，站在前艙甲板。

此時沈福宗用船艙珍貴淡水，擦洗過後，由於所有行囊全落於海中，海員借了一套粗布長衣，他薙髮只在後腦勺留著小小一撮長辮，在何定鼎眼中乃是竊據國朝的韃子蠻服，他此番遠航，主要任務是要將寶藏祕密稟告世子血胤，號召陳永華軍師舊部重造東寧盛況。所以並不願多顯行蹤，他們只是一艘普通商船，配有火力懸掛東寧號旗保其平安暢行。

大海潮音，沈福宗機警，依舊聽出身後有人，月光、甲板燈火照明下，何定鼎一身大明衣冠，有若他的父執輩舊時尚，不過他生性老成，看了一眼，轉頭靜觀天象。何定鼎苦於不善應變，沈福宗則是淡然處逆。

沈福宗知何定鼎無歹意，否則不會救他上船。

「沈兄何意？」何定鼎問道。

「並無他意」

「去往何處去？」

「但隨天主旨意而往。」

「不留戀舊衣嗎？」

「新衫舊裳均爲身外物」

「若無身外物，哪來這號人物？」

「我爲天主子民，安貧服從。」

「乾坤爲何？」何定鼎再次詰問。

「在朗朗心田。」

「心田幾何？」

「於意念之間。」

黑夜間，沈福宗深不可測的雙瞳閃耀著灼熱火把，他將前去未知之地，行未有之事。

兩人一言一語間，值夜水手雖然聽得懂他們所說的大明官話，每一句似是繞圈子。

沈福宗是江蘇人，離大明帝國的南京有地緣，是以官話十分嫌熟。而何定鼎打小與家族往來臺江商船，南腔北調夷語全不在話下，國姓將軍的船員除了閩浙廣一帶，其他來自南京船舶司後人，這些話在他耳中口中並不難。前年東寧與英國聯合進攻大清沿海，海外商人或留或走避外洋，沈福宗並不驚詫，他們對談打的機鋒，何定鼎想說服他認同大明或東寧，而沈福宗心不在此，外在政權更迭，之於他只是一朝一姓之變，他尋求超脫的的信仰眞理。

幾回合，既勸解不來，沈又不視之爲仇寇，靠岸後天各一方。何定鼎不願多露痕跡，小心翼翼問起舊日大明江南風情而已。沈說起自己學的拉丁文，何定鼎記得舊日宣教的尤紐斯（Junius）牧師，兩人筆談，何定鼎一如番社裡的教冊仔，於船艙搖晃燭影幢幢，兩人筆談起將來或可將天主故事譯爲簡易漢字。

第二十九章

兩日後，晌午時分，眼力出奇的水手，大喊：「前有陸地！要到了！」

其實時辰恰好，將風帆捲起，船上各司其職。

船抵航之前，海關已收到通報，待唐船停靠，便下令派人受理報關，並覈實入港商船貨單。這趟航行比荷蘭東印度總公司到東方的航線容易多了。

東方航線從阿姆斯特丹，南下非洲，繞過大浪山，再到印度果阿（GOA）、錫蘭山，沿著海岸線到達蘇門答臘，單趟航程長達一年，船上多有暴死、橫死的屍毒殘留，以及各種傳染病菌；相形之下，日本往大員或到呂宋這條航線簡單爽利，從呂宋到巴達維亞沒有懸念，港口海關樂得搬運唐船上琳琅滿目的絲棉麻、漆盒、瓷器、茶葉、紙、酒等……。

馬信部衆熟門熟路，一一打過招呼，西爪哇的蘇丹阿讓蒂爾塔亞薩統轄的萬丹地區按照歐洲模式建造的艦隊，和各國商船互惠友好，荷蘭僅控管東爪哇港口的巴達維亞以及低窪地區，這些地方匯集各方商人、海員。

港口搬運貨物的班達奴隸，認命將壓艙的瓷器抬上來，放在甲板上，識貨的商行，早已聞風而來，馬信招手，自有掌櫃張羅。

「交給你們了。」馬信故意擺出派頭來。「我去清眞寺。」何定鼎連身唱喏，恰如其份扮演隨從。

空氣挾雜著鹽、海風、與辣椒、丁香、龍涎香，以及不知名的混合氣味。他們駕著馬車沿著奇里翁河右岸過去，有一小半城牆由海中礁石砌成，重疊錯落爲城墻地基，好大一半才是大磚石砌成。他們繞了一圈開鑿未久的護城河，由於熱帶草本生長得極迅速，每到中午的大雨使得生物蓬勃生展，蚊蠅群飛，何定鼎全身又燥又溽，似乎比安平更爲潮濕。何定鼎張望，果然有突出稜堡，推論應是紅夷火炮之類的防禦火力，這時馬車踏過道路，雨水與塵土混合的泥水便飛濺噴起，曉得的行人早躲在一旁，一邊淺窪地上，見到路死的豬隻，黑豆斑斑的蒼蠅黏在其上，不知死去多久，人人避之唯恐不及，若在舊土，旁人還不趕緊將豬隻抓回去。此時，何定鼎醒覺，自己已在異國，爪哇人信奉回教，素來不喜豬，剛過正午，恰好傳來響亮的喚唱，一聲聲悠長如行雲如流水，馬信立刻交代馬車加速。

原來到了一日五次的拜功，前些日子馬信身爲旅者不能好好禮拜，現此時踏上實地，他快步下馬，到井水邊洗長鬚、洗手、洗腳、洗眼、漱口……，何定鼎跟著他作，衆人白帽白袍朝向寺中牆龕，但不知馬信心中所想，何定鼎便只安靜做陪。

* * *

出了清眞寺，馬信並無言語，在他看來這些本尋常不過，鼎官若大驚小怪、大呼小叫，便是無知小兒了。

車子在城中道路左彎右拐，各色人口分居於巴達維亞不同地區，何定鼎一心認爲世子嬪隻身在異國，恐遭人滅口，一路行來，馬信換上尋常富人打扮，一混入市區，便與市井人物無異，尤其他高鼻大眼膚色赭黃，頗有幾分阿拉伯人的影子在。

到了一間屋子停下車來，油黃色高牆，兩扇大門緊閉，僕人領著馬去吃草，馬信扣門。

門一打開，年約十五、六歲的少女，留著頭，一見是馬信，滿面春風，「老爺回來了！」打掃的僮僕無不恭謹垂手不敢吭氣，何定鼎心想，莫怪前幾日說沈福宗好大派頭，馬信聲若洪鐘、家內殷實、又有軍功，被韃虜的士人怠慢了。

「我的好女兒呢？我的外孫呢？」僕人打了一盆水讓馬信淨手抹臉，何定鼎照作不誤。馬信判斷一切安好，否則侍女早慌張不已，此時樂見馬信，必然如計劃進行。

而何定鼎一路沒聽馬信將軍說起這事，只記得他在天興州有家業、有船隻，孫子好些個了，沒想到在異地養起外室，這麼多年居然瞞得好緊。不過當其時男子、商人行船四海，財力許可，一地一妻的事在所多有，何定鼎聽多見慣了。

外男不進內室，少女看著老爺旁的生人。

「這是她表哥，鼎官，我從大員帶回來，跟著我學生意，順便看看表外甥，怎地，母子可好，在內房休息？」

少女歡欣地點頭，「小姐於上月初臨產，老爺先前吩附的穩婆，以及調養的大夫都是極其高明的，而且看在老爺打賞的面子上，他們哪敢不盡心服侍……」

馬信哈哈大笑，揮揮手，撤下所有人，「你們自去尋樂吧，今天且開心開心同樂。」僮僕給兩人上茶，武夷茶甘甜沁脾，何定鼎好些時日沒嘗過了，極是放鬆。

此時廳內外歡天喜地的散得乾淨。等待的辰光間，馬信故意扯些屋內擺設，這些浮櫟產製的瓷器如何與VOC訂製不同，又如何受西班牙洋夷青眼有加，他們正品茗的福建武夷岩茶如何珍貴，他們一身遠洋氣息，少女蔥白的雙手，細細撚上龍涎香，不過一盞茶時間，滿室天然馨香醒腦，他們精神為之一振，通體舒暢。

馬信確定四下無人了，才道：「流彩姑娘，且慢，緩些說。」

這個名叫流彩的少女，白淨秀麗的臉上即刻抹上一層陰霾。

「將軍，小姐正在月內，不便見外人。」

原來她早知何定鼎根本不是什麼表哥，而小姐自然也不是馬信的女兒。兩人裝佯許久，躲避外人查探，小姐自然是世子嬪，而她是世子嬪的貼身使女。馬信與陳永華舊部救得世子嬪後，安排出海，接著島內眾人應付馮黨，因此世子嬪假冒馬信之女，謊稱其夫海上亡故，當其時，不要說水手行船染疫暴死，就連當地人頗受暴雨、沼澤、長林毒蛇猛蚊帶來的瘧疾下痢之苦，荷蘭宣教的牧師一行人從遠洋來死、唐船自日本或大員來行旅較近，亦頗受鼠疫之苦，人壽不可期，因此除了流彩和兩三名身手高強的護衛知情之外，在此島招攬的大明人或當地人，都以爲世子嬪身懷遺腹子，是富商之女。

流彩看著何定鼎，覺得好生眼熟，「此人是何底細？」她是一等侍女，不比平常烏眉灶眼的火頭下女，比尋常富家小姐更勝一籌，因此說話的口氣亦非同一般。

何定鼎想起來了，世子大婚時，世子嬪從娘家帶了從小一起長大的女婢，雖爲女婢，情同姐妹，而且年歲只差一歲，身爲獨女的世子嬪非常喜愛這個貼身女婢。他們見過兩三回，就在世子府邸。他這一年漂蕩，曬得黑黃，身子壯實，與過去判若兩人，莫怪她沒認出。

「在下何定鼎，是世子故交，家父舊日爲東寧通事。」說著拱手行禮。

事關緊要，流彩不敢擅自作主，看向馬信，馬信點頭，快去通報。世子嬪在月中，我們梳洗後，自去拜見，以免過了病氣給世孫。說著，馬信禁不住問道：

「世孫如何？」

「郡主身體健康，誕生那一日，哭聲響亮，大夫說健康到成人絕沒問題……」

「郡主？」

何定鼎、馬信忘情失聲，一齊盯著流彩，流彩緩緩點頭。

大夫號脈說脈息強，必是男胎無疑，換過兩個大夫也說是男胎。他們一行人從不懷疑其他，如今卻是女嬰？

那麼他們的藏寶圖要交給誰呢？大明招討將軍印呢？先王教旨的謎團要如何解開？

第三十章

流彩進來報得故國來人。世子嬪父死夫亡，拚得一息尚存，顛沛流離便是寄託胎中骨肉能復國雪恥，二十多日前誕下女嬰，穩婆報喜千金健康哭聲響亮時，她一時暈了過去，生產力盡爲其一，灰心沮喪爲其二。

即將滿月，她已經將養差不多。她敬馬信爲父，出錢出力安頓，於是免去男女之嫌，馬信換過一身衣物後，將自己的衣著給何定鼎，何定鼎穿來寬大，實在失禮，不過在此間，略述親誼也罷了。

無論如何不能在房內，於是世子嬪移駕在內屋外的偏廳，流彩陪著，手上抱著小郡主。

世子嬪一眼認出他來，「大哥……」，眼淚撲倏倏地。

「別哭，月內哭傷眼力，何況還有小郡主。」然而人到傷心處，又遇到知情知底的舊友，不說比說更爲心酸，何定鼎連忙帶走話題，「我可以抱一抱小郡主嗎？」

流彩叮嚀，「何大人，拖著郡主的頸項，讓她枕著呀。」

何定鼎其實不會抱嬰孩，手忙腳亂地，襁褓嬰孩一身奶氣，吃當地乳娘的奶，圓短白嫩的小臉上，一雙眼眸水靈靈地，不怕生地睜著眼，對何定鼎笑。「幸好不像世子，比較像世子嬪，郡主生得美，將來招郡馬。」

世子嬪陳月娘又流下淚來。何定鼎會的那老輩官場套路，然而異國異鄉又招什麼郡馬，東都豈有容身之處。

自知失言，訥訥地抱著小郡主。流彩遞過大城國出產的絲帕，光滑細致，陳巧娘緩緩地擦乾淚痕。「那日王爺病危，王府派人來召世子入內商議，世子擔心有詐，且憂心見不到父王一面，於是命我在家中留看，臨行前告訴我王爺前些日子的計畫……。」

馬信從懷中拿出那方印璽，何定鼎也從貼身衣物拿出一油包，馬信從不知道這張圖，一直以爲是張圖紙，質地卻如絲帛，縱然摺捲不損分毫色澤，想必王爺尋了高手能人私下造了這款上等紙。

陳月娘已無計可施，養在深閨一十七年，僅一年，她由新婦變成孀居婦人，東都被小叔子佔領，她論知人、信人，除了馬信以及何定鼎是王爺生前託付之人，她還能仰仗誰呢？將財寶一事告知兩人，兩人無論世子後代是女是男，終會起出，要起出便要帶上她，她更要將此事講得八成眞切。

東都構制以荷蘭東印度公司的普羅民遮城爲底，和大明甕城、城垛不同，邊角皆有突出的半圓形堡壘，以便守衛輪值瞭望。由於島上燒製磚材不易，荷蘭佔航運之利，於印尼爪哇運來磚石，再加上糯米汁、糖漿、砂與牡蠣殼混合製磚，樓高三層，底下最廣，其中次之，頂層佔地最少。每層或在東西，或在南北各有圓形堡壘，三層之間彼此相屬，構造特殊。此張東都平面圖，平平無奇，不過將三層重疊於一處而已，像是三個大小的口字，一層套一層，開口半圓，其他則是東都各級官員辦事處，平平無奇。

陳巧娘將大明招討將軍印拿在手上，馬信能說阿拉畢語，僅粗解文墨，此印爲特殊字體，以示尊貴，何定鼎認出這一方印璽爲金文大篆，凝厚樸重，陳巧娘將「大明招討將軍印」直書篆刻字虛比了一下，印璽四方恰恰合於第二層長方大小，最後一字「印」的篆體和稜堡成爲一鎖頭圖樣，彷若一木箱正待開啟。

何定鼎自小在東都出入見得熟了，馬信尚在尋思，何定鼎拍腿，「軍火庫」。鄭經向英人購買的炮彈火藥全置於堡內，其他人等怕走火吃罪，除了門口侍衛以外，一年兩次盤點，幾無人上樓，而且除非打仗作戰，平日人們萬萬想不到。

陳巧娘突然站起身來，向兩人一拜，「我留一息爲的是世子血脈，如今財寶在東寧王國內，大哥與義父該當如何是好？」

爲何有這筆財寶，馬信僅粗淺知道，但爲確切數量多少並不知道，而何定鼎雖然身繫祕密，他也不知前因後果，陳巧娘從鄭克臧口中聽得明明白白。

＊　＊　＊

大明永曆十六年（一六六二年）延平王府於王城區

「啟稟東都主，世子率叛軍自廈門渡海來犯，我軍是否該發布討賊檄文？」一名海防游擊來報。

面對下屬稟報軍情，鄭襲似乎充耳不聞，他心中閃過許多念頭，去年年底兄長才從荷蘭外夷手中拿下大員，如今兄長病故，王府上下一片亂。

「混帳，無父亂臣鄭經失罪於先王，已革去嗣位。」黃昭大聲喝斥，說著雙手抱拳向前一拱：「今乃我主承祧爵位，因未奉我大明天子正式封誥，暫稱東都主、護理王城，然則朗朗乾坤，天道酬誠，況且旁門歪道事，我等何必慌張。」

然而甫襲延平郡王爵位的鄭襲坐立不安，眼下本該伏首認罪的侄兒竟帶著父親舊部攻回臺灣，這個嫡嫡親親的侄兒年少有才，實乃家門偉器，可少年早婚與妻琴瑟難諧，竟狎姦五弟乳母，產下一子，惹得先王大怒，斥之有乖人倫，立派族兄鄭泰誅殺逆子、孽種、乳母，更怪罪其母董氏教子不嚴，連座處死。當夜家族嚴審，近支宗親無不痛心疾首，卻未料王爺惱怒至此，紛紛替鄭經和嫂子求情，而鄭經與其母雖留性命，鄭泰銜命親戮孽種與乳母陳氏，卻也害得王爺暴怒之餘，身子不調海島瘴氣，內外夾攻，一命歸天。鄭襲不免想起自己一念之仁，竟害得兄長病歿、東都內鬨，去年才攻克承天府，外患滿清猶在，內憂頻迈，他倒底該不該釋出全國兵力，與之拼搏？手背手心都是肉，國家粗具規模，左手是鄭家軍，右手也是鄭家兵，南方暑氣騰騰，鄭襲難爲得冷汗涔涔。

黃昭見主上思索良久，熟知鄭家內情，於是向主上使了眼色，鄭襲對游擊揮手：「你忠心可許，一時口誤也作不得事，下去吧！」待游擊退下，黃昭早已盤算主上心術。

鄭襲爲先王弱弟，自小在父親和兄長庇佑下，心慈手軟，十數年兵甲歷練，運幬帷幕僚參將可也，獨攬決斷則無膽識，卽便承襲王爵，僅自稱東都主，以爲暫代爲東都之主，不敢以郡王行令。麾下諸將多是先王以及鄭經舊部，說穿了硬碰硬，倒戈陣前可是兵家大忌，莫怪東都主猶豫躊躇，黃昭自身也沒有十成把握，向來交好的張驥、李應清、曹從龍、蔡雲有擁立之功，萬不自誤，若論蕭拱宸，則斷不肯奉失了人倫的鄭經爲主。千難萬難，只等從權威嚇鄭襲一番。於是向前壯著聲：

「啟稟主上，大明江山仍待主上扶持，力挽狂瀾。如此臣不臣、子不子之人爲一方藩王，何以面對天下，他日永曆天子降旨責問，鄭府之不幸何人之快意？二則，舉兵響應反清義軍，我軍如何立威信，姦淫乳母幾近禽獸，置父母、孝子何處，禽獸之行何異於北齊昏君高歡、南宋劉彧？」

鄭襲：「且再思量。」鄭襲自幼師從兄長鄭森課字，鄭森後來雖常以大明招討將軍馳騁，其實早年為太學生，十六歲中秀才，非一般行伍出身或僅略通文字之徒，不但通達詩書禮樂，且知兵韜行軍，當年唐王視為人中之俊，意欲招為駙馬儀賓，唐王卻無女，故賜姓朱，加掌宗親府職，鄭襲耳熟目染，自知天地君親師，男乾女坤，綱常斷不可亂，南朝北朝昏君不正朝綱，且淫遍臣妻宮女親母庶母，深為後世不齒，鄭氏發跡於父親鄭芝龍，以尼古拉斯・一官之名威懾馬尼拉、福建，富比藩王，一時貪念，為滿清所欺，舉家投降竟家破人亡，奪官之後流放於寧古塔，去年得其惡耗，父親三兄皆斬，夷及三族，鄭家在朝廷頗受非議，幸賴長兄鄭森以大明招討將軍，振興家聲，如今再度禍起蕭牆，鄭襲知道是非曲直在己，並非侄兒，但黃昭所持論無不在理，韃虜未滅，國不成國，他想從長計議，前世子已將反攻。

鄭襲沉吟了一會，頓了足：「黃昭聽令，切勿誤我子弟兵，派你前往廈門，與鄭經約立互鎮一方。」

黃昭施禮退下，正往府邸外去，突然又聽傳：「慢，我方軍餉切莫由公庫支領，多年爭戰，兵困馬疲，府城亦在草創，我等離鄉久遠，就從府上內帑籌吧。」

黃昭立刻回過神：「主上，這可是……這可是……」既不出兵，區區府城不成了鄭經的囊中之物，怎有內帑，黃昭饒是精於揣測，也料不出什麼，於是不哼不唧地說道：「內帑是國姓爺多年經營，一旦失卻，主上該如何是好？」

「可是什麼？怕不夠嗎？鄭經無非圖的是這府城寶藏。」鄭襲像是恢復了神智，一掃方才萎頓，繼而說著：「鄭經器宇不能久居臣下。我們名為叔侄，從小一塊長大，就算今時我願各鎮一方，以為大明東西擎天棟樑，鄭經卻想巨木獨支。何況，鄭經不是他父親的兒子，豈在乎區區東都之主，怕是想海宇一方，成就海外王者霸業，他更像是我父親的孫子。」

黃昭是鄭氏舊部，那些國仇往事過了海就如同前塵不沾一片土。大明一夕失卻北京城，崇禎天子殉國、山海關亂石一役，朝鮮世子和韃虜入關，闖賊李自成敗走，南方的太祖後代子孫上萬，紛紛由各地軍武、文臣擁立，唐王血系份屬疏宗，卻遠比近支宗室賢明，福王、魯王、桂王等一字王外，二字遠房郡王亦在此列，鄭芝龍擁唐王即位，東南情勢本來一片大好，然而買賣起家的鄭芝龍機關算盡，主動臣降，隆武天子赴國難，東南遂入於滿清之手。黃昭不解何以講起鄭經如鄭芝龍，他是鄭氏家臣，不便直呼主子名諱，訥訥地隨立在下。

鄭襲似乎憋了一肚子心思，昔爲至親，今爲仇寇，何況中間夾著嫂嫂。東都此處、北京兩地，各有細作，來日飛書傳信，無非親痛仇快，昔有南唐後主李煜以幼子身登國主，不貪求國土王業也變了貪戀偏安，李煜終無善終。延平郡王怎也只是個二字王，大明一字王何其多，鄭經意欲爲何，他這個至親的叔叔了然於心：

事成功克，我仍待他如侄，反之他能不能留我？他能留我自是念著我們打小的情份，或不能容我，戰場相見，我留著身外之物，也帶不走半毫。那日荷蘭人漢斯帶來敵情，固然是我兄用兵如神，攻心為上，要不是看重城內寶物，區區城垛，派幾個細作從大員潛入開城門便可，何必圍城，以炮火猛攻，不過是要做給外人看，城毀物盡。外眾以為我兄長兵強馬壯得力於我父經商，揆一和從人簽下城下之盟，一干人等打包數日乾糧和隨身財物，其實東印度公司在我國沿海、倭國、西洋獨攬貿易，巧取毫奪不能攜還者不可勝數，撤退不及，皆屯於一祕所，我兄才有資具，我既然得知，他的親兒嗣子豈能不知？

黃昭沒想到鄭襲如此推心置腹，方才提到內帑，其實是仿照明代皇宮制度，稅收入如國庫，帝王私財列於內帑。明代覆亡之時，連年欠收、入不敷出致國庫空虛，對內需籌措勦滅李自成的農民義軍的軍餉，對遼東亦必須支付軍餉，崇禎皇帝還扯下臉皮向朝中大臣募款，待李自成攻破北京城，打開皇帝內帑，奇珍寶物金銀珠玉猶豐，人心不齊，亡國乃必然，前朝殷鑑不遠，鄭襲願與侄子共享。

黃昭見鄭襲氣度，此等無私心計，不禁覺得侍奉明主，當時國姓爺崩殂，鄭經待罪在外，張驥、李應清、曹從龍、蔡雲是鄭襲麾下四將，以東都不可一日無主，世子失德失心，遂勸黃昭以反淸復明大業爲重，無論如何都是鄭家家臣，黃昭顧及大局歸於鄭襲。今晚長談，無所芥蒂，黃昭益發情願傾力輔助。

「末將領命，願我主保重。」

「有勞將軍了。」鄭襲頹然苦笑，黃昭躬身謹拜：「主以國士待我，我必以國士報之。」

第三十一章

一個星期前的禮拜一同個時間，心蓉無意間得知何勝斌企圖，他們在咖啡館攤牌，這個時間，詠晴應該在中年級教課，她心裡沒個譜，不敢愣頭愣腦問，下課時間，學生們在走廊跑動，一分一秒過去，老不見詠晴回教師休息室，倒是何勝斌先出現，她記得他今日課表頗為輕鬆，否則不會有上週之事了。她應該讓何勝斌知道，可能行跡敗露了，他們同坐在一艘船上；不行，告訴他不正等於自揭底牌，倘若詠晴這時出現，她在何勝斌的計劃中便無足輕重；不對，她寧可讓詠晴得到寶藏，才是正道。心蓉天性樂觀，否則家裡連綿不絕的債務以及自己背負的助學貸款，換作任何年輕人早捱不下去了。想到此節，心蓉便不多添感傷，唯一擔心的是，到底詠晴想什麼？

何勝斌一進來，先張望詠晴的桌椅：「林老師不在？」他趁著無第三人在教師辦公室，幾乎低沉的喉音：「妳們倆個怎麼說的？我傳了一整天簡訊、line，打詠晴手機沒人接。妳是個聰明人，識相的話不會全盤拖出。」

縱使措詞和緩，他語帶威脅，狀態未明，探她口風。

「我們沒見面。」心蓉瞪著他。詠晴下落不明，儘管不至於生死未卜，這人心心念念的唯有財寶。

他不怒反喜：「妳們又吵架了？妳故意惹她生氣！」他以為心蓉推她向自己多些，他可獲悉更多祕密。

「自己專作見不得光的事，就當所有人跟他一樣。」心蓉經過幾次對談，瞭解在他眼前要懂得藏拙之巧。這人一得意，胡說八道反而好對付，她先前總硬碰硬，造成兩面不討好。於是她輕輕回答：「她沒回家，我也不知道她在哪裡，我等她下課。」

一說開，何勝斌如同搭坐兒童遊樂區恐怖器材，瞬間從高處往下直墜，他慌亂地察看桌面透明玻璃下壓著的課表：「她家不是在裝修整建嗎？怎麼可能？下一節快開始了，她的課在四年四班。我去找她。」

剛好這時候，一名常在學校替老師們事病假時的短期代課教師走進辦公室，她見到鄭心蓉與何勝斌，平日已打過照面，不算熟悉卻不生份，問道：「請問林詠晴老師的位子在哪裡？教學組長告訴我，健康科電子書光碟在抽屜。」此話一出，他們倆個延頸舉踵的盼望得到證實，林詠晴請假。

他們立刻鎮定心神，尤其心蓉是她的密友，打開詠晴的教師用抽屜，僅有教科書和電子書、幾支批改作業的紅筆、立可帶，宵小看不上眼，沒上鎖。她強顏歡笑：「謝謝妳替她代課，這次請假突然。上一堂課妳手邊有課本嗎？」

「有，各班教室留著書商送的備用書和教師手冊。還好離期末僅剩十幾天了。林老師上個禮拜五傍晚打電話給我，問我可以替她上課到期末嗎？教學組長那邊她也請好假，教我放一千兩百萬個心，期末考題試卷已送印、平時成績都輸入好了，我負責複習重點，考前測驗卷都是廠商提供現成的。」

鐘點代課教師只要有大學資格，三個月內的代課不須特別招考開缺，詠晴請假到學期結束。她豁然大悟，詠晴已經打點好所有事情。

詠晴可以找到旁人，卻故意不讓旁人找到。

或許她一開始就不信何勝斌，也或許她不明瞭如何破解家傳古物，必須由人指點迷津，故而將計就計，圖文眞眞假假、訊息虛虛實實，居中藏掖關鍵證據，引君入甕可能在論文口試前，臺南古蹟考察、民宿決裂、屋宇修繕、校方請假皆有脈絡可循，以低調爲名、讓工人掩護，林詠晴表演逼眞、何勝斌過於自負、鄭心蓉理盲濫情，殊不知螳螂捕蟬、黃雀在後，好個詠晴，心蓉眞心讚美，也爲她歡喜。等到這位代課老師的代課老師離開，何勝斌面意不善，斜睨她逐漸開展的眉宇：「妳已經騎虎難下了，別以爲妳還能跟她盡釋前嫌，今天放學，我到貴宅門口恭候大駕。人無全好，吃燒餅哪有不掉芝麻的道理！」說著，何勝斌陰惻惻的離開，她不禁替他這堂課的學生擔心，何老師上課遷怒大發飆。但是耳畔仍迴繞著他的「芝麻」俚語，她裝入麻布袋的銅板夠他大嚼大吃了，她一人會笑得前俯後仰，要是詠晴在就好了。

＊　＊　＊

其實心蓉不是沒想過詠晴是不是離家出走了，既然連她都騙過了。

星期日一大早她被驚醒，急急忙忙打開房間衣櫥，清點所有物件整整齊齊，詠晴不像要出遠門的樣子，桌上型電腦等物品在原地，只有她的外出小提包不在，她自嘲：「原來這就是作賊的樣子，疑神疑鬼。」

何勝斌來查探，要他完全放棄寶藏絕無可能。

她獨自一人在家，隱約心存僥倖，或許詠晴回來，她認錯，解釋苦衷，友誼再慢慢加溫，但讓她枯坐等她十多天，學期即將結束，她沒見到她一面誠懇道歉，她直接打包回家嗎？詠晴下學期會不會回學校上課難說，一切都成了未定之局。她討厭飄浮的不確定感，何勝斌饒奸似鬼，至少可以查到詠晴前往何處，若她們倆聯手，不信何勝斌討得了便宜。

何勝斌進屋後直奔她們的臥室，心蓉每日起居主要在此間，詠晴和她各佔房間一隅，床邊擺著詠晴的個人ＰＣ、再來才是靠牆擺立的書櫃，心蓉大學時就說詠晴有強迫症，所有東西要放在既定的位置，可以沾灰塵但不能亂，就是整理狂，在論文最昏天暗地時，書籤夾頁，一疊疊堆起擺在床邊，決不阻礙行動路線，房間依舊，棉被摺疊，她就像憑空消失。

他問：「她平常看哪些書？她處心積慮騙我們，不懂西拉雅文、古荷蘭文，可是一路規畫縝密，多多少少會留下參考資料藍圖。」

架上的書有必備的各種論文集本、《明史》百衲本翻刻版、《清史稿》以及當年她所收藏的外國翻譯小說，翻印的資料則用透明夾收著，貼著N次貼注解、描圖紙捲起擺在最上層，何勝斌足足花費半小時粗翻書籍，詠晴向來愛惜書籍，有的還買透明書套，親自裁剪保護，書頁絕不劃線、摺角，他們要從何找起。

鄭心蓉旁觀一切，心想是誰騙誰，倒果爲因，奈何要他幫忙尋得詠晴下落，悶不吭聲。他追求林詠晴時，把屋內屋外摸個透，這間臥室是她們倆個的起居中心，屋裡後邊另有一間儲物室，架上滿滿的是詠晴父母、詠晴其他時期的收藏書本，決不可能短短時間便讓他稱心如意，然而時間一點一滴流逝，何勝斌越來越沉不住氣，他自以爲了不起的計劃，逐一明朗是他被設計，他在鄭心蓉面前丟不起這個臉，怒向膽邊生，額上青筋暴露：

「說！妳們怎麼找到我的家傳古書？」

這間屋子只剩他們孤男寡女兩人，兩人身高相仿，她不認爲自己可以單手對付他，要是他盛怒失手行兇就糟了。她苦在不能說太得明白，也不能不說，畢竟牽扯到詠晴家中隱密布局構造，她背叛好友一回，可不能一錯再錯，隨口胡謅某日詠晴睹物思人從衣櫥拿出來前人衣物，她們好奇心驅使下才發現。

「這麼多巧合，鄭老師，妳再不說實話，一翻兩瞪眼，有的是方法找到林詠晴，跑得了和尚跑不了廟，妳等著瞧！」

「你不也是有這麼多巧合。」心蓉以其人之道還治其人之身。「我就是不懂，你自始自終斬釘截鐵說著三十億，而且言必稱何斌為祖先，重大祕密代代相傳，怎麼會失落到詠晴家裡？還有，這則軼事在我家族內傳為笑談，你怎能印證是真？」

他聽出鄭心蓉學了巧，如果不透露一點點內情，她不再魯莽衝口賈禍。瞪著她：

「我家的確流傳著這則故事，族譜上寫出每一代男丁，儘管十七世紀攻臺一役，正史上何斌不知所蹤，正因如此，臺灣納入大清版圖時，東寧王國的鄭氏子孫一一遷回北京和福建監管，我們這一系反倒留了下來，在西部、南部、北部，但知情的僅有長子長孫，所以我是何斌的嫡系裔孫。妳懂我的身份了！」心蓉和詠晴在臺南民宿討論過嫡長子與諸子不同，她點頭示意。

「我後來決定念歷史系也在於此，大二起輔修英文系，再自費申請到荷蘭攻讀學位，荷蘭人普遍能說三種外語，我的語文能力加速升等，別以為妳抓到把柄了？萊登大學有全英語課程。」

「古荷蘭文呢？你沒說清楚怎麼確定有這筆寶藏。」

「有一日我在海牙圖書館看到一份十七世紀的羊皮古文卷……」

「你不是在萊登，怎麼變成海牙了。」鄭心蓉因為家境關係，從不曾出國，同學們打工存錢去日韓自由行，她也沒去，想不透兩地因果。

「沒看過豬走路，總吃過豬肉。妳怎麼拿到大學學歷的。學生可以自由到這些學校登記進入借閱，就是不能帶出館。」原本俗諺為：「沒吃過豬肉，總看過豬走路。」現代人恰好反是之，何勝斌立刻改口。

「荷蘭人比臺灣人更早研究臺灣。那份文件用古荷蘭文寫成，說明國姓爺攻打大員，熱蘭遮城守兵、總督如何簽定城下之盟，讀者往往只知其一不知其二，揆一受降不絕於書，其中 Maxville 的古荷文校對簽名字樣最廣爲人知，不過天賜良機，我沿著書背一本一本點過去，抽出大部頭書時，恰好掉出這本非常非常薄的古文件，寫書的人是一名司圖加特（Stuggart）士兵，他報告城內寶藏。」

「那麼你爲什麼不一開始就和詠晴商量，同心協力，二一添作五。」

「妳未免天眞過頭了，粗估三十億臺幣，乍聽是鉅額，妳窮慣了，不知三十億根本不算什麼，幾戶帝寶，一兩塊精華地而已。要是不足三十億，越多人瓜分，財寶更少。再說了，一開始商量，妳不是也不信相信詠晴嗎？好了，妳聽也聽夠了，該說實話了。林詠晴平日有什麼異狀？」

誰敢厚顏討幾億臺幣，沒帶錢包借個百千元可以，因爲不是大錢，拿不回來不損友誼。心蓉想破腦袋，覺得她行逕一如以往，否則她們同寢同工作場合，沒有事情可以逃過她的眼睛。自始至終讓何勝斌有可趁之機，見縫插針，如今看來是詠晴自己放的餌。

「沒有，她一直忙著寫論文，然後就是你知道的一起出遊，再來你推論，你提議借書。我們去宜蘭南澳，回來花蓮，她消失了。」

這些流水帳，何勝斌不以爲然。等等，他靈光一閃，詠晴不算突然消失，就等他們中計出發，照道理她對於地點十拿九穩，否則還會佯裝被蒙在鼓裡，等著他們一步步推算地點，地點，地點，「地圖。地圖。地圖不僅三張！除了那張福康安的，大南澳這張她沒拿出來，我們找到了破綻」他想到了。

「林詠晴沒時間還書，周五借羅大春日記，她周六上午八點仍在家中。大學寒假比小學早，寒假期間週六周日大學圖書館閉館，那本書一定還沒還，她不可能帶著圖書館的書跑來跑去……」

可是架上卻看不到羅大春的書，於常理不容，便是有鬼，他霹靂啪啦打開所有抽屜、櫃子，掃下幾排書，心蓉厭惡透了，蹲在床邊一本本撿起來，何勝斌三度撲空，恨意難解：「你做這樣子給誰看。林詠晴不在這裡。」

他的眼神輕蔑挾恨，拍拍床板，舊式單人床，沒有掀蓋彈起底下可收藏的功能，滿肚子怒氣，腳踢角落擺放陳設，不經意瞥見床板邊竟有一個微小的抽屜，被床罩蓋住了，是老式單人木板床的設計，他二話不說擠開心蓉，心蓉差點重心不穩。

一拉開抽屜，果不其然正是他那日朗讀的《臺灣海防並開山日記》，柳暗花明又一村，他趁心蓉反應不及，探手取出，書下竟壓著另一本《地圖輿要全圖》。心蓉心神合一，不暴躁自曝其短，道理一點就通，否則怎可能獨立生活多年。第二本書在上週討論時從沒隻字片語提到，何況「地圖輿要」光書名便知有無干係。

時常翻閱的頁數總是一翻就到，何勝斌試著將書平放，從側邊疏密狀態，一翻開，答案卽將揭曉。鬆略的幾頁多是文字，瀏覽並無線索，其中書頁有一幀跨頁版的清代同治年末所繪的〈臺東直隸州全圖〉，而羅大春那本日記則有許多頁呈現攤開多次、閱讀的痕跡，一路講大南澳、大清水、小清水的撫番成果。何勝斌讀過序言，清同治到光緒初年，臺東直隸州包跨「宜蘭南方」、「花蓮全境」、「臺東部份」。顯然的，詠晴找到地點，最後地點正在這三地之間。林詠晴雖然藏了一手，他不信他作不到，鹿死誰手尚未可知。

第三十二章

詠晴的父母有輛國產小車，每年暑假遠迢迢開到鳳梨田大學接她回家，去年五月父母車禍身故，車子一併撞毀，住在市區、工作在市區，她更失了買車的念頭，何勝斌將車停在她家附近，她再怎麼怕麻煩也不可能開著他的車出來，何況那兩個不安好心已經開車前往南澳。

星期六一大早，心蓉離開一小時，她估算應該已經出了花蓮市區，匆匆交託宅修裝潢師傅，並且將參考書籍藏妥，到車站附近租車，試開車款，選了最普通的1.5日系車，傳統經典黑色，滿街可見，不引人注目，逕往北邊走。車開在臺九線上，沒多久時間，最多半小時前，何勝斌、鄭心蓉走過這條往宜蘭的聯外主道。然而，她在太魯閣大橋前急馳而過，她不走清水斷崖，不到宜蘭，她往太魯閣國家公園內走。

行經隧道，不時出現遊覽車和她的小車交錯，臺灣中部橫貫公路鑿山而建，隨著工程方法演進才有隧道，破巨石、依岩壁道路極窄，隨著機具日益精進，這段太魯閣峽谷封閉舊日道路，導向新炸山灌漿的隧道內。林詠晴開車一個多小時，進入峽谷區，看了駕駛座右邊座椅，兩本家傳古冊在旁，幾張描圖紙捲起。

那日她整理家務後，掀開父母床板間夾層，親手取出第一本古書，一時並不願多想，父母突然離開，她也不願回顧照片；有天她趁下午無課空檔，依母親生前囑咐叮嚀，到銀行開啟以母親爲名的保險箱，身爲家中唯一直系血親，所有法律形式極爲簡易，她一一簽名，開啟保險箱後，裡面寫著父母多年購買的金條、戒指、項鍊、鎖片，有的還是她滿月時，父母的朋友所贈，夾著銀樓的重量證明書，皆說錢財是身外之物，死去除了一身皆不能帶走，父母保管多年，如今金價上揚，他們卻不曾使用一分一毫，詠晴物質並不缺，心上愴然無所依，裡頭還有一本和家中一樣形制的古書，她一翻開便明白了，這本線裝書是後來製品，跟家中的西拉雅語文、古荷文並寫的不同。保險箱這本全以中文書寫，簡單介紹當年先祖如何遠渡重洋到巴達維亞，又如何到鹿港，族人從西部搬遷到東北部，大明覆亡之後，祖先經歷數代，漸漸不曉西拉雅語文和荷文，僅能寫漢字、讀著基本的啟蒙書籍，與其他原住民通婚，混入清兵鄉勇團練，隨時注意寶藏動向。

清朝同治、光緒年間，北臺灣盡數開港，爲免人多口雜洩露寶藏，錢財被運到大南澳，羅大春銜清穆宗（同治皇帝）旨意到臺理番，將寶藏運到偏鄙山區，正是爲此。

日本人也曾風聞寶藏一事，畢竟一八六七年鎖國之前，蘭學、蘭文是對外唯一途逕，因此日本人藉牡丹社番人殺僑民一事大動干戈；日清甲午一役戰敗，日軍遣派部隊接收臺灣，日人在臺灣到處查找國姓爺的寶藏，此後，保險箱的古書大概怕失於他人之手，隻字不提寶藏二字，皆寫作物品，古書一分爲二，書面並無上下冊之分，有歷史演變之因，後來族人通婚其他族群，已不能說母語、寫文字，用漢字書寫，沒有上冊的來由，拿到下冊，丈二金剛摸不著頭緒，降低風險。保險箱中的下冊有三張地圖，夾著一張黑白照片，一個外國宣教士蓄著大鬍子穿著長衫坐在小舟上，身旁的舟夫面孔模糊，照片後面寫著林字樣，大概是先祖吧？這些時代久遠的地圖，分別是一張大南澳，一張世界地圖標示今日東南亞各國十七世紀的形態，一張東部山區地圖。當她翻遍臺灣古地圖集，終於找到〈臺東直隸州全圖〉，兩圖一模一樣，她確定祖先之一必定將祕密封存在此，地圖上更寫著「大明永曆辛酉年」，繪圖時間離大明王朝或者說東寧王朝覆亡已過了兩百年，再明顯不過了，其實牡丹社事件時，就是藉口原住民殺害琉球人，故意出兵保護，意欲奪取寶藏，當時未能成功。

何勝斌、鄭心蓉露出馬腳後，她驚察不對勁，幸而不曾告知下冊圖冊，趁著寫論文到圖書館，逐一找資料拼湊答案。她用何勝斌的方法推算，鋪上描圖紙，找出地點在地圖的立霧溪，再比對下冊最後一張地圖，山脈、水文大多是清末已經定下來的名字，和今日相去未遠，她從小就聽花蓮當地耆老說，日本人佔領臺灣五十年，戰敗撤退不及，將所有的金子藏在中央山脈，一代一代訛傳立霧溪從中央山脈流下來，將金塊慢慢沖刷下來，前人淘金屢有斬獲。沒想到故事中另有玄機，天底下沒有不透風的牆，或是說鴨蛋再密也有縫，可惜人們在吉光片羽間，往往抓到一鱗半爪，瞎子摸象，所以變成傳奇空想。掉個名稱，日本人換成清國人、清國人換成國姓爺、國姓爺換成荷蘭東印度公司，就是不同時代的版本學。

她開著車，假日出遊的人們特別多，遊覽車塞得滿谷滿坑，正值寒假期間，有些學生湊團租車，打開車子天窗，半截人探出車外，在峽谷間歡呼。她笑了，多麼美好的青春，她的青春也同樣要展開了。

她將車子停在停車場內，喬裝成背包客，帶上新買的 20L 登山包，將小型挖掘器具、布袋、飲食補給品、保暖衣物藏在裡頭，她買的拆解充電式電鑽也在內。她跟著登山客、溫泉客一步步走過吊橋，遊客多了點，大家趁著冬日來溫泉泡暖，溫泉加蓋水泥圍欄，擔心遊客貪圖天然河谷冷水、野溪溫泉之熱相濟，被湍急水流沖走。她沒跟著下踏野溪溫泉，從旁邊的小徑過去了，這條山徑上的人們都是萍水相逢，沒人疑問她怎沒跟上。她越深入山區河谷，越發現果然跟下冊書文、地圖一模一樣，或許太魯閣公園跟清代生番時期不一樣，深山地區根本沒變化，岩壁和小徑相伴曲折，其上森林覆蓋，冬日陽光不易照射入內，連外面、對岸也看不到她在哪。她拿出指南針，出發前，她臨時惡補登山客們常用的 APP 軟體魯地圖，照理是最方便的，但她看不懂等高線那類的，手機有 GPS 和方位 APP 軟體，她怕被追蹤，一旦開了飛航模式，就不能用 Google Map，只好比對地圖上的東南西北座標，樹林溪水岩山畫法，其上書寫比例尺，每方（格）折十里，清代一里大概是五七六公尺，不過那是清末光緒年間重制的度量衡，一般說是五百公尺，誤差範圍在七十六公尺間。山水之間七十六公尺也是大數目了，幸好地點符號標誌明白，寫著入「逾溪谷入山林，北方五里，丘壟諸林若雪梅遍野，該當從於其下」。

從市區到天祥兩小時，花了一個半小時走到此處，下午三點以前要離開此處，現在時刻爲十二點半，她有兩個半小時。她攤開地圖，確定是這片地方，深山闃靜陰黑，她放下背包，先吃中餐，養足體力，等吃飽了，頭戴探照 LED 燈走近地圖標示處。

她一度擔心找不著地點，太魯閣國家公園內地質特殊，號稱堅硬且破碎，先人怎有辦法將物品藏在此地，還是最不可能的地方才是最有可能的地方？太魯閣峽谷爲大理岩岩層受河川侵蝕下切而成，遊客中心附近僅有幾株梅樹，之後再也不見樹種，她想面對片岩地形徒用蠻力或是圓鍬行不通，摸索走進深林，四處都是樹木，鬱鬱蔥蔥。

其間突現一大片空曠，樹丘居中約兩人高、方圓數公尺，目測樹幹粗實，可見不少年了，入土鑽石盤根錯節，而且她絕對不會找錯，因爲樹丘由主要五樹排列爲五點梅花椿樣，旁幹弱枝縱多，不改其形。古代沒有空拍技術，見不著異狀，現代沒人留心國有森林地貌，否則怎能保存下來。

她戴著全罩的護目鏡，組合小型電鑽，躲開飛舞的碎石，打石五分鐘，她已經手痠了。環顧四周，樹木鑽出裂縫生機無限，寶藏匿於岩層之下，昔年開山的原住民青年、日本人、退伍軍人從不曾小看這片山林，她心存敬畏，她再度緊握電鑽，往地下打，每十分鐘休息一會兒，石塊爆破後，碎裂要清空才不會阻礙探測，土丘相較的確鬆軟，先從旁硬石著手，然後土丘鬆塌，慢慢挖掘較不費力，但她發現碎石和旁邊的片岩地質似乎有點不一樣，石頭經年累月風吹雨淋同一色澤，她試著往身後另一片地打，電鑽聲音不同，果然，這塊大石是後來才搬過來壓住寶藏的，她更起勁了，不敢懈怠，石塊飛濺也沒關係、手掌虎口磨破皮，她拿毛斤包住，繼續努力，幾百年的寶物要重見天日了。「爸爸媽媽，我快成功了！」

這個時間，何勝斌和鄭心蓉同樣興致勃勃，但是他們挖到的是數枚舊銅錢。他們後來才發現林詠晴晚他們一步出發，祕密卻掐在她手上。

＊　＊　＊

何勝斌反應極快，搜索出〈臺東直隸州全圖〉後，立刻按下詠晴的個人電腦開關，心蓉連忙出手攔阻：「別動她的電腦，她的論文資料在裡面。」

「少廢話，我不會打爆她的電腦硬碟。」

詠晴用的是微軟視窗系統，他長呼一口氣，要是林詠晴將硬碟拔走，他就沒指望了，臉上不由得露出笑容。可惜查遍程式，卻沒見到她向來慣用的 Google Chrome。IE、火狐 Firefox、並不是她預設的瀏覽器，裡頭沒有任何喜愛的部落格、網站記錄。她移除程式了。

「比鬼還精。眞是小看妳了！」

他不洩氣，激起鬥智，點入控制臺，林詠晴果然選擇備份電腦，他一點選還原檔案，時間恰好是一個多禮拜前的星期日。他那時來找她，她正修改論文，鄭心蓉嘔氣離家。心蓉想起論文要有「狡兔三窟」，成也此，敗也此。開啟系統還原，桌面上設了 Google Chrome 捷徑，立刻點選執行，瀏覽器中的歷史還在（history），羅列開啟所有點選過的網頁，「妳以爲妳很小心！原來還是不夠小心！」何勝斌森森笑，心蓉不大瞭解他語從何來，他卻有意做作，以一個男子而言，自顧自憐莫此爲甚了。

「詠晴大多時間用這臺電腦寫論文，筆電、平板出門是外方便使用；桌上電腦接上

ADSL，迅度比WIFI快，妳看準了，百密一疏，這幾個網頁『哆羅滿』、『大南澳』反覆幾回，開啟時間有新有舊，太多次了，答案絕對正確。」他一點進去講述花蓮山區的立霧溪傳奇，再和臺東直隸州全圖的地名一重疊。

「妳來看看林詠晴多麼粗心，她常帶筆電、平板、手機在身旁跟我們閒扯淡，怕不小心洩露蹤跡，以為用這臺電腦就沒事了，作業系統上，沒有不能找到的資料，除非被覆蓋了，硬碟燒毀、水泡、重擊都可復原，何況是小小的網頁搜尋記錄。History記錄罪證確鑿，她終究行跡敗露呀！」

「……」她根本不知道有這項選擇，想來詠晴不怎清楚，選擇了自動備份功能還是旁的。可恨的是，是誰罪證確鑿，詠晴功虧一簣，讓這傢伙趁人之危，見財起意。

「佩服我！」他回頭看著心蓉，心蓉滿臉憤慨，到底意難平。

她從他的眼神和語氣中領略到再聰明的人，沒有掌聲得不到成就感，他此時此刻寶藏是一回事，有人附和，哪怕是低淺的奉承之術，他照單全收。「你真的找到了！」

「她平日只有機車，想去哪裡，都在妳的手掌心。她的圖書館行蹤是我疏忽，要去遠一點的地方，她一定會上網查找資料探路。最近一次開啟的網頁是太魯閣，太魯閣那麼大，我當然找她不著，誰教她又查了文山溫泉。她在天祥就好辦了。」

「她在天祥附近？」

「不然呢？妳以爲荒山野嶺她可以餐風露宿，神仙？」

「周日周一這兩日那麼冷，她在天祥，溫度比市區低上三、四度，她的衣物全在家裡，我怕她失溫……」

「妳擔心個鬼。她有備無患，她一定挖到寶藏，一日片刻忙不完。我正好過去殺她個措手不及。」

「現在進太魯閣，往天祥？」

「要不要查農民曆，選黃道吉日。」他接著說：「不是現在，凌晨四點出發。到天祥剛好五點快六點，冬天天才剛亮，我相信林詠晴就在一帶。」

她不理會挖苦，走到自己的衣櫥邊收拾行李：「等會在ATM旁邊讓我下車，我要領錢。」

他一怔，隨卽會意，開車到天祥、再轉文山溫泉，已經很晚了，不見得能夠立刻找到，目前林詠晴進度到哪也未可知，他們冒然出門，搶在明日一大早，天色剛亮，人群不多的時候，期間要是需買東西、甚至挖掘期間得用到工具，不比宜蘭南澳方便，太魯閣是山區，不是方便進出之地，他們多帶點錢有用處。他順勢賣好：

「我會帶上那日去大南澳的挖掘工具。妳趕快打電話去請三日事假。兩小時後換我請五日假。時間太近，引人懷疑。放心，我們是教育界的派遣員工，不受考績等影響，大不了揭穿濫用請假，沒工作而已。不是性騷擾、竊盜前科，不妨礙日後求職。」他一眼看出她遲疑之因。

「我們四點鐘見了。」

「不見不散。」

心蓉不曉得這句話倒底對跟詠晴說，還是對寶藏說，絕不是何勝斌就對了。

第三十三章

確定目標而且知道目的地，這段路程之於何勝斌和鄭心蓉純可說是暢行無阻，太魯閣國家公園是熱門觀光點，幾乎沒有行人深夜徒步，一如預期五點左右，兩人喝完進太魯閣前的最後一家便利商店咖啡，意謂著開工了。

這裡的自助餐店、烤香腸攤一年到頭爲中橫旅客、遊客服務，攤架上熱氣騰騰，冬晨日光稍晚，所有人被山嵐霧氣繚繞著，商販略有睡意。何勝斌在停車場最外緣空位停妥，一下車立刻綁起機能的專業大型登山包，頭也不回，快步跑了五百公尺到店家前，不多久氣喘得很。

「借問，妳這幾日看過這個女孩子嗎？我們是大學同學一起健行，約好在這裡會合，她比我們早到，我們聯絡不到她。」大學生和研究生年紀相差無幾，他扮小也充得過，裝得不遠千里迢迢、再加上額髮點點滲汗，拿出手機上顯示他和詠晴、心蓉三人在臺南的合照，怕自助餐店員敷衍，點滑放大詠晴的部份，他比了高度：「我同學身高大概到我耳下，一六五公分左右。」

假日每日經過此處的各地乃至各國遊客不下凡幾，可是一說到尋人，這裡人們十分熱心，連烤香腸、賣貢丸湯的一聽到，跟著湊過頭看。旁人看到他的裝扮、自然不疑有他。

「前面就是天祥派出所，你們可以去問問看，所長人很好的。」

這兩人裝作沒聽到，馬上有熱心的店主搭話。

「很像前天，不對，大前天，禮拜六，我有看到她。」賣茶葉蛋的老闆說。

「星期六中午嗎？」何勝斌必須釐清時間點。

「……，那天我換茶葉再煮，她買了兩顆，我看她一個人，背著登山包，那時候喔是……傍晚五點多，天色已經暗了。」

心蓉急問：「她看起來怎麼樣？」

「感覺很像好走了很遠的路。一臉灰塵。妳們從哪裡過來健行？你們兩個看起來比她乾淨！臉蠻清秀，皮膚黑一點，我昨日還看到她。」另一個人說。

心蓉旁聽有了打算，統整下來，天色暗，店家門口燈光足，看得出她滿臉塵土，而且星期六、日，詠晴曾經在這一帶出沒，可見掘寶地點離這很近，而且必有他顧，徘徊逗留多日。問題又來了，往哪個方向？

她環顧周遭環境：「老闆，這支監視器是你們私人裝的嗎？」監視器朝外拍，如果詠晴出現，可能錄得到。

店主一付了然於心的樣子，「要是去派出所，就會上新聞，妳們不想讓朋友的爸爸媽媽擔心齁。」

「我調影片給妳們看，這幾日氣溫很低，趕快找到妳同學較要緊。」自助餐館採輪班制，店家和雇員並不住在店裡，並非時時同一人營業，爲保安全，當地警局在主要道路裝設監視器，私人店面從店往外架了一部。她沒法裝得跟何勝斌一樣，擔心詠晴卻是千眞萬確。倒轉錄影時間，果然在周六下午看到詠晴了。何勝斌大喊，興高采烈，不知情的人當他眞是爲尋友而欣喜。

詠晴週六、週日曾經在這排商店區買東西，兩日背著同一個登山包，透過拉近，解析度不高，然而看得出來就是詠晴本人，她行走步履頗為憔悴疲憊，衣著卻是換過的。何勝斌趕緊跟這些人道謝，拉著鄭心蓉往外走。

鄭心蓉知他詭計多端，由得他一副歡天喜地的樣子，他們跑到停車場邊，她甩開他的手：「快說吧！」

他認為僅這兩百公尺的距離不夠安全，依舊和她近著解釋，擔心店家突然想起什麼，追出來跟他們說，所以吩咐心蓉：「往前走。」

直到走至認可的安全距離，他說：「詠晴兩天穿的衣服不一樣，不可能以天為帳以地為席，一定在這裡住下來了，天祥地區有兩家住宿地點，我查過，往山裡去有民宿，但依林詠晴的腳程，一是大飯店，一是活動中心，早去晚回，風土滿面，凡走過必留痕跡。我們去問櫃臺就知道。」

心蓉卻說：「你不是說她在文山溫泉。」

「溫泉之後全是光禿禿的石壁，附近又那麼多樹，範圍那麼大，妳以為神算，或是以爲林詠晴會笨得開手機上傳照片，讓我們自動導航找到她！多確定一次，不會有錯。」其實何勝斌惱恨自己沒趁早在她的必備物上裝追蹤器，那麼便宜的電子器材，就是被林詠晴騙了過去。

「活動中心還是飯店？」依何勝斌的性子，偏要賣弄，故意問她。

「活動中心。」心蓉瞭解詠晴，歇腳地方乾淨即可，不一定要大飯店。

他們走進活動中心，背包客多，沒有像詠晴形貌的人，看了居住環境，她改變想法，詠晴一定選大飯店，否則背包客共用一房盥洗設備，空間有限，物品自保管，來人問東問西，難以搪塞過去。

再問飯店，跟櫃臺表明找朋友，報上姓名，說是三人相約在此會合再走，櫃臺人員判斷他們自是朋友無疑。查詢住宿資料，卻得到：「今天清晨已經退房了。」線索再次斷了。現在才五點居然就退房了，天色未明，她要去哪裡？

何勝斌假意懊惱：「她有沒有留任何訊息給我們呢？」

櫃臺人員表示沒有。

「可以讓我們看看她的房間嗎？」

「不方便，維護客人的隱私。」

「她住在這裡幾天？」

櫃臺開始懷疑打量他們兩人。

換心蓉上場，女生問女生降低戒心：「我是她的表姐，約好在這裡一起出發到白楊步道健行，昨天開始手機就不通聯絡不到她。」心蓉故意環顧四周，一臉膽小慎微：「尤其偶爾傳出紅衣小女孩的故事，所以我們想知道她倒底什麼時候離開……。」

「一個多小時以前。」電腦有資料，櫃臺人腦記憶熟。

「什麼？」時間點未免不合常理，摸黑趁夜。何勝斌皺眉。

心蓉眞情流露：「實在太危險了。」

「我值大夜班，每天清晨她出門她說要去泡溫泉。大概今天也是。行李一早就拿走了，或許她要跟妳們會合，妳們再打打手機。」櫃臺人員是三班制，因爲每天早上八點就換班，沒見過詠晴回來時髒兮兮模樣。

「她帶了行李？很重。」何勝斌追問。

「比你的登山包小。」

「那就是了。」何勝斌和鄭心蓉瞭解，事情正在進行中，詠晴恐怕擔心待越久越容易洩漏蹤跡，被他們追上。她早早出門，天黑前回來，一定在文山溫泉古道一帶。

他們二話不說，開著車往文山溫泉出發。

山民的機車綁著藍色塑膠筐，載著用具與他們交錯，陳嘉宥跟著民宿老板開小貨車到西寶國小送貨，她一眼就看到車窗邊的鄭心蓉！

＊　＊　＊

文山溫泉離天祥頗近，凌晨時間，山農載著自家的高冷蔬果往山下送。看著自己呼吸吐出的白氣，心蓉不愁寶藏之事，擔心的是，越來越順，詠晴看到她和他前來會怎麼樣，她望向駕駛座，一向傲慢自負、多舌自誇的何勝斌，色厲沉著，不知在盤算什麼。

何勝斌扛起用報紙、膠帶包裹的圓鍬，鄭心蓉告訴他用不著大費周章，峽谷岩層堅硬。他一時火氣，遷怒大罵：「以前的老榮民怎麼開拓中橫的！還不是圓鍬、十字鎬。」一關上後車箱，他不搬大器具，背包裡有的是小型鐵耙。

過了吊橋，邁入文山步道區，天光慢慢亮了，的確沒有人到這裡，踏在岩石上鋪設的步道，一邊是峭壁，一邊是懸崖，峭壁凹凸僅比常人略高，行人隨時要注意頭上突出的石頭，與幾日前的大南澳古道風情全然不同。

木頭棧道在深林之中，終有盡頭，已經沒有木製鋪設道路，何勝斌從背包拉出繩子，鄭心蓉也發現了，棧道上頂嶙峋岩壁，外面卻有一塊青苔濕土，剛好容一人寬闊，踐踏過鞋印凌亂，是同一雙鞋反覆踩過的鐵證。往河谷看過去鬱鬱蔥蔥，河邊可以通行，爬下去不知有沒有路。

「你確定要下去？」心蓉有點怕。

「不入虎穴焉得虎子。妳不敢，我無所謂。」

他的口頭禪是無所謂嗎？事發之前，沒聽他說過。動不動說無所謂，破罐破摔，他終於顯露出眞面目。

何勝斌一臉不耐煩，「這是ASTER.OSM，離線可用，有等高線的，這一帶算不上什麼危險的高低差，摔不死妳！」

何勝斌將童軍繩牢牢綁在木棧道上，扯了幾下確定堪以受力。

心蓉看得一驚一乍，「你喜歡爬山，還是以前爬過山？」

「沒爬過，至少我比妳有腦子，知道要帶繩子。」他一手握緊繩索，腳踏在突出的銳利岩塊上，鄭心蓉依樣畫葫蘆，河床冬季枯水，裸露的岩片和砂岸其實不怎麼容易走。

走了一個多小時，天色漸明，兩人步步向前，何勝斌背著行李，河水湍急，雖在枯水期，上游滾下來的岩石大小不一，邊緣仍布滿青苔，一失足，全身髒。鄭心蓉跟在後面忍不住替他擔心：「小心，不要踩空了，水很急。」何勝斌靠岩壁上，側著臉看她：「妳替我緊張？」

「我們一起出來，要靠你找詠晴。你摔胳膊斷腿殘廢，我背不動你。」

「富貴險中求，有空講廢話，倒不如快走。」

「是誰愛講廢話。莫名其妙。」鄭心蓉賞他白眼。

何勝斌打開一瓶礦泉水給她，自己另開一瓶。他就是到處作盡小心，說不定詠晴曾經一度暈頭轉向。

「起風了。」心蓉爬上爬下渾身發熱，一停下腳步，山裡的氣候變化大，溪谷風聲呼嘯在耳畔，冽冽刮在臉上，她們已經走了一個多小時，以林詠晴的腳程，每日往返飯店，應該不會太遠，而且枯水期，河道剩中間有水，沙泥堆出的矮堤部份除了他們兩人的來時兩對腳印，沒有旁人。

「你確定往這方向？」

「可能。這一帶只有這個地方有可能。大清帝國一八七〇年代兵分三路，從北中南到東部來，羅大春也提過開山撫番，接著詠晴網頁所查的哆羅滿，可能是臺灣的某一族原住民，據傳有黃金，哆羅滿就是原住民和西班牙人的淘金天堂，此外，以前歷史系要作田野調查，花蓮的老人相傳日本人撤退留下黃金。種種跡象，從此下手。」何勝斌講得支離破碎，已失去之前的信心。

「屏東人也有類似的傳說。日本人在二戰之後，來不及運走，藏了一大筆黃金。」

「自古以來寶藏傳奇，半真半假，往前走便知道有沒有。」

她覺得何勝斌大概累了，對她說話收斂不少氣燄，不怎麼惡聲惡氣。胡思亂想時，「唉呀！」一個踉蹌，鄭心蓉受制於溪岸的石塊高低階差，屈膝一跪，何勝斌在立刻回頭，扶起她來：「人笨凡事難。」

鄭心蓉討厭他凡事都要給評語的「先知風範」，倨傲自視，難不成詠晴忍得住。或者他喬作斯文，實際敗類才是真面目。她正問：「你怎麼可以裝得一派斯文，真虧得你嘴甜如蜜。如果詠晴在場，你也這麼對詠晴嗎？」

他卻像看傻了一樣，瞪著心蓉。

「看什麼看，我不能問嗎？」

「腳印不大對。」

「有什麼不對，濕土上留下我們走過來的鞋印，這是深山溪谷，遊客在天祥前面溯溪，不會到這裡。」

「哼，詠晴來過的話，正值枯水期，腳印不會被沖失，她走這條河道必有軟泥污土留下痕跡，怎麼是棧道的青苔上有腳印。這裡不見蹤影？往回走！」

他不會直接承認走錯了，這等語言已是最大程度的妥協。

邁開步伐循原路回去時，心蓉突然聽見一陣微渺的金屬石塊碰撞聲響：「有聲音！打石的聲音。」家裡施作方歇，她聞聲辨響格外清晰。

何勝斌閉上眼睛，僅聞河水嗚濺濺。心蓉側耳，可能是自己多心。

這次換他了，「妳聽連續的。」

持續了一分多鐘，心蓉分不清聲音來自何方，仰頭望上：「可能是附近施工，風傳導聲波。」

「安靜！不要吵。」他靜心再等聲波出現。等了好一陣子。

趁她仰頭，他快手拔了心蓉幾根頭髮，「風往這邊吹，所以聲音從那邊來。做做停停，每隔幾分鐘就停，是私人行爲，決對不是炸山、塡土，剛好風吹，讓我們聽見。」他指了方向，「回去！」

「去哪裡？」心蓉冷不防被襲擊，還來不及罵人，他已經下命令。

「回到原點。」

他們走回去時，離聲音愈遠，他算定方位。從溪谷攀爬上去，繩子怕鬆脫打得很緊，何勝斌解繩花了一番功夫。

「我們下去溪谷時，棧道外腳印誤導我們。林詠晴再次留一手。妳看盡頭上方，岩壁光滑，寸草不生，偏偏一個人高度上面有濕泥痕，而且這塊岩壁這麼巧凸起來的地方接連好幾個可以攀階。尋常人忙著閃凸出來的山壁或者注意腳下路線，詠晴先踏到棧道外，再站上欄杆，一路爬上去。風既然從這邊吹過來，她一定在這片石壁之上的樹林地。」

她不負重物，目測高度，他卻說：「妳先上去，選一棵老樹綁繩子，妳掉下來了，我接住妳。」

她將童軍繩纏成一綑，留線繫在腰間的牛仔褲扣帶。一步一手，確定穩當才再往上爬。照著何勝斌的方法，找一棵最靠近的樹木綁緊垂繩，讓他爬上來。

何勝斌爬上來之前，先用繩子尾端綁著背包，自己抓牢繩子，爬上來之後，再從上面一寸一寸拉扯背包上去，雖然比背上來省力，全體抵達上方時，兩人同樣大汗淋漓，而且手上臉上衣服上沾染不少灰土。兩人同在高處，同心協力下，自在快意，道不同不相爲謀，她都忘了他心懷不軌。

「妳的朋友工於心計。」

「嗯？」她一時間沒聽出來。

「林詠晴不是表面的書呆，她一個人耍得我們團團轉。」

挑撥離間。她不是他，立場不同，想法冏異。他一口咬定寶藏是他家傳的，視詠晴爲敵，難爲他忍耐這麼久。他一詆毀她的詠晴，心蓉剛升起的患難與共，瞬間消失得無影無蹤。

她站直身體，他指示沿溪谷方向，往上游走，方才他們走下面水道聞得機具聲響，雖然斷斷續續，走到這裡沒理由不找，爬上來了方向不變。

大自然鬼斧神工，片岩地形上有濕土，千萬年時間鳥類帶來種子，各種樹木適合環境，遍地野蠻生長。

她們簡直藏身在樹林之中，她和他心中同想著：「如果不是風聲，我們怎麼想得到地點在這裡。」這段路程，聲音時有時無，卻越走越響，心蓉一直跟在何勝斌後頭，聲音彷彿近在咫尺。

他會怎麼對付詠晴？

她忽然想到戲劇常有見財起意，痛下殺手的套路，她下意識握著拳頭，身邊空無防身器具，連唯一的童軍繩都給他收回去了。她趁機一手推他跌落山谷，神不知鬼不覺，不過樹林會卡住他，演變成兩人在林間礙手礙腳打鬥，身高是兩人相彷，她體力不如他。

正想著，何勝斌一個搶身回頭，食指湊近唇間：「噓——安靜。」他貼在她耳邊氣聲氣音：「到了，妳看燈光。」他躡手躡腳，留意腳步別踩到枯枝發出聲響打草驚蛇。

可能休息夠了，鐵鍬聲音鏗然作響，分貝數高得刺耳，別說踩到枯枝，就算他們打噴嚏，噪音必能蓋過去。他們越走越近，那人頭戴著LED燈、臉上戴著護目鏡，埋頭電鑽打地，一旁碎石、土堆、樹根累堆，不是林詠晴是誰！

第三十四章

或許他們來得眞無聲無息，怕碎石飛射，兩人暫在一尺之遙而已，林詠晴打出一個大胖子身寬的圓形窟窿，部份土丘鬆塌，她淘出土塊、斷開樹根，土丘下方層疊小碎石混雜泥土打挖出的窟隆像個漏斗型。她正試著拓寬空間，左右敲打，停下工具，才驚覺身旁有人。

「林老師，早安。」何勝斌先發制人。

「來得眞快。」林詠晴緩緩放下手上沉重的機具，摘下護目鏡。眼光掃了心蓉一眼。心蓉被看得有點心慌，下意識移動腳步，和何勝斌保持一人間隔。

「我算算，前後三日多一點點，扣除車程，我知道瞞他不久，卻這麼快。」

何勝斌挑眉：「好說。」

「明槍易躲，暗箭難防。」

她意指哪位，兩個都一樣。心蓉在兩人面前撇淸不是，認錯也不是。
「大家都是老師，詩禮傳家，妳想怎麼樣？」何勝斌問。
詠晴覺得可笑，反客爲主，他怎麼可以如此厚顏，她再度瞥向心蓉，心蓉一直不開口，她微微一笑：「天底下豈有不勞而獲的道理。」
「可以呀，寶藏看樣子就在這底下，妳累了吧，我吃虧接手打石塊。」他竟卽刻打開背包，丟出鋁罐裝的提神飲料。
「別喝，誰知道是不是下藥了。」心蓉出言警示。
何勝斌冷哼：「嘴賤。」將近兩個小時前，她不也喝了他給的礦泉水，過河拆橋。他自己拿出一罐，一口飲盡。
「謝謝。」詠晴到這時其實蠻累的，趁黑起早，得走一個半小時抵達，第一日工具背上來擱在原地，每日背著簡單的食物、毛巾和水到這裡，日落前夕趕回主道路，名聞遐邇的溫泉無緣親近，怕的就是他們找到她。連續三日，淸除大量土石，她推估大概今日差不多開箱驗收了。

他們現在在這裡。

「你想打石頭就打石頭吧。」詠晴往旁邊一站，手勢作請。

他知她的緩兵之計，不答應的話，顯得不大氣。於是一一戴上配備。

「妳怎麼發現的？是我還是何勝斌出錯？」心蓉正面迎戰，總該將話說明白了。

「不怕何勝斌聽懂，你們兩個都有。」

詠晴接著講：「妳說用網路查古荷蘭文。我英文普通，妳說起諾曼地英語、文藝復興時期那段英語轉變，我被唬得一愣一愣的。後來，何勝斌出現，也說起翻譯軟體，他講得頭頭是道，書呀、論文、地圖等等，我真以爲有這種軟體。論文進入重要階段，某一夜就差一點靈光，寫得不順手，論文的中文摘要必須翻譯爲英文，我先寫摘要，找關鍵字的英文，順道好奇搜詢古荷蘭文，我以爲作業軟體不同，不支援語系，學校公用電腦安裝最新作業系統，Google Translate 壓根根本沒古荷蘭文選項。於是我上網查詢，倒是有個翻譯論文網站可以幫忙翻譯，各國寫手、行家報價，其中一個荷蘭人寫信告訴我是古荷蘭文，寫手不懂，問我需不需要，再轉發介紹了一個索價比一般現代荷蘭文『高貴』的人，我跳著打了幾段，讓寫手翻譯，依稀描述十七世紀國姓爺戰爭，又說到VOC財務問題。當妳們大肆談論熱蘭遮如何如何，他居然對明鄭史瞭若指掌。學問浩如煙海，偏有這種巧合。要嘛我真是耳聾了，不起疑心嗎？」

她發現何勝斌停工，詠晴故意對何勝斌說：「對了，往下打，很耗力氣的，拜託你了，可別聽了就忘了工作。」

講到這裡，何勝斌鬆開右手虎口，電鑽失去動力停工：「原來還有這段。鄭老師，我們太不留心小細節了。」

「還有，你有問必答，先前追我的時候小心謹慎、溫和有禮，提書包、買東西、陪盡小心，做得自然，哪個女孩會不喜歡，起初我倒對你蠻有好感。就在某一天，自然老師跟我說，心蓉妳知道那位資深老人家，她說你是萊登大學的碩士，懂荷蘭文的學霸來著。我就開始覺得不對勁了，你從來沒說，而我一說到地圖，你張揚不收斂，跟著講翻譯古荷蘭文，一本書接的一本書拿出來都恰到好處，越說越誇口，我更動氣了。你變得非常討厭，我得借重你的長才，容忍你當內鬼，心蓉容不下你先回花蓮，那倒好，我不煩惱當夾心人折衝，沒想到你們再次結成聯盟，我不得不趕快支開你們。」

「非常討厭，嗯，很難得的評語。」何勝斌自嘲。原來她要靠他，她要摸透心蓉用心。

「你大概太習慣女孩子拜倒在你的褲腳邊了吧。」詠晴跟他眨了眼，頑皮諷刺。「你失望囉？老實說，你皮膚那麼白，五官秀朗，不用美圖濾鏡也好看，就是心腸黑透了，不過我要謝謝心蓉。」

「爲什麼？」心蓉和何勝斌同聲一氣。

「我和心蓉在臺南民宿有點口角，你只知其一，不知其二。你特地到圖書館送我生日禮物，我是女生，當然懂得你有追求之意，所以我上網查。沒想到你的大名比古荷蘭文難查，一堆何勝斌，茫茫人海誰知哪個是正主兒？翻譯軟體那天後，我知道你接近我必有用意，我怎也查不到。後來在臺南民宿，她左一口不配，右一口不適合。人貴自知，我在房間照鏡子，至多中等姿色，這半年爲了論文，氣色壞透了，更顯得不好看。我前前後後想了幾遍，這個時代，誰不喜歡第一眼美女，你偏偏對我用盡心思，以我爲主，花蓮教育圈就那一丁點大，自然女老師以及那位實習的許老師，沒事就替你敲邊鼓，說你在學校是風雲人物，你要選也是心蓉，怎麼會是我呢？我早就不相信你，當心蓉負氣離開臺南，我一個人在房間將 dutch、ho、bin 當關鍵字，再輸入 Taiwan，17th Century、VOC 淘汰不相關的資料，眞正的何勝斌就現形了，你在荷蘭求學，發表過荷蘭在臺經營時的相關論文。論文 pdf 是沒有照片，我再從研討會資料搜尋照片，不過你用的名字是 William Sheng Bin Ho，你外貌沒怎麼變，我一眼就認出來了。」

「沒想到妳還蠻有戒心的，妳老拖著心蓉，我還當妳寫論文寫到眼花，總算彌補我受傷的心靈。不負我美男之名。」他懊悔不已，他搜尋過自己中文名字，確定無誤才放心，沒想到外國資料洩底。

「我說的是他人格卑劣，才不是這種外在膚淺的事情。」心蓉急忙反駁，憂慮詠晴掛懷不去。

「寶藏又怎確定在此地？」他可不願作白工。這招先禮後兵，詠晴才沒被唬弄過去，有意讓他耗力氣。

「何勝斌老師，對不住了，石塊堅硬脆弱兼有，我一個女孩子累了三日，麻煩你多出點力，我已經先打碎硬石，只讓你賣力清土，集滿數抔土，可以換一點消息。」

何勝斌只好埋頭再打，詠晴說得沒錯，上頭的岩石種類與周遭不同，打碎之後，底下全是鬆軟土壤，但聽詠晴說：「照道理我應該賞你幾巴掌，而妳，我也不該放過。」她轉過身來，正視兩人，三人各據一方，形成鼎立之勢。

以一敵二。她決不是對手，她也沒選擇。

詠晴瞅著心蓉，心蓉被她看得不好意思，再怎麼分辯，也不能改變她開始的目的。她豁出去了，「是我對不起妳。電視劇裡拉拉扯扯反覆跳針，我作不到，事到如今我也無話可說。」

「我想討個說法，姊妹一場，妳就信不過我？我說過多少次，我會幫妳還貸款。見財起意，就賣了妳的心！」

「不是信不信任的問題。有些事情不是妳想的那麼簡單。助學貸款？妳這種好家庭出生的，妳根本不知道。」

「妳不說，我當然不知道。」

「知道又能怎樣？妳明明知道寶藏不在大南澳，還不是故意做假掀床板給我看。」

家醜不可外揚，鄭心蓉跟林詠晴交情再好，說到這個份上，依舊不敢親口坦承。何勝斌這時才知道古書應該放在床板，不過已經無關緊要了。

「不，我相信妳多些。我哪一句不實，騙過妳？我只是有所保留。」

心蓉仔細回想，的確詠晴從沒騙過她，是她沒再問，先入為主以為她不知情，自己一步步掉下何勝斌陷阱。

詠晴為自己剖白，「妳遲遲沒拿出古荷蘭文，我想妳至少有點良心。軟體事件只是遠因，近因在……」她遲疑要不要說，心一橫，還是說了，「民宿的第一晚，妳寧可撇下我，說要去買隱形眼鏡，妳明明討厭他，巴不得他滾得遠遠的，卻把我丟給他。後來我們沒去逛街，回去途中並沒到藥粧店，隔天妳比我早起床，我發現洗手間內沒有隱形眼鏡空盒，記得嗎，我們在外跑了一天，房間的圾圾筒是空的，就算一個晚上，一些小紙屑而已，妳的藍色眼睛太明顯了，我不確定妳跟地圖上的荷蘭文是不是有關，我故意問妳家裡狀況，妳便是不肯說實話。我不敢確定眞的找得到，我曾想要是找到了，你們對我好，我孑然一身，大家共享，夠我們這輩子用了，希望妳能眞心待我，妳卻不肯。」

詠晴認爲眞心喜歡一人，就不忍傷害，應時地宜，會逃避、會佔點便宜，絕不會吃乾抹淨，無所愧疚。

心蓉長得跟父母不似，爲什麼黑眼睛父親、深棕色眼睛母親會生出藍眼女兒，誰也弄不明白，只得嘲解祖先之一可能有段「安平追想曲」故事。

事情兜攏一處，心蓉拼出所有暗示、意在言外，詠晴說過八字沒一撇，怕話說得太早，那時自己差點要脫口而出，偏不相信詠晴，最後淪落到跟何勝斌一起算計。

「幫幫幫，好容易呀，全部寶藏給我，妳肯嗎？」

「不可能全部，但可以一起用，我沒有父母親了，上一代親友也不知什麼緣故，幾乎沒往來，妳曾經是我最好的朋友！」

心蓉沒承想，詠晴如此爽快。

何勝斌心有二用，兩個女孩子爭論著，他覺得女孩子就是女孩子糾纏旁枝末節，可是兩人話峰一岔，詠晴要把到手的寶藏送給她，怎麼可以。瞬間他暴起揮拳過去。

平日再怎麼生氣，都是口舌之爭，心計機關，詠晴不曾見人動粗；距離過近，她反應不及，竟呆呆往後退：「你敢打人！」

心蓉見狀，直接攻擊何勝斌：「跟這種人，沒什麼好說。我們兩個打他一個。」

詠晴聽見才回神，演變爲最原始的徒手相拼，她沒學過防身術，仗的是心蓉身材高牽制他。何勝斌勝在男性力氣大，一掌反扣心蓉手臂，詠晴拳打他，他吃痛不深，不放手，緊緊反拗心蓉手臂，先解決一個是一個，不過爲此殺人越貨不值得，手下留情，不揀要害下手，心蓉卻不知這層打算，以命相搏，痛得大喊：「詠晴快拿重物打他。」

重物，電動地鑽扛舉太難不順手，放眼望去盡數碎石，有大有小，她無暇細想，隨手舉起一塊，局勢轉變，頃刻失去背後下手擊暈他的契機。

「先打死妳。多嘴多舌。」何勝斌恨死不識相的，順手快動作將腰邊的童軍繩纏上心蓉脖頸，拉她正對著詠晴，轉過身來，快手繞過反剪她雙手，他一手勒著心蓉脖子要脅：「有本事就敲下來。」

「他不過力氣大，別理他，快丟。」心蓉叫嚷。

何勝斌稍微一使勁，心蓉呼吸困難。

事發當下，詠晴一時反應不及，然而眞正以力相拼，不是她習慣。她望著心蓉，並非當眞被脅持，何勝斌沒刀、沒武器的，她冷靜下來後，強自淡定：

「不就是錢嘛，你氣我們沒算上你一份嘛！」

「林老師，有話直說。不用故作高深。」

「眞人面前不說假話，你先鬆開心蓉，在這荒山野嶺，大家互相扶持，每個人三成，很公平。」

「三三得九。還有一成。」何勝斌算數快。

「歸你也可以，我都說得出給心蓉，你可以相信我，寶藏對我眞的是沒差別。獨自過來，要是我說我不滿你們倆當我蠢，你也沒這樣好唬弄，演變到這種局面，就不知道你肯不肯接受建議，寶藏尚未現身，哪有先內鬨的道理。」

「我四成。」

詠晴點頭，問何勝斌：「可以鬆手了吧。」

他卻不同意：「等等，妳回答得太快了。還有一件，否則我就勒死她，看我力氣大不大。」他再度使力絞緊童軍繩，心蓉想硬氣，脖子是要害，依舊忍不住呼痛。

詠晴見狀，心疼她，爲什麼心蓉這麼高，要是矮他一個頭，她丟石塊，未受過訓練之人的直覺反應，必然先鬆手躲避。

「條件是什麼？」

「財物可以分成，但兩件文物均歸我所有。」

「快說！」

「佛牙舍利、黃金鏤刻的陽諾瑪漢譯《天主降生直解》。」

第一件佛牙舍利，詠晴和心蓉聞一知十，臺灣佛教徒多，不過佛牙舍利跟國姓爺寶藏有什麼關係？底下那一個那個諾的天主降生的，大概也是宗教文物吧，她們聽都沒聽過。時間快到中午，今日不解決，明日三人再來，成了僵持之局，她先使個緩兵之計，以後的事情以後再說。

「好。」

「口說無憑。」話說如此，何勝斌瞭解自己勝算不大，聽到寶藏全歸心蓉，心有不甘，五內俱沸，現在又堆滿了笑，放開人質：「我們是三人團隊了。」不過他時時留心，怕詠晴、心蓉變卦。詠晴趕緊解開心蓉身上的繩索，她摸著她脖子上勒出的紅印子，惡狠狠瞪了何勝斌一眼。心蓉則嚷著，「不要臉的東西，臭俗仔。」

「好，我們動手吧。」詠晴率先發難，爲了讓他相信，攤開下冊古書示意：「你看清楚，地圖說河流和深林石壁距離，以及石塊、土丘地形，說明地點無疑。」

這時何勝斌和鄭心蓉才看到其他地圖海圖，鄭心蓉發現那張世界地圖幾乎和陳嘉宥家的一模一樣，她冷不妨倒抽一口氣，「陳嘉宥？」

詠晴和何勝斌根本不知道這段，並沒回應。

何勝斌分派工作。

「鄭心蓉打石頭，妳刨開石塊、挖出泥土、斷開樹根。」

「你做什麼？」詠晴問。

「我監工。妳詭計多端，不用看我。」何勝斌插著手環抱在前。

「原來你弱爆了！」心蓉最不爽，衝口而出。

「廢話少說。今天一定要見到寶藏。」

三個人保持微妙平衡，搬運聲時而連續，時而停息。詠晴總覺得他有些話沒交代清楚。

第三十五章

「你說的佛牙舍利是什麼？臺灣有嗎？」林詠晴問他。

「不說，妳不會死心。說了，更要妳死心。」

「鄭成功從誰手上取得寶藏基礎？」

「荷蘭的東印度公司。」

「那麼ＶＯＣ規模多大？」

「大航海時代，幾乎稱霸半個地球，從北海出航，到達非洲，轉運南亞，往巴達維亞，大員，日本……；另外從北海橫越大西洋在北美探險。我猜，你不是純粹想考考我吧？」

「妳腦筋轉得比妳的好朋友快。」

「謝謝，我們等著你講古。」

「荷蘭人之前，西方海上霸權有西班牙、葡萄牙，這兩個國家抵達亞洲、中南美洲掠奪，其中葡萄牙人在南亞佔了機先，荷蘭人後來居上，十七世紀中時搶下錫蘭國的西南沿海，建立無數碉堡，紛紛賜以本國地名，在海外重建，其中有個小地方，稱爲烏特列支堡。」

何勝斌同時盯著兩人。心蓉放下手邊的東西，詠晴引導他吐露內情。

「烏特列支？安平古堡就是普羅民遮城旁邊也有座烏特列支堡。所以國姓爺攻克大員的烏特列支，而地球上的另一個烏特列支（Utrecht）同時存在。」

「妳說得對，卻也不對。」

「少聽他扯屁了。沒一句眞話，他陰險毒刻，說不定想引我們上鉤，再害死我們！」明擺著三人互爲依憑，偏要扯破這層紙。心蓉沉不住氣是主因，另一主因，何勝斌城府深，時間一長，情況驟變，四手難敵雙拳。她想讓他心煩意亂。

「聽聽對我們也沒妨礙，四三三，沒什麼可說的。」

「那是妳家傳寶藏，他處處陷害妳，妳……」

何勝斌格格一笑：「沒有鄭老師協助，我也作不到。不是嗎？」

「你岔開話題了。我哪說錯了？」詠晴聽而不聞。他既喜賣弄，就打鐵趁熱。

「兩座烏特列支有先來後到。大員那座建於十七世紀前期一六三四年，錫蘭國加耶（Galle）那座烏特列支建於十七世紀中期的一六六三年。當其時東寧國王已入主臺灣南部。佛牙舍利自古被視爲錫蘭國寶，印度孔雀王朝的阿育王（Asoka）爲宣揚佛法，先毀佛滅後的舍利子，分裝到天下各塔供奉。阿育王遣派女兒僧伽蜜多、外甥將珍貴的佛牙藏在髮髻，乘船過海，經歷無數波折，終於贈予獅子國（Sinhala），也就是今日的斯里蘭卡。歷代錫蘭王室崇奉佛教，視佛牙爲國勢與王位名器，大力興建僧院與佛牙寺，每當北方的南印度注輦人（Challo）渡海大舉入侵，佛牙從島之北的古都一路迎請到中部帝都再到莽莽叢林的山區首都肯迪（Kandy），千年來佛牙飽經戰火。人們有所不知，不僅一顆佛牙，阿育王女、外甥各自奉請，史載皆寫一個，連早期的錫蘭史詩傳奇《大史》（Maha Vasm）也含渾不清。用意在於避免南印的注輦人強攻，錫蘭人的精神象徵被奪，無以爲繼，因此隱而不宣。誰知十七世紀，錫蘭國勢衰微，荷蘭人打敗葡萄牙人，無意間得到件神聖物品。烏特列支堡成於一六六三年，葡萄牙人一六四八或是一六四九年先建堡，東印度公司是荷蘭武貿主力，水手、長官都是新教基督徒，沒人瞭解這顆佛牙的重要性。」

「所以，你在海牙圖書館發現清單內另有珍奇。」心蓉補充說明。

何勝斌點頭：「是。」

然而詠晴尚不知曉兩人曾在咖啡館談判，因此一頭霧水。

他命令她：「敢做敢當。」

心蓉擇要說了，家庭事務一節草草帶過，僅說出何勝斌知她父母需錢孔急，提出合作條件。

「原來是這樣，那麼怪不得妳。」詠晴回答。

心蓉根本沒說明多少錢，第一時間，詠晴便下評語不責不罵。何勝斌打蛇隨棍上，「妳天性大度，妳既已瞭解我家傳寶物古冊，一樣的，其罪不在我。大家各取所需。」

「阿斌，你說話好大口氣，毫無愧色呀！你說是你家傳，我說是我家傳，我們兩個不就是親戚？」詠晴反問。

從訂定目標開始，他認定林詠晴必是花東地區原住民後代無疑。羅大春開墾屯兵東部撫番時，曾採以番制番之法，林詠晴祖先必是混入的番人翻譯，因緣際會取得古冊。「可能嗎？我姓何，妳姓林。而且我家族這三代，沒有任何一家親戚姓林。」

臺灣人無論在哪個求學階段，每一班少說都有兩、三個林姓學生。沒有姓林的親戚，十分特殊，何勝斌篤定有其原因：「在臺灣考古界，尋寶、探勘、挖掘多由國家或大企業資助，我拿出祖譜、證明文件，就算國家要抽成，要我補繳稅收，寶藏最後還是落到我手上。妳才是不利的那方。給妳三成，連鄭心蓉也有三成，是看在妳的面子上。」

「我倒要心存感激你高抬貴手了？」詠晴笑著再問。

他聽得出嘲弄之意，在這要緊關口，大勢已定，拍拍手要她們開工。心蓉聽得入迷了，詠晴適時拉著她。

「等等，再一會兒。我還有一事不明白。你要這兩件，是兩件吧，另一件什麼諾～的天主本經，又是什麼來歷？」因爲不懂，詠晴胡謅帶過。

「跟佛牙舍利比起來，陽諾瑪版本的《天主降生直解》是古文物，十七世紀中期的少數漢譯刊行正本，以金薄鏤刻，爲傳世精品，見證天主教東傳的軌跡。有孤本正本，又遠遠勝過普通的金玉珠寶了。」

「你口口聲聲佛牙舍利，要出家當和尙蓋佛寺嗎？瞧不出來你心如止水，無欲無求，清心寡欲。」心蓉譏諷他。

「臺灣佛學山門遍布。多一座宗教山門，似乎沒差別，但是前所未聞的聖物出世，我自任開山掌教，或者佛寺委員會總幹事，年年開大會，各處高僧免不了拜山朝聖，求名求利登峰造極。最重要一點，我一寫入論文，佛牙事件顚覆自古以來的傳說、派系傳承，有名有利，千百年以後學界必會記下我的名字。何斌之後，臺灣又有一個何勝斌。強爺勝祖！」

「野心勃勃。」心蓉恨恨的。

「見小利則大事不成。」何勝斌說：「妳視野受生活侷限，以爲我求財，我先允以重利，妳相信不疑，我們才有今天的機會。好了，動手！」

心蓉和詠晴發現寶藏不僅是寶藏，更多的是人心後的算計與名利。

三人恢復原先工作，此時中午過後，山林間日光不入，冬日陰冷更感受不出陽光西斜，多靠手錶、手機時刻。

心蓉在詠晴挖開的基地下更入一層，底下超過一人高度時，泥土碎石往下塌方，詠晴正要將碎石往上耙開堆積，何勝斌眼尖，心蓉也發現了：「石灰。」

他捱在窟窿邊，喝斥心蓉小心一點，別打壞了，慢慢露出一點端倪，見心蓉做的不如他意，乾脆叫她上來，換他做，捨電動鑽具改爲小鏟。心蓉有了上次經驗，剎時與詠情互換眼神，讓他動手。

石灰下是濕土，和周遭地質大相逕庭，何勝斌眼看絕世一百多年的寶藏即將出土，一點一點，繞著類似橢圓的不規則邊緣削土，心蓉和詠晴再以耙、鏟移開土方。

窟窿露出一截油紙，油紙上參差有戳記，滴水尚能穿石，何況埋在地底，外層油紙反覆包裹好幾層爛了差不多，要不是在大南澳見過一模一樣的東西，她們恐怕難有把握分辨同款物樣，昔年主事者希望保護寶藏，層層石塊、石灰、溼土、油紙把關。

她們目光投向窟窿，何勝斌一手扯破已然糊爛的油紙，露出底下的金屬箱，其實稍微一敲就碎了，他不敢有失，大喊一聲：「小鐵耙」，心蓉和詠晴將工具遞給他，果然是了，銀盾養化失去光澤，但觸手即知份量，銀盾上的獅紋、皇冠栩栩如生，何勝斌狂喜：「寶藏！我的寶藏。妳們看到了嗎，寶藏，寶藏。」

何勝斌狂喜難耐，將荷蘭盾撥開，血珊瑚、瑪瑙、金塊、佛頭銀，甚至出現瓷具上印著VOC、克拉克瓷……，這些珊瑚經年色澤不減，珠子大逾雞蛋，遠比清代高官的珊瑚頂戴個個大如鴿蛋臻妙。詠晴在花蓮出生長大，近年看到市區如雨後春筍般開設花蓮紅珊瑚藝品店炒作熱賣，水質清澈的熱帶海底數十年才能保存得棵棵純色血紅的珊瑚化石，再加工製成項鍊、或戒指、或耳環，一看便知價值不斐。

「對了，最重要的佛牙舍利。」他踩著凹凸不平的岩塊攀跳下去挖開的土，拿起鑽具行動不便，矮著身子，慢慢下去，試著從將窟窿再打大一點，無處不是寶藏痕跡，石灰簌簌從旁飛灑，皆著是土壤，眼看挖口更寬，他叫兩個女孩子拋下繩子，丟麻袋下來，先將血色珊瑚和荷蘭盾裝進袋中，綁牢了，讓這兩個女生拉上去。他不在乎蠅頭小利，清單上有的是其他貴重物品，眼下太礙事了。

兩個女孩不約而同往後退，坐在岩層上，照理說她們應該一般歡欣，想起何勝斌一路設計，心蓉和詠晴不是沒有防人之心，在寶藏出現之前，走一步算一步，全是一股飄飄然；寶藏重現天日的眞實感，逼得她們從雲端下來，不得不想怎麼善後。

趁他心無他顧時，詠晴淸淸嗓子，語氣盡力持穩：「阿斌，你既然知道地點，我們可以先回去嗎，短時間我們沒法子帶走所有的東西，明天再來吧？」詠晴捏著心蓉手，暗示她別說話。

「不行。要回去沒這麼簡單。該死的，不是說地質破碎易裂，怎麼挖不動。」他越忙越不耐煩，心裡焦急目睹聖物，手上工作不停。

詠晴聞言，了然於心，太魯閣屬於片岩地質，不知先人好能耐怎找到一塊山頂凹處，從他處運來其他碎石、石塊，壓在寶藏上面，再蓋上大量泥土，移植樹叢，讓時間涵養植被。

「你不說，我不說，心蓉不說，這些東西依舊穩穩當當的。」

「動作快一點。鑽具給我。」

詠晴聽話將電動地鑽遞給他，有重量，而且投鼠忌器，雙邊傳遞東西無不小心謹愼。

「我擔心你，別太累了，我們要是少了你要怎麼辦呢？」

「……」

「佛牙舍利在宗教上只有信徒相信。」

「廢話，把袋子拉上去。」

心蓉拉上第二袋。詠晴仍站在邊上。

「你別太累了，佛牙舍利又不能當成飯吃。」

「無知。」何勝斌頭也不抬：「傳說中佛牙可以療癒、治病。多少錫蘭人一生只爲求見一次，遠迢迢到山區朝聖。」他翻閱過所有文書，今日斯里蘭卡的肯迪供奉聖物，每日開啟供信徒看一秒，許多重病纏身之人親眼目睹，竟不藥而癒。甚至二十世紀斯里蘭卡內戰末期，敵對軍力塔米之虎（Liberation Tigers of Tamil Eelam，簡寫爲 LTTE）曾在肯迪製造炸彈攻擊，爲了讓全國人失去精神支柱，不惜以人肉炸彈玉石俱焚，可見佛牙之貴重。

詠晴望向了心蓉，人貴知心，心蓉立刻將地面的一袋銀盾扛起來，往下扔，詠晴也沒閒著，中等石塊接著丟。以上制下，準頭極佳，何勝斌過於專心，完全沒注意兩人動靜，距離短，從高往下丟，第一袋麻袋砸中頭部，紛紛投下的石塊砸到肩膀、頭顱，他的臉、耳被石頭重力加速度劃過，頓時流血昏過去。

一試便中，兩個女孩子還怕他假裝，心蓉吃過他暗虧，再選一塊比手掌大的石塊，詠晴不想他死制止了：「萬一打死了，我們就是殺人犯了，不值得。」

擔心何勝斌會再度挾持，心蓉帶著小鐵耙傍身，慢慢的蹲下身溜下去，窟窿窄，確定他傷勢不礙事，揀起散落的石塊，由下方仰視對詠晴說：「不然，再敲他的頭一下，讓他失去記憶。」

詠晴搖頭反對：「電視劇的失憶症都是演來騙人的。人類大腦構造複雜，失憶全憑腦傷區塊決定，失語症、失憶症什麼的，我們不是外科醫生，沒那麼大本事。萬一打死了，我們就是殺人犯。」

「殺人犯呀！」心蓉經過生死相拼，覺得事態嚴重。

「因爲很重要，所以要說三次，萬一打死了，我們就是殺人犯！」

「太便宜他了，要不打殘他手腳，還是刮花他的臉，不讓他再頂著人皮面具害人。」

「何必呢！」

心蓉不僅是苦主，也曾是何勝斌策反的事主，她心中有愧，急欲讓渡內疚，卸下責任，因此恨透他了。詠晴心中暗驚，「沒想到心蓉這麼暴力。」

她們馬上拿童軍繩將他的手反背在後纏綁，最後打死結「看你怎麼逃。」心蓉一手推開他，讓他的身體挨靠泥石混合的壁面：「你也有今天。」

詠晴跟心蓉陸續將寶物裝入棉麻袋中，她們知道此行全靠徒手人力，一下子大包小包出山區，必然引起注目，不想招來紅眼殺機，開箱得寶時，先擇要揀幾樣。

兩個人默默地分工合作，心知肚明，剛才放下恩怨聯手退敵，現下首惡已去，有些事沒結清。

心蓉說：「對不起，我……，我很抱歉，……」說到這，她接不下去，戲文可以侃侃而論主角們怎樣忘恩負義、痛哭流涕的畫面，在她嘴邊就是打住了，縱然她眞心懺悔，反反覆覆她能想到的唯有「對不起，我很抱歉」。

詠晴點頭，盡在不言中。情急最見眞章，她跟何勝斌對決一直處於下風，不過她好幾次替她擋住何勝斌騷擾，言談可見多所維護。起初不知他用什麼爲要挾，本來就是閨蜜好友，想起她曾經對她的好，父母雙亡有她陪伴，這時何須多言呢？

兩人坐在山中，靜下來聆聽風鳴樹梢葉片，冬日露水重，山嵐霧氣間掠下露水，她們身上衣都是森林的濕氣，兩兩相望，心中百味雜陳，心蓉難以相信詠晴不計前嫌。

「妳眞的不計較我聯絡外人，吃裡扒外？」

「妳知道妳哪作錯了，不會有下回了吧？」

心蓉起先語塞，聽到她這麼說：「要不是債務太龐大，我爸沒有爸爸的樣子，私債難了，我眞的不會出賣妳，妳怎麼會認爲我還有下一次！」

「對呀，全臺灣哪來一筆又一筆的寶藏。」詠晴勉強微笑說著。

她嘴上心裡都說沒關係、不計較，知心蓉出無奈，其實多少在意。

心蓉覺得她語出刻薄，倒也是眞，無從施力回嘴。詠晴發現好友靜默不語，知道自己過頭了：「我知道妳的心，這就夠了，先處理這個傢伙吧。算算時間，他該醒了。我們要送他出山。」

「我還『送葬出殯』。」

「說得太快了，是走出山區。之前我曾想打斷他腿骨，沒人想揹他下山，妳不肯，我不願，我的登山包裡有一條童軍繩，留他腳完好，等會兒我們從他背後繫上童軍繩，往上拉，叫他自己踩著邊坡爬上去，雖然有點危險，至少我們不需要費太大勁道。」

「佛牙舍利呢？陽諾瑪的《天主降生直解》沒到手呀！」

「成功不必在我。」

心蓉怔住了。

詠晴嘆了一口氣。兩人坐著凝視半晌，她彷彿下了很大的決心後才開口：「古物是留給後代子孫才有意義。就算國家抽成，這些寶藏應該不下於他所估算的金額，就算一成，三億以上夠妳我用了。我挑了精緻、貴重的在麻袋裡，拿到拍賣市場，是另一筆額外收入。至於宗教文物，不能讓野心家予取予求。臺灣需要多一個道貌岸然的僞君子和神棍嗎？」

「妳捨得？」

「不，我捨不得，非常捨不得。」

她再說下去，「於私，我可以一輩子不愁吃穿。如今是有限度的不愁吃穿，可是書籍下冊，祖有明訓，非到必要，子孫起寶，必須用之於臺灣。於公這不是我家族一人之力。下冊全以中文書寫，最後落款的是百年前的潘姓祖先，應該是我媽媽那邊的直系親屬。我姓林，我爸姓林，我媽姓潘。」

「妳回去再跟我說說下冊有什麼。」

「其實我也不大明白。何勝斌說的很像有幾分道理，可惜他心眼壞，我不能讓他如願。」她瞧他斜軟倒在壁上：「我們走吧。」說著，詠晴在岩層將珍貴的物品細細裝入登山包，因為大小不一，隨著裝盛物改變形狀。她們拿毛斤沾溼水壺的水，替何勝斌擦淨血塊和污泥，自己也擦了一遍臉，以免走在山道，被人發現。

這時何勝斌悠悠轉醒，似乎忘了激鬥過，看到她們坐在上方，正要發力，才發現自己被縛，手腳失衡，站不起身。她們倆個不多廢話，照著計劃。反倒是何勝斌一場昏睡起來，精神旺健，先被她們拉上地面，然後一路推他走回去，他大喊大叫：「佛牙舍利子？妳們將佛牙舍利拿到哪去了。妳們不怕有心人找到寶藏嗎？」

詠晴不理他，最好的對付方式就是沉默。

心蓉想旣然詠晴都可以大度大氣捨家傳寶藏爲國家資產，而且替她還債，她不必也不能，更不該扯後腿，一邊走一邊厭煩何勝斌貪得無厭，再美的臉孔折騰一日，禁不起看，人憎狗嫌。

詠晴放慢腳步，讓何勝斌在她身側，心蓉在後。形成二夾一，怕他怒極反惱，突生變故。

心蓉板著臉：

「省省吧。除了你這個有心人，沒別人了。」

「妳們不要寶藏了嗎？」

詠晴停下腳步將兩人再度打量一遍。心蓉心無罣礙，何勝斌莫名其妙的戰慄，可能怕這個女孩發人所未思，其實他大概能猜得出來，只怕詠晴眞的豁出去。

「你乖乖的往前走吧，我們要帶你去照X光，你可能挫傷了。」

有說跟沒說一樣，何勝斌說也奇怪，乖乖往前。

手腳完好走這些上下起伏的坡路尚且吃力，何況揹著珍品，押著傷者，不時擔心這人發難暴起，兩女腳程漸緩。

何勝斌才走幾步路，越想越不甘心。「妳們要回去自己回去。妳們無權處理我的祖產，有比這更不要臉的嗎！」

何勝斌逆向操作，他才是主人。

她們還記得他說過的祖譜，詠晴和心蓉停下來。

詠晴回答：「對呀，名正言順。我們似乎理虧了。回去？」

何勝斌頗有得意之色。

心蓉看見她眼神的笑意，瞭解好友胸有成竹，不過淘氣，耍著他玩。

詠晴將王牌亮出：「你口口聲聲說祖譜、祖產，這兩件物品只能證明你是何斌後人，所有事情都是你在古文件中推測而來，重要的藏寶圖記、上下冊文書記載我祖先所用的西拉雅語文、古荷蘭文、漢文，我家族如何從平埔族世居的西南部遷居到東北部，再進入後山，姓氏從平埔族的丹戶六，到日治被改爲皇民家庭廣川，一九四九年後改爲潘姓。我雖然姓林，我母親正是潘姓，以平埔的母系家庭算起，我才有眞正的決定權。本來想替你留面子，讓你自己走回去，我們不計較你謀殺罪、蓄意傷害等刑事責任，之後報警請國家公園處警察處理。誰叫你不知進退，別怪我。」說完，詠晴拿出手機，按下求救訊號112。

「而且我有對話錄音檔作證，那天你以爲得意，我錄下全部對話。看你怎麼跟警察解釋！」心蓉記起手機有存檔。

何勝斌瞠目結舌，一切到此底定。他什麼都沒了。除了挫傷在身。可能會被追究刑事責任。

詠晴報出自己所在的位子，太魯閣國家公園救難隊出動。她們等著救援，何勝斌頹然坐在地面。

當警察帶他們回到派出所時，好大陣仗，陳嘉宥坐在公車轉運處看著三人，詠晴不認得她，陳嘉宥開心衝過來：「學姐學姐，怎麼囉？怎麼囉？」

心蓉一時半刻說不清楚，反正她遲早知道，於是約略說寶藏和地圖，陳嘉宥驚呆：「我看到妳，來不及叫妳，以爲妳們來玩，看到妳把車停那邊，老闆回去了，我不敢去，我要搭車去花蓮市了欸，寶藏是地圖？」她看著狼狽中不失俊秀的男人，再看看詠晴心蓉，不方便問是什麼他們是什麼關係。

心蓉不明白，彷彿有條線將他們纏在一起，至於他們三人爲什麼家族各自流傳這則故事，而陳嘉宥那張 Sacht 和停觀＊又是什麼呢？難道寶藏漂流到印尼雅加達又被載過來，難道這幾百年間無人知曉？

或許有，也或許沒有，但相信的人往往缺乏證據，大航海時代形成強烈的買賣物流網，那些留存生命瀟洒天地的人們具備各種超乎今時的本事，只因各種法令而被限制，後世幾次流轉，身處異地，線索一開始就斷了，不如詠晴萬事俱備只欠東風，而這場東風盼了三百多年，三人彼此是彼此的東風。

＊在雅加達的華人冊中，男子皆稱「某某觀」，相當於「某某官」，「停觀」其實是「鼎官」的意思。

第三十六章

大清康熙三十二年（一六九三年）

臺灣納入大清版圖十年，承天府已改為臺灣府，所有漢人薙髮留辮，像他這樣遙慕故時衣冠的讀書人，大多潛往北部、往番社，一時之間，南邊官府勢力不及，他們還能過幾年安生的小日子。

那筆寶藏藏在哪呢？聽說靖海侯來過，不，他以前是鄭家舊部的施琅將軍，他可是起出重寶了？然而，不曾風聞南方有船艦載貨運送，施琅精於水師，一點風吹草動，必會大書特書。帝王心術，寧授外人，不予家奴，北齊後主高緯不是寧可北周滅其國祚，尚不願皇族高延宗在并州即位稱帝，名正言順領軍護衛？

他看著頂屋外戲玩的一雙小兒女，追蜂捕蝶不知苦。他到了巴達維亞，將原承天府地圖、以及印璽等物歸原主，參考荷蘭、葡萄牙的海圖重繪一張藏寶圖寫上自己的名字鼎官Tianquan，有馬信將軍保護、世子嬪養育，將來郡主健康長大，那麼Sacht寶藏和印璽便可作爲復國之資。一式兩份，他自己保留一張，做爲憑證。

自從他在這番社住下後，陸續打聽到東寧王朝消息，將臣不和，澎湖戰役，劉國軒敗北，舉朝投降於大清。他知此生再也無望，於阿萝家入贅三年，這七年間長子出生，再生長女。依俗，女子在此才有繼承權，女兒比兒子珍貴多了，妻子也較疼愛女兒，因爲長得似她。兒女雖然都作番人打扮，他替長子起了名字，自己用漢語、手製書，寫下家譜，教漢文，偶爾帶上一兩句荷語，筆墨珍貴遂改用蘆荻在土上劃字書寫。其外鄰人鄭敬明、卡查里娜夫妻帶來一些荷蘭水手、西班牙人經商貿易的消息。荷蘭女卡查里娜和鄭敬明育有一群金髮、棕髮或黑髮的兒女們，五官鮮明、個個頎長白淨，不時過來和他的兒子、女兒玩耍。

孩子只知道爸爸常常點著燈草畫畫，不明白他畫下的是印象中的大員秩桔，寶藏圖，他根據東都舊圖多添畫，不讓人一目瞭然。女兒是家族的繼承人，不會不懂族語，他擇要教西拉雅語，他每日細心教導兒子漢文和荷文，將來有一日，寶藏若能大現於天下，必從他們這一系出來，他要將所有的知識都傳授給兒子，青山不改綠水常流，他相信終有一日這筆寶藏會再回來，大清將覆亡，後代人等將以資金重現海上貿易之港，帶領他們重回寰宇要地。

何定鼎蘸上墨，落款大明永曆，就以他逃亡那年算吧，寫下三十五年，他要用格狀方式標明地點，寫到三時，墨飽筆暢，字暈開來了，正好做個表記，日後，他的兒子女兒也會延續他所學，代代相傳下去，直到雲破月來之時。

後記

世界各國幾乎都有屬於自己的尋寶小說，臺灣人在這座漂浪的島嶼上，很能接受海盜寶藏這一類的命題文章，因爲我們離世界之海如此的近，自古以來不同族群靠岸結村，又或廣開海路，與四面八方交易，在文字記載之前，金屬飾品、奇珍古物早就輕輕透露了悠遠海路的蹤影。

我從小聽聞長者說東部有黃金，其來由就在我工作的大門口。大門口正對一條大水溝，五十歲以上的在地人說是大水溝，其實並不很久以前，七十年前人們還稱它是「紅毛溪」：據說四百年前西班牙人、荷蘭人爲了尋找「哆囉滿」（Turoboan 有黃金），一路從太平洋上岸，摸索溪水而得名，現在大水溝被加蓋，旱極的柏油鋪面立著一塊橋的名牌，尷尬地在馬路上，而溪水早就淡出人們記憶。

另一種比較近的說法則是，日本於二戰戰敗，趕在引揚回國之前，將搜羅的黃金祕藏運往花蓮太魯閣的深林之中；我的同事長我十一歲，她則聽屏東耆老講，黃金藏在瑯嶠十八社裡。這些、那些流傳四百多年，像是一則則鄉野奇談，推究黃金傳說，以及過往各種版本，是否每個世代根據自己的生長背景，藉官方資料偷渡自身想像的寶藏，完成口說、文化在地化，那麼同理可證，我們美麗的福爾摩莎屢經政權更迭，流轉於各種書寫當中。

這部小說寫於二〇一四年十月二十三日，那天我到臺北信義區參觀聖經歷代漢譯本展覽。據說牧羊人意外在山洞破瓦罐中找到《死海經卷》，衍生眞僞經文論戰。那麼是否有可能，某個臺灣人到了荷蘭萊登大學，也意外地在圖書館發現一本羊皮古籍，又意外地發現國姓爺與揆一的大員合戰背後另有隱情？接下來的時代，人們又將寶藏黃金搬來搬去呢？

我將平日嗜讀的海圖重新布局，盡量貼合歷史重大事件年份，讓歷史人物生平和小說人物虛實交錯，企圖將十七世紀到二十一世紀出現的荷蘭、日本、臺灣、英國、大明、大清國等官方「說法」爲小說所用，試著建構我所認知的臺灣。

此外，某天翻看古地圖的倒風內海，我一直以爲我跟臺南的緣份，起自我該塡到的成大，因我無知而錯過了；又或者大學畢業時，我爸爸開著一臺麵包車，載著我的行李返鄉，我們一起去南鯤鯓代天府。

可是故事的開始，應該回溯至將近四十年前，我一直聽到一個叫「下營」的地方。對我很好的隔壁鄰居——王媽媽曾瑞珠女士，帶著口音，說她的家鄉下營，她五官出挑，深眼窩、略似鷹的鼻隼，近看有幾莖金紅色的天然髮絲，混雜在微捲的深棕髮叢之中，她的女兒、兒子陪著放學沒家長看著的我，胡謅既神祕又恐怖的地底通道故事；不過每逢暑假她們要回外婆家探親，兩家人一起搭夜間莒光號，搖搖晃晃地直到清晨五點快六點抵達臺北，我們一家先下車，要去兒童樂園囉！跟車廂裡的歡欣的下營人揮揮手，她們繼續搭車往臺南去。二〇一五年我的小說完稿，找不到出版社發行，二〇一七年王媽媽匆匆病歿，我卻在古地圖看見蕭壠社，旁邊地方今稱下營，正是王媽媽的娘家，而載我去南鯤鯓的爸爸也早就不在了，小說用的第一張地圖還是爸爸載我去買的。爸爸少年時便走跳海船，常聽他誇耀當年如何剽勇地昂身於船頭，手持鏢槍叉魚……，種種元素讓我得以盡速完成這本小說。

謝謝我的學生吳念儒，以及她的父母親吳冠宏、陳韻如長年出借書籍；感激陳志立、嘉琪與明珠，以及小姐姐溫情送暖；我在中正大學度過的美好時光裡，有陳韻老師、蔡榮婷老師、李根芳老師助我開展視野；最喜歡我強大的母系家族，舅舅舅媽、阿姨、一大群表兄姐妹們，他們現在仍住在吉寶竿部落裡面，我從小在原客閩環繞之境，非常自在自得。最後謝謝蔚藍出版社協助，也謝謝東華大學圖書館，我每次穿梭於一排一排書架之間，巨量文字彷若走動的機關，一一再造往昔。

祕史之書

The Secret History in Books

作　者／何逸琪
社　長／林宜澐
總 編 輯／廖志墭
編　輯／王威智
封面設計／黃昭文（JV Huang）

出　版／蔚藍文化出版股份有限公司
地址：110408臺北市信義區基隆路一段一七六號五樓之一
電話：02-22431897
臉書：https://www.facebook.com/AZUREPUBLISH/
讀者服務信箱：azurebks@gmail.com

總 經 銷／大和書報圖書股份有限公司
地址：248020新北市新莊區五工五路二號
電話：02-89902588

法律顧問／眾律國際法律事務所　著作權律師／范國華律師
電話：02-27595585
網站：www.zoomlaw.net

印　刷／世和印製企業有限公司
定　價／新臺幣四二〇元
初版一刷／二〇二三年一月

ISBN　978-986-7275-01-6（平裝）

本書獲國藝會創作補助

國家圖書館出版品預行編目（CIP）資料

祕史之書 = The secret history in books/ 何逸琪作 . -- 初版 . -- 臺北市 : 蔚藍文化出版股份有限公司 , 2023.01
面；　公分
ISBN 978-626-7275-01-6（平裝）

863.57　　　111021730